# LA FILLE
# AU VAUTOUR

PARIS. — TYPOGRAPHIE LAHURE

Rue de Fleurus, 9

Mᵐᵉ WILHELMINE DE HILLERN

# LA FILLE
# AU VAUTOUR,

### RÉCIT

## DES ALPES TYROLIENNES

TRADUIT DE L'ALLEMAND

AVEC L'AUTORISATION DE L'AUTEUR

PAR

## M. JULES GOURDAULT

## PARIS

### LIBRAIRIE HACHETTE ET Cⁱᵉ

79, BOULEVARD SAINT-GERMAIN, 79

### 1877

# AVANT-PROPOS

———

Au mois d'octobre 1874, il s'est fondé à
Berlin, sous le simple titre de *Deutsche Rund-*
*schau*, une grande revue mensuelle qui as-
pire, la fortune aidant, à prendre quelque
jour au delà du Rhin une prépondérance
littéraire analogue à celle que, depuis tantôt
un demi-siècle, exerce chez nous la *Revue*
*des Deux Mondes*. Des œuvres d'imagination
insérées tout d'abord dans le nouveau re-
cueil la plus remarquable, et aussi, je crois,
la plus remarquée, fut le roman rustique de
la *Geierwally*. L'auteur, madame Wilhelmine
de Hillern, née Birch, n'en était point à ses
débuts ; elle avait sa place désignée d'avance
dans ce bataillon d'élite que la *Rundschau*
lançait à l'assaut de « Monsieur tout le
Monde », *Herr Omnes*, comme disait Luther.

Avant d'aborder avec succès le genre idyl-
lique, popularisé en France par George Sand,
en Allemagne par les Auerbach, les Immer-
mann, les Gotthelf, elle avait publié, entre
autres études de mœurs, un roman bour-
geois intitulé : *Un Médecin de l'âme* (*Ein Arzt
der Seele*), qui touche, d'une façon spéciale,
à l'un des problèmes que se réserve d'agiter
un jour, sinon de résoudre, le parti socia-
liste allemand, je veux parler de l'émanci-
pation des femmes.

La *Geierwally* est beaucoup plus simple de
visées. Cette histoire villageoise, qui, dans
le texte original, emprunte une saveur par-
ticulière au mélange de la langue littéraire et du patois, a pour cadre le haut massif
des monts de l'Œtzthal. C'est un drame
émouvant, à demi sauvage, avant tout de
plein air et de pleine lumière, où se déroule,
tantôt dans la sublimité des grandes cimes,
tantôt parmi les moites vapeurs des vallées
basses, le cycle entier de la vie de l'alpe. La
« paysannerie » prend parfois figure d'épo-
pée. La passion y ronge les cœurs avec la
force dissolvante du föhn printanier. Ne
cherchez pas ici les teintes reposées, les
demi-sourires de la *Fille aux pieds nus* ou de
la *Mare au diable*. L'horizon d'ailleurs est
tout autre ; sommets revêches, roches gla-

bres, torrents impétueux, glaciers bleuâtres
et rigides : tel est le décor tourmenté au
milieu duquel les scènes se succèdent. A
l'âpreté des aspects répond la rudesse des
âmes. Les personnages, bâtis tout d'une
pièce, râblés comme des athlètes, ont une
vigueur de coloris qui fait songer aux héros
du vieux *lied* germanique des *Nibelungen*. Et,
en songeant à ces héros, on songe aussi à
cette boutade de Henri Heine : « Voulez-vous,
mes jolis petits Français, vous faire une idée
de ce poëme et des passions de géant qui s'y
déploient? Figurez-vous que, par une claire
nuit d'été, sous le ciel bleu, toutes les cathé-
drales gothiques de l'Europe se sont donné
rendez-vous.... Vous voyez s'avancer le dôme
de Strasbourg, celui de Cologne, le campa-
nile de Florence, Saint-Ouen de Rouen, qui
se mettent à faire la cour à la belle Notre-
Dame de Paris. Leur démarche est un peu
lourde ; quelques-uns se conduisent assez
gauchement, et l'on pourrait maintes fois rire
de leur dandinement amoureux ; mais on ces-
serait de rire, je pense, quand on verrait ces
colosses entrer en fureur, s'étrangler les uns
les autres, et comment Notre-Dame de Paris,
levant au ciel son bras de pierre, saisit brusquement une épée et coupe la tête au plus
haut hautain de tous les dômes. »

Eh bien! la *Fille au vautour* a quelque chose de Brunhild, la vierge invincible; Vincent l'amoureux et Joseph le tueur d'ours descendent à quelque degré de Siegfried, le guerrier à la chape magique. Autour d'eux, le moindre zéphyr devient de soi-même aquilon. Mais quoi? Sous l'humble sarreau du montagnard aussi bien que sous l'armure luisante du chevalier, les cœurs farouches s'agiteront de tous temps en soubresauts convulsifs; et si, dans l'ordre des sentiments et des faits, il était besoin de plaider ici la vraisemblance, je n'ajouterais qu'un mot: j'ai ouï raconter naguère, sur les bords du lac de Brienz, une sombre églogue, dont les croupes boisées du Brünig ont été le théâtre, et qui offre plus d'un rapport de similitude avec le récit qu'on va lire.

Jules GOURDAULT.

# LA
# FILLE AU VAUTOUR

## RÉCIT DES ALPES TYROLIENNES

> « Quand, de là-haut, ton œil rêveur,
> Sauvage enfant de la montagne,
> Erre au travers de la campagne,
> Avec ton front ceint de pudeur,
> Avec ta cotte purpurine,
> Tu parais une rose alpine,
> Qui croît sur un rocher moussu,
> Et, pensive, ne se soucie
> Qu'on l'épie
> Parmi la mousse, à son insu. »
>
> (SCHEFFEL).

Tout au fond de la vallée d'Œtz cheminait un touriste étranger ; au-dessus de lui, à hauteur d'aigle, sur un revers sourcilleux du mont, se tenait une jeune fille. Vue d'en bas, elle n'était pas plus grande qu'une rose des Alpes ; mais sa personne tranchait nettement sur l'azur lumineux du ciel et sur les aiguilles resplendissantes des glaciers.

Elle restait là sans broncher, malgré le vent de la montagne qui la fouettait de ses rafales ; son regard sondait avec assurance les profondeurs de la gorge où grondaient les flots torrentueux de l'Ache,

1

dont la fine écume, frappée de biais par le soleil,
figurait des prismes étincelants sur la paroi des rochers. La jeune fille aperçut aussi le voyageur et son
guide traversant, pas plus gros que rien, l'étroite
passerelle qui franchissait l'Ache à hauteur de
clocher et qu'on eût prise, à cette distance, pour
un fétu de paille. Elle n'entendit point ce qu'ils
disaient, car nul bruit ne montait de cet abîme
hors le fracas des eaux mugissantes; elle ne vit
point le guide, un pimpant chasseur de chamois,
lever le bras d'un air menaçant et la désigner à
l'étranger avec ces paroles : « Pour sûr, voici là-
haut la *fille au vautour*; il n'y a pas deux fillettes
pour oser s'aventurer sur cette mince corniche,
si près du gouffre. Regardez, on croirait que le
vent va la jeter en bas... mais c'est une créature
qui fait tout au rebours des personnes raison-
nables. »

Les voyageurs allaient s'enfoncer sous l'obscur
et frais ombrage d'un bois de pins. Une fois encore,
le guide s'arrêta pour lancer un regard perçant
dans la direction de la fillette. Là, sur un étroit
plateau, s'étalait gracieusement un petit village,
déjà éclairé en plein par le soleil levant, qui n'envoyait encore que quelques rayons furtifs et obli-
ques dans le sombre étranglement du ravin. « Hé!
là-bas! grommela le montagnard, ne nous morgue
donc pas ainsi d'en haut; il y a bien un chemin

pour aller jusqu'à toi! » Puis il disparut avec l'étranger.

Comme pour répondre par un défi à cette menace, la jeune fille poussa un ioulement si aigu que toute la montagne en retentit; un écho ailé en apporta le son jusque sous les silencieuses futaies de la forêt, où il s'éteignit mystérieusement, semblable à un appel provocateur des fées de l'Œtzthal, hostiles aux chasseurs de chamois.

« Hurle bien, va! je saurai te mettre à la raison! » reprit l'homme, toujours menaçant; et, se renversant d'aplomb sur ses jarrets, il raidit son cou avec ses deux mains, et décocha vers le flanc du mont un cri de bravade perçant qui résonna comme l'éclat d'une trompe de postillon. « J'espère qu'elle m'entend! ajouta-t-il.

— Pourquoi, demanda l'étranger, une fois qu'ils furent sous le dôme frémissant de la forêt, appelles-tu cette jeune fille, là-haut, la *fille au vautour?*

— Cela vient, Monsieur, répondit le Tyrolien, de ce que, tout enfant, elle a déniché un nid de vautour en livrant combat à la mère du petit. C'est la fille la plus jolie et la plus robuste qu'il y ait dans tout le Tyrol; avec cela, énormément riche. Tous les gars se laissent éconduire par elle, que c'est une vraie honte. Pas un n'a le nerf de lui faire voir une bonne fois son maître. Elle est revêche comme une chatte sauvage, et si forte, que les garçons prétendent qu'il n'y a pas moyen d'avoir raison d'elle. Quiconque s'y frotte de trop près, reçoit sa volée. Peuh! si je me donne jamais la peine de monter là-haut, je viendrai bien à bout d'elle, ou j'arracherai plutôt de mes propres mains la barbe de chamois et la plume que je porte à mon chapeau.

— Mais pourquoi n'as-tu point déjà tenté la fortune auprès d'elle, puisqu'elle est si riche et si belle? demanda l'étranger.

— Ah! je vais vous dire, je n'aime pas les filles qui ont l'air comme cela de garçons manqués. Il est vrai que ce n'est pas sa faute. Son père, qui se nomme Stromminger, est le plus méchant des hommes. C'était, dans le temps, le premier lutteur et batailleur de nos montagnes, et, aujourd'hui encore, il lui en reste du renom. Il a roué sa fille de coups et l'a élevée comme un garçon…. Ça n'a pas eu de mère : c'était une enfant si robuste et d'une telle venue que la pauvre femme a pu tout juste la mettre au monde, et qu'elle est morte immédiatement. Et alors, ma foi, la fillette est devenue la créature sauvage et brutale qu'elle est. »

Ainsi parlait, au fond de la gorge, le Tyrolien à l'étranger, et il ne disait que la vérité. La jeune fille, juchée là-haut sur le revers de l'abîme, était Wallburga Stromminger, la fille du gros fermier du *Höchsthof*. On l'appelait aussi la *Geier-Wally (la Wally au vautour*[1]), et le montagnard ne mentait point : elle méritait ce nom. Son courage et sa force étaient sans bornes; on eût dit qu'elle avait les ailes de l'aigle. Son humeur offrait les aspérités inaccessibles de ces sommets aux vives arêtes où nichent les vautours et où se déchirent les nuages du ciel. Y avait-il quelque entreprise périlleuse à exécuter, c'était Wally qui se présentait, à la confusion des garçons.

Toute enfant, elle s'était montrée impétueuse et violente comme les jeunes taureaux de son père, qu'elle domptait elle-même. Elle avait à peine quatorze ans, lorsqu'un paysan découvrit, le long d'un roc à pic, une aire de vautour avec un petit dedans. Personne au village n'osait descendre s'en emparer. Alors le fermier du *Höchsthof*, pour faire pièce à la jeunesse mâle du pays, déclara qu'il allait charger du coup de main sa Wallburga. La jeune fille s'y prêta effectivement, au grand effroi des femmes et au grand déplaisir des garçons.

« Voyons, Stromminger, disaient les hommes, c'est vouloir tenter Dieu! » Mais le fermier était décidé à se passer cette plaisanterie, et

---

[1] Le mot *geier*, en allemand, signifie vautour.

à faire savoir au monde entier que la race des Stromminger, jusqu'à la postérité la plus reculée, n'aurait jamais sa pareille. « Vous allez voir qu'une fillette de Stromminger vaut mieux que dix de vos gars, » dit-il en riant aux villageois accourus de toutes parts pour être témoins de cet exploit incroyable. Bon nombre s'apitoyaient sur la pauvre enfant, un si beau brin de fille, qui risquait de périr victime de la méchante forfanterie de son père : tout le monde néanmoins voulait voir la chose.

Comme la roche où l'aire était suspendue avait une inclinaison à peu près perpendiculaire et que nul pied humain ne s'y pouvait poser, on attacha une corde autour du corps de Wally ; quatre hommes la tenaient, le père en tête. Quel frisson d'épouvante saisit les spectateurs, lorsqu'on vit la courageuse enfant, armée d'un simple couteau, s'avancer jusqu'au bord de la plate-forme, puis, d'un bond rapide, se glisser dans le vide ! Si le nœud de la corde allait se défaire ; si le vautour allait dépecer Wally ; si, en remontant, celle-ci se fracassait le crâne contre une saillie invisible du roc ! Bien criminelle était la conduite d'un père qui exposait ainsi la vie de sa propre enfant !

Wally cependant fendit intrépidement les vagues de l'air jusqu'à mi-chemin de l'abîme ; là elle eut la joie de découvrir le petit vautour, qui répondit à cette visite inusitée en hérissant le duvet de son plumage et en ouvrant, d'un air offensif et avec des piaulements, son bec encore informe. Sans barguigner, la jeune fille empoigna de la main gauche le jeune oiseau, qui poussait des cris de détresse, et le mit sous son bras. Au même instant il se fit dans l'air un bruissement ; le jour s'obscurcit tout à coup, et ce fut autour de la tête de Wally comme un tourbillon mugissant de tempête et de grêle. « Mes yeux, sauvons mes yeux ! » telle fut l'unique pensée de la fillette. Appliquant son visage tout contre la roche, elle commença de s'escrimer à tâtons, du couteau qu'elle tenait à la main droite, contre l'animal furieux, qui la harcelait de son bec acéré, de ses serres et de ses ailes. En même temps, les hommes tiraient vivement la corde en haut.

Le combat se prolongea quelques instants encore durant l'ascension ; puis, soudain le vautour se laissa choir et tomba dans l'abîme : sans doute, le couteau de Wally l'avait blessé. Quant à la jeune fille qui, à aucun prix, n'eût lâché le petit, elle atteignit avec lui la plate-forme. Son corps était tout saignant, et son visage plein d'écorchures qu'elle s'était faites au rocher. « Pourquoi donc, Wally, lui cria-t-on quand elle reparut, n'as-tu pas laissé tomber l'oiseau ? tu te serais ainsi débarrassée de la mère. — Oh ! répondit-elle

simplement, le pauvret n'est pas encore capable
de voler ; si je l'avais lâché, il eût été au fond du
gouffre et se serait tué du coup. »

Ce fut alors que, pour la première et l'unique
fois de sa vie, le fermier embrassa sa fille ; non
pas qu'il fût touché de la généreuse compassion
de Wally pour un pauvre animal sans défense,
mais parce que l'enfant venait d'accomplir un acte
héroïque qui faisait honneur à l'illustre race ba-
tailleuse des Stromminger.

Telle était la fillette qui, debout sur une corniche de roc à peine large d'un pied, interrogeait
d'un regard songeur l'abîme béant sous ses pieds.
Car, chose étrange, cette nature si fougueuse avait
parfois des heures de recueillement et de contemplation mélancolique, où l'on eût dit qu'elle
apercevait quelque objet après lequel son âme
aspirait et qui échappait à son étreinte. C'était une
image, toujours la même, qu'elle revoyait dans
l'aube grisâtre du matin comme aux feux dorés
de midi, dans la pourpre du soleil couchant comme
dans la pâle clarté de la lune ; depuis un an, cette
image l'accompagnait partout, dans les profondeurs
de la vallée aussi bien que sur la crête des monts.
Quand la jeune fille se trouvait ainsi seule au dehors et que ses grands yeux de chamois effarouché
erraient sur la surface marmoréenne des glaciers ou
plongeaient dans l'ombre du défilé où l'Ache rou-

lait ses flots mugissants, ce qu'elle cherchait,
c'était celui dont cette image était la ressemblance.
Quand par hasard un voyageur venait à passer,
imperceptible, au fond de la gorge, elle se disait :
« Qui sait si ce n'est pas lui? » et elle ressentait
une joie étrange à la pensée qu'elle l'avait peut-
être aperçu, encore qu'elle ne pût discerner
qu'une forme humaine pas plus haute qu'une de
ces figurines mobiles des panoramas portatifs.
C'est ainsi que tout à l'heure, en voyant passer les
deux voyageurs, l'étranger qui l'admirait et le
Tyrolien qui la menaçait, elle s'était dit de
nouveau : « C'est lui peut-être! » Alors, la poitrine
oppressée, elle avait ouvert les lèvres, et,
comme une alouette rendue à la liberté, elle
avait exhalé sa joie en un ioulement sonore. Et de
même que le chasseur, dans le silence de la forêt,
avait perçu l'écho expirant de ce cri, elle entendit,
elle aussi, la répercussion de la réponse, et son
oreille but avec ivresse le son apporté par le vent.
Peut-être, en effet, était-ce sa voix!... Le visage
farouche et hautain de la fillette s'était aussitôt co-
loré d'une teinte rosée, reflet de sa bouillante
émotion intérieure. Elle n'avait point saisi, à coup
sûr, le sens injurieux et moqueur de cette réponse : autrement elle eût sans doute serré son
poing nerveux, en soupesant la force de son bras,
et sa figure se serait assombrie comme la surface

des glaciers qui se plombent au soleil couchant.

La jeune fille s'assit sur la roche, à l'endroit même où elle se trouvait, et, laissant ses pieds se balancer dans le vide au-dessus du gouffre, elle prit à deux mains sa tête mignonne, et se mit à évoquer au fond de son âme les scènes étranges qui s'étaient passées le jour où elle l'avait vu pour la première fois.

I

# JOSEPH LE TUEUR D'OURS

Il y avait juste un an, le jour de la Pentecôte,
le Stromminger avait conduit sa fille recevoir
la confirmation à Sölden. Comme une route car-
rossable menait à cette localité, l'évêque y venait
tous les deux ans. Wally était un peu honteuse :
elle avait seize ans déjà et la taille d'une grande
personne. Le fermier n'avait pas voulu la faire
confirmer plus tôt, sous prétexte que ce serait le
commencement des amourettes et des sollicitations
matrimoniales, et qu'on avait bien le temps d'y
penser. Wally avait donc peur des moqueries des
autres; mais personne ne fit attention à elle.
Le Stromminger et sa fille trouvèrent, à leur
arrivée, tout le village en émoi : on disait que

Joseph Hagenbach, de Sölden, avait tué l'ours
qui s'était montré de l'autre côté de la montagne,
dans le Vintschgau. Tous les jeunes gens du pays
avaient en vain donné la chasse à cette bête : ce
que voyant, Joseph s'était mis en route pour se
rendre par delà, et, pas plus tard que vendredi,
il avait abattu l'animal. Le messager de Schnalz
en avait, le matin, apporté la nouvelle, en annon-
çant que Joseph le suivrait de près. Tous les paysans
de Sölden, qui attendaient devant l'église, étaient
fiers que ce fût un des leurs qui eût fait ce
coup hasardeux, et ils ne s'entretenaient que du
vainqueur, qui était, sans conteste, le gars le plus
vigoureux et le plus avenant de toute la montagne, et un tireur comme il n'en existait pas un
second. Les fillettes prêtaient une oreille émer-
veillée au récit des exploits de Joseph, pour qui,
disait-on, il n'y avait point de montagne assez
escarpée, de chemin assez long, de gouffre assez
profond ni de danger assez effrayant. Une femme
pâle, à l'air maladif, s'étant avancée sur la pe-
louse, tout le monde se précipita au-devant d'elle
pour la féliciter de l'honneur que son fils venait
de s'acquérir.

« Ah ! ton Joseph, lui dirent gracieusement les
hommes, en voilà un qui peut servir de modèle
à tout un chacun ! — Si ton pauvre mari vivait
encore, ajoutaient les femmes, comme il serait

heureux ! — En vérité, s'écria un autre complimenteur, on ne croirait jamais, à te voir, que ce magnifique gaillard est ton fils. »

La mère sourit avec complaisance. « C'est vrai, répondit-elle, que c'est un beau gars, et un si brave fils qu'on n'en trouverait pas un meilleur ; mais, vous pouvez m'en croire, sa témérité me met dans des transes continuelles ; il n'y a pas de jour où je ne songe que peut-être on va me le rapporter les membres brisés. Oh ! c'est un fier tourment ! »

L'apparition du cortège épiscopal sur la place coupa court à la conversation. Toute l'assistance, avec les enfants habillés de blanc et le front enguirlandé, s'engouffra dans la petite église, et la cérémonie sainte commença.

Tout le temps qu'elle dura, Wally ne put penser à autre chose qu'à Joseph, le vainqueur de l'ours, et aux exploits merveilleux que l'on racontait de lui.

« Que c'est donc beau, se disait-elle, d'être si fort, si vaillant, et d'imposer si bien à tous que personne n'ose vous rien dire ! Pourvu, ajoutaitelle, qu'il arrive avant que j'aie quitté Sölden ! Que je puisse au moins l'apercevoir ! » Elle brûlait littéralement d'impatience.

Enfin la cérémonie se termina, et les enfants reçurent la bénédiction. Au même moment, des hourras frénétiques retentirent au dehors, sur la place de l'église. « Il l'a! il a l'ours! » s'écriait-on. A peine attendit-on que l'évêque eût achevé la formule sacramentelle : tout le monde sortit à la hâte et entoura triomphalement un jeune chasseur de chamois qui traversait la place en compagnie d'une troupe de magnifiques garçons de la vallée de Schnalz et du Vintschgau. Si superbes pourtant que fussent ces derniers, nul ne soutenait la comparaison avec lui. Il les dominait tous de la taille, et, avec cela, il était si beau! d'une beauté vraiment sculpturale! De loin, il semblait projeter un rayonnement; il ressemblait littéralement au Saint Georges qui était dans l'église.

A son épaule pendait la peau de l'ours, dont les griffes menaçantes battaient sa large poitrine. Il s'avança ainsi, fier comme un empereur, sans faire jamais plus d'un pas là où les autres en faisaient deux : ce qui ne l'empêchait pas de les distancer. Et tous le traitaient comme s'il eût été réellement un empereur, sous les habits d'un chasseur de chamois. L'un portait son fusil, l'autre sa casaque, et chacun avait une pointe de vin, criait et chantait; lui seul demeurait calme et impassible. Il marcha modestement au-devant du clergé qui sortait de l'église, et ôta devant lui son chapeau couronné de plumes. L'évêque fit le signe de la croix sur le chasseur, en disant : « Le Seigneur a montré en toi sa force, mon fils. Tu as accompli, avec son aide, une œuvre où tous avaient échoué. Les hommes te doivent des remercîments ; toi, c'est Dieu que tu dois remercier. »

Toutes les femmes pleuraient d'émotion, et Wally elle-même sentit ses yeux s'humecter. Ce sentiment de piété, qui l'avait fuie dans l'église, parut poindre en elle pour la première fois, lorsqu'elle vit la tête orgueilleuse du chasseur se courber sous la main bénissante du prélat.

Monseigneur et sa suite une fois partis, la première question de Joseph fut pour dire : « Où est donc ma mère? ne se trouve-t-elle pas ici ?

— Si fait, me voici, » répliqua la montagnarde en se jetant dans ses bras.

Joseph la pressa sur son cœur : « Pauvre petite mère! dit-il, quel chagrin cela m'eût fait pour toi, si je n'en étais point revenu! Tu n'aurais su que devenir sans moi, chère maman, et moi, cela m'aurait fait de la peine de mourir sans t'avoir donné un dernier baiser. »

Ah! il fallait entendre comme il disait cela! Un sentiment singulier s'était emparé de Wally; c'était une sorte de jalousie contre cette mère qui s'abandonnait si complaisamment à l'affectueuse étreinte de son fils et se serrait si tendrement

contre sa puissante poitrine. Tous les regards
étaient fixés avec intérêt sur ce groupe ; Wally,
elle, était en proie à un trouble indéfinissable.

« Voyons, à présent, dirent les villageois à
Joseph, raconte-nous comment la chose s'est
passée.

— Certes oui, je vais vous le raconter, »
repartit en riant le jeune homme. Il jeta par terre
la peau de l'ours, de sorte que tout le monde put
la contempler. On forma le cercle autour du héros,
et l'aubergiste fit rouler sur la place un tonneau
de son meilleur vin, car, au sortir de l'église, il
fallait bien boire un coup, et c'était le cas ou
jamais, dans cette circonstance exceptionnelle.
D'ailleurs la petite salle du cabaret n'eût pu contenir la foule extraordinaire des assistants. Hommes
et femmes se pressèrent aux côtés du narrateur ;
les petits confirmés grimpèrent sur les bancs et
sur les arbres, afin de voir par-dessus les têtes.

Wally prit position avant tous sur une branche de
pin, d'où elle pouvait apercevoir le chasseur bien
en face. Les autres eurent envie de sa place, et,
comme elle ne voulut pas se la laisser prendre, il
y eut querelle et tapage. Le nouveau saint Georges
regarda du côté des disputeurs ; ses yeux étincelants rencontrèrent justement le visage de Wally
et y demeurèrent un instant fixés avec un sourire.
La jeune fille sentit tout son sang lui affluer au

cerveau, et elle fut saisie d'une telle émotion
qu'elle entendait pour ainsi dire les battements de
son cœur. Non, de sa vie elle n'avait eu peur à ce
point, et elle ne savait même pas pourquoi elle
avait peur. Elle n'ouït qu'à moitié le récit de
Joseph; les oreilles lui tintaient; elle n'avait
qu'une pensée : « S'il levait encore les yeux de
mon côté! » Était-ce chez elle crainte ou désir?
elle l'ignorait. Toujours est-il qu'au cours de sa
narration, le chasseur ayant porté de nouveau les
yeux dans la direction de Wally, celle-ci détourna
les siens à la hâte et en rougissant, comme si
elle eût été prise en faute.

Était-ce donc mal de regarder ainsi Joseph?
Peut-être bien. Malgré cela, elle ne pouvait s'empêcher de le faire, tout en tremblant sans cesse
qu'il ne s'en aperçût; mais lui ne remarquait
rien : que lui importait cette fillette toute fraîche
confirmée qui était là-haut sur son arbre! Il l'avait
regardée une fois, deux fois, comme on regarde
un petit chat sauvage, rien de plus. Wally se fit
cette réflexion, et une douleur étrange lui envahit
le cœur. Jamais encore elle ne s'était trouvée dans
cet état; et il était fort heureux, songeait-elle,
qu'elle n'eût pas bu en route le moindre doigt de
vin, sinon elle aurait cru qu'elle était ivre. Dans
son anxiété elle jouait avec son rosaire. C'était un
beau rosaire tout neuf, en grains de corail rouges,

avec une superbe croix d'argent pur et bosselé,
que son père lui avait donné pour sa confirmation.
Tout à coup, à force d'être tourné et retourné, le
chapelet se rompit, et les perles rouges ruisse-
lèrent au pied de l'arbre comme des gouttes de
sang.

« Voilà qui est mauvais signe, se dit intérieurement la jeune fille; la vieille Luckard prétend que
cela ne vaut rien de briser quelque objet pendant
qu'on pense à une chose. »

Pendant qu'on pense à une chose ! Mais à quoi
pensait donc Wally? Elle chercha sans pouvoir
trouver. Elle n'avait, à proprement dire, songé à
rien de déterminé. Pourquoi alors était-elle si af-
fectée de voir son chapelet se briser juste en ce
moment? Il lui semblait que le soleil avait tout à
coup pâli et qu'elle sentait un souffle de vent glacial. Pourtant pas un brin d'herbe ne bougeait,
et, aux alentours, le rigide paysage des glaciers
resplendissait toujours d'une lumière éclatante.
C'était sans doute un nuage qui avait passé. Était-
ce en elle, ou hors d'elle? Elle ne le savait.

Joseph cependant avait achevé le récit de son
aventure avec l'ours, et fait voir à la ronde son
butin avec les quarante florins que les autorités
tyroliennes lui avaient payés à titre de prime pour
la bête qu'il avait tuée.

Ce furent alors des compliments et des poignées

de main à n'en plus finir. Seul, le père de Wally se tenait à l'écart, tout maussade. Sitôt que quelqu'un accomplissait une action d'éclat, le bon homme en prenait du dépit; nul au monde n'avait le droit d'être fort, excepté lui et sa fille. Durant trente années il avait passé sans conteste pour l'homme le plus vigoureux de la montagne, et il ne pouvait supporter l'idée qu'il devenait vieux et qu'il lui fallait céder la place à une nouvelle génération. Quelqu'un, dans son allégresse, ayant dit à Joseph qu'il n'était pas étonnant qu'il fût un gaillard si robuste, qu'il tenait cela de son père, qui avait été, lui aussi, le meilleur tireur et lutteur de tout le pays, le vieillard n'y tint plus, et, interrompant d'une voix de stentor : « Oh! oh! s'écria-t-il, n'enterrons pas les gens avant qu'ils soient morts! »

A cette vocifération menaçante, tout le monde se recula avec une sorte d'effroi, en disant : « Le Stromminger ! »

— Oui, ajouta le bonhomme, le Stromminger, qui est encore de ce monde, et qui n'a jamais ouï que le meilleur lutteur ait été le Hagenbach. Fort-en-gueule, oui, mais pas autrement! »

A ce mot, Joseph se retourna comme un chat sauvage atteint d'un coup de feu, et, dardant sur Stromminger un œil flamboyant : « Qui traite mon père de fort-en-gueule ?

— C'est moi, moi le fermier de la Sonneplate, et j'en parle à bon escient, car je l'ai tombé une dizaine de fois comme un sac.

— C'est faux, cria Joseph, et je ne laisserai pas dénigrer mon père.

— Calme-toi, Joseph, dirent à demi-voix les gens au chasseur, c'est le fermier du Höchsthof; ne te fais pas d'affaire avec lui.

— Qu'est-ce? fermier du Höchsthof! fermier du Höchsthof! Quand le bon Dieu en personne descendrait du ciel, et se mêlerait de malmener mon père, j'y mettrais le holà. Je sais parfaitement que le Stromminger et mon père ont eu toujours des mots ensemble, parce que mon père était le seul qui fût capable de se mesurer avec le fermier; mais mon père a rossé le Stromminger tout autant de fois qu'il a été rossé par lui.

— Ce n'est pas vrai, hurla Stromminger. Ton père n'était qu'un pleutre à côté de moi. Si, parmi vous les anciens, quelqu'un a de l'honneur au ventre, il le dira, et si, après cela, tu ne veux pas le croire, je te le démontrerai à coups de poings. »

Au mot de pleutre, Joseph, furieux, s'était élancé sur le fermier : « Rétracte cette parole, ou sinon!...

— Jésus-Maria! se mirent à piailler les femmes.

— Cède, Joseph, dit amicalement la mère du jeune homme ; c'est un vieillard, tu ne dois pas porter la main sur lui.

— Oui-da ! s'écria Stromminger, rouge de colère, voudriez-vous me faire passer pour une vieille carcasse ? Le Stromminger n'est pas si affaibli par l'âge qu'il ne puisse se mesurer avec ce béjaune. Approche un peu ; je vais te montrer que j'ai encore de la moelle dans les os, et que je ne suis pas près d'avoir peur de toi, eusses-tu abattu encore une dizaine d'ours ! »

Comme un taureau en furie, l'athlétique vieillard fondit sur le jeune homme. Celui-ci recula involontairement sous ce choc puissant ; mais il ne fit que chanceler un instant ; avec sa taille élancée, Joseph avait une extraordinaire vigueur nerveuse et une élasticité pleine de souplesse. Après avoir fléchi, il se redressa, pareil à ces hauts pins de son pays qui, enracinés dans la roche nue comme au moyen de fils de fer, se laissent houspiller par les quatre vents du ciel et résistent victorieusement au poids de la neige qui les accable. Stromminger eût pu tenter aussi bien d'arracher un de ces arbres que d'enlever de terre le chasseur. Après une courte lutte, les bras de Joseph prirent comme dans un étau le corps du fermier, et le serrèrent de plus en plus jusqu'à l'étouffer. Un gémissement s'échappa de la poitrine oppressée

du vieillard, qui ne pouvait plus faire usage de
ses mains. Et le jeune Titan se mit à secouer et à
soulever le bonhomme deci, delà, lentement,
mais à fond, comme s'il voulait l'ameublir à force
de saccades. Les assistants osaient à peine respirer
devant ce spectacle étrange : ils ne pouvaient se
figurer qu'on pût voir s'écrouler ce vieux tronc.
Tout à coup le Stromminger a perdu pied ; c'est
fini, il va tomber ; mais non, Joseph le retient,
l'emporte dans ses bras d'acier jusqu'au banc
voisin et l'y dépose. Puis, tranquillement, il tire
son mouchoir et essuie la sueur qui perle au
front de son adversaire. « Vous le voyez, fermier,
lui dit-il, j'ai eu raison de vous; j'aurais pu vous
renverser ; mais Dieu me préserve de faire oppro-
bre à un vieillard ! A présent redevenons bons
amis. Vous ne m'en voulez pas, Stromminger? »

Il tendit avec un sourire amical la main au fermier; celui-ci la repoussa d'un air haineux. « Le
diable te le fasse payer, gredin que tu es! lui cria-
t-il; et vous tous, gens de Sölden, qui avez pris
plaisir à voir le Stromminger devenu la risée des
enfants, vous apprendrez qui je suis. Désormais,
je ne veux plus avoir aucune affaire avec vous, ni
vous accorder aucun délai, dût la moitié de Sölden
crever de faim ! »

Il se dirigea vers l'arbre où Wally était restée
comme en proie à un rêve fébrile, et, la tirant par

sa robe : « Descends, lui dit-il, on ne dînera plus
ici. Pas un Söldenais ne verra désormais de moi
un kreutzer. »

Wally, qui s'était laissée choir de l'arbre, plutôt
qu'elle n'en était descendue, demeurait comme
clouée au sol et fixait sur Joseph des regards presque suppliants. Elle s'imaginait qu'il devait voir
quelle peine elle avait à s'en aller ; il lui semblait
qu'il allait lui tendre la main et lui dire : « Reste
donc près de moi, nous sommes faits l'un pour
l'autre, à l'exclusion de tous » ; mais le jeune
homme se tenait au milieu d'un groupe de paysans
qui chuchotaient entre eux d'un air déconcerté,
car plus d'un au village était le débiteur du Stromminger, dont les écus circulaient dans toutes les
artères vitales du pays.

« Allons, est-ce pour aujourd'hui? » fit le fermier
en donnant une poussée à sa fille. Celle-ci dut le
suivre bon gré mal gré ; mais ses lèvres tremblaient,
un spasme nerveux agitait son sein. Elle jeta sur
son père un regard d'impuissante colère. Le bonhomme la chassa devant lui comme un veau. Ils
firent ainsi quelques pas ; puis, comme on les
suivait, ils se retournèrent : Joseph était derrière
eux avec plusieurs villageois. « Fermier, dit-il,
ne soyez pas si maussade. Vous ne pouvez pourtant pas, vous et votre fille, courir ainsi sans
manger jusqu'à la Sonneplate. »

Il était tout à côté de Wally; il l'effleurait de
son haleine en parlant; son regard reposait sur
elle, et sa main touchait affectueusement son
épaule. Sans pouvoir s'expliquer pourquoi, la
fillette, en face de tant de bonté et de douceur, se
sentait cependant au cœur la même impression
que lorsque, jadis, elle avait déniché le petit vautour, et que le battement soudain des ailes de la
mère à ses oreilles lui avait fait perdre l'ouïe
et la vue. L'approche et le contact de Joseph
exerçaient sur son jeune cœur une puissance non
moins irrésistible. Seulement, elle n'avait pas
eu peur autrefois, quand la monstrueuse bête s'é-
tait ruée sur elle et lui avait caché le soleil de sa
large envergure; elle s'était défendue courageuse-
ment et avec sang-froid : à présent, au contraire,
elle tremblait de tous ses membres et demeurait
là troublée et interdite.

« Ote-toi d'ici! s'écria le fermier en montrant
le poing à Joseph. Si tu ne me laisses pas tranquille, je te frappe en pleine figure, dût-il m'en
coûter la vie !

— Allons, puisque vous ne le voulez pas, res-
tons-en là; vous êtes un fou, fermier, » répliqua
posément Joseph, en tournant sur ses talons et en
filant avec les autres villageois.

Personne ne les retenant plus, le Stromminger et
sa fille continuèrent leur route sans encombre,

s'éloignant de plus en plus de Joseph. Wally, s'é-
tant retournée un instant, aperçut encore la tête
du chasseur par-dessus celles de ses compagnons ;
elle entendit le tumulte des voix et des rires sur
la place de l'église ; elle ne pouvait s'imaginer
qu'elle s'en allait pour de bon et qu'elle ne verrait
plus Joseph, qu'elle ne le reverrait plus de sa vie
peut-être ; bientôt elle et son père doublèrent une
pointe de rocher, et alors tout disparut, la pe-
louse avec la foule qui la remplissait, et Joseph.
C'était fini, bien fini. La jeune fille eut tout à coup
comme l'idée d'une grande félicité qui venait en
quelque sorte de lui faire signe, et qui était perdue
sans retour. Elle regarda autour d'elle, comme
pour implorer du secours dans la détresse d'âme
où la plongeait cette douleur nouvelle et incon-
nue ; mais il n'y avait personne pour lui dire :
« Rassure-toi, les choses prendront bientôt un
meilleur cours. »

Toute la nature environnante, rochers, crevasses
et glaciers, la considéraient d'un air morne et
inanimé. Qu'importait à cette nature, qui avait vu
naître et périr des mondes, les palpitations de ce
pauvre petit cœur humain ? Le Stromminger cheminait à côté de sa fille, aussi muet que s'il eût
été un bloc de pierre ambulant. C'était lui pourtant, l'homme méchant, l'âme dure et impitoyable,
qui était la cause de tout le mal. Et Wally, hélas !

n'avait personne au monde qui s'intéressât à son
sort. En proie aux pensées qui s'entre-choquaient
en elle, la pauvrette continuait d'aller machinalement devant le fermier, tantôt montant, tantôt
descendant, comme pour user sa douleur par le
mouvement. Le soleil dardait de brûlants rayons
sur les glabres parois du roc; Wally pouvait à
peine respirer: elle avait la langue collée au pa-
lais, et toutes ses artères battaient avec violence.
Tout à coup, ses sens l'abandonnèrent, elle se
laissa tomber par terre en sanglotant.

« Holà ! qu'est-ce que cela signifie ? » dit le Stromminger tout interdit. Jamais, depuis qu'elle était
sortie de l'enfance, il n'avait vu pleurer sa fille.
« Deviens-tu folle? »

Wally ne répondit pas ; elle s'abandonnait tout
entière à la brusque explosion de son chagrin.

« Allons, parle! reprit le fermier d'un ton impé-
ratif. Que veut dire cette conduite? Ouvre ton bec,
ou sinon!... »

Alors, comme un torrent qui jaillit des crevasses
d'une roche amollie, la vérité pleine et entière
s'échappa de cette âme impétueuse et endolorie.
Wally lança au vieillard l'écume bouillonnante de
sa colère; elle dit tout, car elle avait toujours été
sincère et ne s'était pas exercée à mentir. Elle dit
que Joseph lui avait plu, qu'il avait gagné son
cœur, qu'elle l'aimait plus que personne au monde,

et que c'eût été un bonheur pour elle que de causer avec lui. Elle ajouta que si Joseph eût entendu
parler de sa force et de ses divers petits traits de
vigueur, il aurait, pour sûr, un jour ou l'autre,
dansé avec elle, et l'aurait aimée de son côté; tout
cela, son père l'avait empêché, en se précipitant
comme un furieux sur le chasseur; si bien qu'il
leur avait fallu, après la confirmation, se sauver
honteusement au milieu des rires; et Joseph ne la
regarderait plus de sa vie. Elle finit en disant que
son père n'en faisait jamais d'autres, toujours méchant et brutal à l'égard des gens : aussi l'appelait-
on partout Stromminger le sauvage... et tout cela,
c'était elle qui était forcée d'en pâtir.

« Allons! s'écria brusquement le fermier,
assez comme cela ! » Il se fit un sifflement dans
l'air au-dessus de la tête de Wally, et le bâton de
son père s'abattit sur elle avec tant de violence,
qu'elle crut avoir l'échine rompue et laissa retomber son front en pâlissant.

Ce fut pour cette âme comme l'averse de grêle
pour la fleur en train de s'épanouir. Un instant la
douleur de l'enfant fut telle qu'il lui fut impossible de faire un mouvement. A part de grosses
gouttes qui coulaient de ses paupières demi-closes,
comme la séve qui s'échappe d'un rameau brisé,
tout son être paraissait mort et éteint.

Le Stromminger attendait, à côté d'elle, pestant

tout bas, comme un bouvier qui attend auprès de
sa bête qui s'est affaissée sous ses coups et qui
ne peut plus continuer sa marche.

Tout, aux environs, offrait l'image d'une morne
solitude; pas une voix d'oiseau, pas un murmure
dans le branchage n'en interrompait le silence. Sur
la rampe étroite et rocheuse que suivaient le père
et la fille, nul arbre ne verdoyait, nulle bête ailée
ne faisait son nid. Il y avait des milliers d'années,
ce coin de terre avait dû être le théâtre d'un effroyable combat des éléments; à perte de vue, on
n'apercevait que les débris gigantesques d'une sauvage révolution de la nature. A présent, les feux
dont l'éruption avait soulevé ce sol étaient éteints;
les eaux dont le déchaînement torrentiel avait
entraîné ces masses de terrain s'étaient écoulées;
les colosses immobiles gisaient là projetés les uns
sur les autres; les forces qui les avait mis en branle
s'étaient anéanties, et tout cet endroit n'était plus,
en quelque sorte, qu'un morne cimetière, un chaos
de monuments funèbres, au-dessus desquels se
dressaient, pareils à la pensée aspirant au ciel,
les blancs reliefs des glaciers. L'homme seul, éternellement agité, continuait en ces lieux la lutte
sans trêve de la création, et troublait de ses con-
vulsions la paix sublime de la nature.

Wally ouvrit enfin les yeux et rappela ses forces
pour se remettre en route. Pas une plainte ne sor-

tit plus de sa bouche ; au regard indifférent qu'elle jeta sur son père, on eût dit qu'elle ne le connaissait pas. Ses larmes s'étaient taries.

« Eh bien ! fit le fermier, tu sais maintenant ce qui t'attend, si tu t'avises de penser encore à ce drôle, qui a rendu le Stromminger la risée des enfants. » Et, prenant le bras de la jeune fille, il ajouta : « Sache bien une chose, c'est que je te jetterais en bas de la Sonneplate, plutôt que Joseph te possède jamais.

— C'est bien, » répondit Wally, d'un tel accent que le fermier lui-même en fut stupéfait. Rien ne saurait rendre l'expression d'inflexible bravade qu'il y avait dans ce seul mot, dans le ton avec lequel il fut prononcé, dans le regard d'irréconciliable inimitié que l'enfant lança sur son père.

« Satanée péronnelle, va ! » grommela le fermier entre ses dents.

— Oh ! j'ai de qui tenir, répliqua de même la fillette.

— Attends un peu, je saurai bien te mater, ajouta le vieillard avec un grincement.

— C'est bon, c'est bon, » reprit Wally avec un geste qui semblait dire : « Essaye un peu ! »

Tous deux n'échangèrent plus une parole pendant le reste du trajet.

Arrivée à la ferme, Wally se retira dans sa chambre pour ôter ses habits de fête. Alors la vieille

Luckard, qui avait servi tour à tour chez la
grand'mère et la mère de l'enfant, passa la tête
par la porte en chuchotant : « Wally, Wally, aurais-tu pleuré ?

— Pourquoi cela ? demanda la jeune fille d'un
ton plus rude que de coutume.

— J'ai vu des pleurs pour toi dans les cartes ;
car aujourd'hui, à propos de la confirmation, je t'ai
tiré les cartes. Tu t'es trouvée entre deux valets,
dans une position effrayante, et tout cela était bien
rapproché.., on eût dit que la chose s'était passée
aujourd'hui même, sur un petit chemin...

— Ah ! » fit la jeune fille d'un air indifférent,
tout en serrant dans son grand bahut de bois la
belle robe de sa défunte mère.

« Voyons, mon enfant, as-tu quelque chose ?
reprit la Luckard. Ton air est mauvais, et tu es
rentrée de bien bonne heure. Tu n'as donc pas
dansé ?

— Dansé ! » répliqua Wally en poussant un éclat
de rire amer qui résonna comme le grincement
plaintif d'un luth sur les cordes duquel on frappe-
rait avec un marteau. « C'était vraiment le moment de danser !

— Il t'est arrivé quelque chose, mignonne ; dis-
le-moi, je pourrai peut-être te venir en aide.

— Personne ne peut me venir en aide, » répliqua
Wally en rabattant le couvercle de son bahut,

comme pour y ensevelir ce qui s'y trouvait ren-
fermé. Il lui semblait en effet que c'étaient toutes
ses espérances de jeunesse qu'elle clouait ainsi au
cercueil. Puis, d'une voix impérieuse, que la
vieille ne lui avait jamais connue : « Va-t'en, dit-
elle, je désire me reposer un peu.

— Jésus-Maria! glapit la Luckard, ton chapelet, qui est là par terre, tout en pièces! Qu'as-tu
fait des grains de corail?

— Je les ai perdus.

— O mon doux Jésus! quel malheur! tu n'as
conservé que la croix et le cordon vide. Briser son
rosaire, un jour de confirmation! Des pleurs dans
les cartes! Dieu le Père! que va-t-il donc arriver? »

A moitié poussée dehors par Wally, la vieille se
retira en geignant. Wally tira le verrou derrière
elle, et, se jetant sur son lit, se mit à contempler
d'un air morne l'image de la Vierge et le crucifix
appendus au-dessus contre la muraille. Devait-elle
se plaindre à eux dans sa détresse? Non. La Mère
de Dieu ne lui voulait aucun bien ; autrement, elle
n'eût pas permis que le jour de sa confirmation se
trouvât ainsi empoisonné. La Vierge d'ailleurs n'entendait rien aux chagrins d'amour ; ce n'était qu'au
sujet de son Fils qu'elle avait connu la douleur, et
c'était bien différent des tourments de cœur que
Wally endurait. Quant à Notre Seigneur Jésus-
Christ, il n'avait pas le moindre souci des histoi-

res d'amour, et ce n'était pas avec cela qu'il fallait
l'aborder. Il ne voulait qu'une chose : qu'on aspirât
sans cesse au royaume des cieux. Hélas ! le jeune
cœur palpitant de Wally n'avait d'ardeurs et de
pulsations que pour l'être chéri qu'elle adorait
ici-bas ; cette terre lointaine et étrangère qui
s'appelle le royaume des cieux, comment eût-elle
pu soupirer après, dans un moment où, pour la
première fois en elle, toutes les forces de la nature
réclamaient impérieusement leurs droits? La jeune
fille jeta un regard morose et amer aux divines
images qui s'intéressaient à des douleurs si diffé-
rentes de la sienne et qui exigeaient d'elle un effort impossible. Au lieu de leur adresser une parole
amie, elle gronda contre elles, comme un enfant
gronde contre des parents injustes qui refusent de
le satisfaire.

Elle resta longtemps sur son lit, attachant sur
les saintes figures des regards chargés de reproches ; puis ce fut la chère et ravissante image de
Joseph qui se retrouva devant ses yeux. Machinalement, elle porta la main à son épaule, qu'il avait
touchée, comme pour y fixer le contact de ses
doitgs. Elle revit aussi cette mère, dont elle était
si jalouse : elle était toujours dans les bras de son
fils, et Joseph la caressait tendrement. Wally alors
la repoussa pour prendre sa place sur le cœur du
jeune homme ; celui-ci la tenait embrassée, et elle

plongeait ses regards dans ses yeux noirs et étincelants. Elle s'efforçait de deviner ce qu'il allait
lui dire ; elle ne trouvait que ces mots : « Ma bien-
aimée ! » frères de ceux qu'il avait dits à sa mère :
« Petite mère chérie ! » Oh ! quelle délicieuse
ivresse ! Quelle félicité ce royaume des cieux, où
la Vierge et son Fils appelaient Wally à entrer,
avait-il à lui offrir qui valût le bonheur qu'elle
éprouvait rien qu'en pensant à Joseph ? Et que
devait donc être la réalité ?

Enfin, à un battement qui se fit entendre contre
la fenêtre, la jeune fille se leva brusquement,
comme au sortir d'un songe. C'était le petit vautour qu'elle avait déniché deux années auparavant
et qui, depuis lors, lui était resté fidèlement attaché, à la manière d'un chien. Elle pouvait le laisser errer en liberté ; il ne faisait de mal à personne, et, de ses ailes coupées, la suivait, en
voletant du mieux qu'il pouvait.

Wally ouvrit la lucarne : l'oiseau se glissa dans
la chambre, et se mit à regarder familièrement
la jeune fille avec ses grands yeux jaunâtres.
Celle-ci lui gratta le cou, en jouant avec ses ailes
puissantes, qu'elle déployait et refermait tour à
tour. Un souffle de vent frais pénétrait par l'ou-
verture de la fenêtre ; le soleil disparaissait déjà
derrière les montagnes, dont les cimes envelop-
pées de vapeurs d'azur s'encadraient comme un

paisible tableau dans les contours de la croisée.
Wally elle-même se sentait plus calme ; l'air du
soir ranimait son cœur. Elle mit l'oiseau sur son
épaule : « Viens, Jeannot, lui dit-elle, faisons
comme si l'on n'avait point à peiner en ce
monde. »

Le fidèle animal avait été pour elle une consolation singulière. Elle était allée le chercher là où
nul être humain n'avait osé s'aventurer, au bord
de rocs abrupts ; elle l'avait enlevé à sa mère au
péril de sa vie ; elle l'avait apprivoisé, et il lui
appartenait tout entier. « Et *lui* aussi, il t'appar-
tiendra un jour, » lui murmura une voix intérieure, tandis qu'elle pressait l'oiseau sur son
cœur.

# II

## LE CŒUR INFLEXIBLE

Telle était la courte histoire d'amour et de souffrance qui venait tout à l'heure de se raviver douloureusement en la jeune âme de Wally, pendant qu'elle interrogeait de l'œil les profondeurs du défilé, s'imaginant y apercevoir Joseph, qui, bien des fois, passait par là, sans jamais trouver le chemin d'en haut. La montagnarde s'essuya le front, car le soleil commençait à brûler; il avait déjà fauché tout l'espace entre la ferme et la Sonne-platte : on appelait ainsi le rebord de terrain où se trouvait la jeune fille, parce que c'était le point culminant du plateau et l'endroit que le soleil éclairait tout d'abord de ses rayons; le village voisin en avait pris son nom.

« Wally ! Wally ! cria tout à coup une voix derrière la jeune fille ; va trouver ton père, il désire
te parler. »

C'était la vieille Luckard qui venait de la ferme.
Le Stromminger faisant demander sa fille ! que
pouvait-il lui vouloir ? Depuis la scène de Sölden,
il ne lui avait pas adressé un mot, en dehors des
nécessités du travail. Partagée entre la crainte et
l'animadversion, Wally se leva et suivit la Luckard.

« Qu'y a-t-il donc ? lui demanda-t-elle. — Il y a
du nouveau, bien du nouveau, répondit la vieille ;
regarde là-bas. »

Wally aperçut alors son père devant la maison,
et, à côté de lui, un jeune fermier du pays, Vincent Gellner, avec un gros bouquet à la bouton-
nière. C'était un vigoureux garçon, aux allures té-
nébreuses, que Wally connaissait, depuis son
enfance, pour une nature entêtée et peu commu-
nicative. Ame qui vive n'avait reçu de lui une parole d'amitié, sauf Wally, que, dès l'école, il avait
poursuivie de ses témoignages d'affection. Quelques
mois auparavant, son père et sa mère étaient
morts coup sur coup, de sorte qu'il était à présent
maître de ses actions et le plus riche propriétaire
de la contrée après le Stromminger.

Wally sentit son sang se figer dans ses veines ;
elle devina tout de suite de quoi il était question.

« Vincent désire t'épouser, dit Stromminger ; il a mon consentement, et la noce est pour le mois prochain. » Sur quoi, le fermier, faisant demi-tour, rentra au logis, comme s'il n'y avait pas lieu d'ajouter un mot.

Wally demeura un instant silencieuse, quasi foudroyée. Elle avait besoin de se remettre, de se reconnaître. Vincent s'approcha d'elle plein d'assurance et voulut lui passer le bras autour de la taille. Elle bondit en arrière avec un cri d'effroi. Elle savait maintenant ce qu'elle avait à faire.

« Vincent, dit-elle, toute tremblante d'émotion, je t'en prie, va-t'en chez toi, je ne pourrai jamais être ta femme, non, jamais. Tu ne voudras pas que mon père me contraigne. Pour la dernière fois, sache-le, je ne t'aime pas. »

Un frémissement rapide crispa la figure du jeune homme ; il se mordit les lèvres, et ses yeux noirs s'attachèrent avec une passion dévorante sur Wally.

« Vraiment ! dit-il, tu ne m'aimes pas ; mais moi, je t'aime, et je mets ma vie entière à te posséder. Ton père m'a donné sa parole ; je ne la lui rendrai pas, et j'imagine que tu te raviseras, pour peu que ton père le veuille.

— Vincent, reprit la jeune fille, si tu avais un grain d'esprit, tu ne parlerais point de la sorte ; tu saurais que, de toute façon, tu perds ta peine.

Je ne me laisserai pas contraindre, sache-le bien.
Et maintenant, va chez toi, Vincent, nous n'avons
plus rien à nous dire. »

Là-dessus elle tourna court et entra dans la
ferme.

« Oui-da ! » s'écria Vincent, serrant le poing de
douleur et de colère. Il se remit toutefois et murmura entre ses dents : « C'est bon, je puis attendre, j'attendrai. »

Wally alla tout droit trouver son père. Celui-ci,
qui était assis courbé sur ses comptes, se retourna
lentement à l'approche de sa fille. « Qu'est-ce ? »
dit-il.

Par la fenêtre basse de la pièce le soleil envoyait
en plein ses rayons sur Wally, qui, debout devant
le fermier, semblait enveloppée d'une auréole.
Stromminger lui-même ne put se défendre d'admirer son enfant, tant elle était belle en ce moment.

« Mon père, fit-elle tranquillement, je voulais
seulement vous dire que je n'épouserai pas Vincent.

— Hein ? s'écria le vieillard en se levant brusquement ; qu'est-ce à dire ? Tu ne l'épouseras
pas ?

— Non, mon père, je ne l'aime pas.

— Ah çà ! t'ai-je demandé si tu l'aimais ou
non ?

— Non, mais je vous le dis sans que vous me le demandiez.

— Et moi, je te dis également, sans que tu me le demandes, que tu épouseras Vincent dans quatre semaines, que tu l'aimes ou non. Je lui ai donné ma parole, et le Stromminger ne manque jamais à sa parole. A présent, décampe.

— Non, mon père, ce n'est pas fini comme cela. Je ne suis point une tête de bétail qui se puisse vendre ou promettre, au gré du maître. Je suppose qu'en fait de mariage, j'ai aussi mon mot à dire.

— Non, tu n'as rien à dire ; l'enfant appartient à son père, tout comme le veau ou le bœuf ; il doit faire ce que veut son père.

— Qui dit cela, mon père ?

— Qui le dit ? C'est écrit dans la Bible ; et une rougeur menaçante monta au visage du fermier.

— Il est seulement écrit dans la Bible qu'on doit honorer et aimer ses parents ; il n'y est pas dit qu'on doive épouser un homme qui vous est anti-pathique, uniquement parce que c'est la volonté d'un père. Tenez, mon père, s'il pouvait vous être profitable que je prisse Vincent pour mari, si cela vous sauvait de la mort ou de la misère, je le ferais assurément, dût mon cœur en être brisé ; mais vous êtes un homme riche, qui n'a rien à deman-der à personne, et il vous doit être absolument égal que j'épouse celui-ci ou celui-là. Vous me donnez à Vincent par pure malignité, pour m'empêcher d'épouser Joseph que j'aime, et qui m'aurait sûrement aimée s'il m'avait connue. C'est mal de votre part, mon père, et il n'est point écrit dans la Bible qu'un enfant soit obligé d'en passer par là.

— Satanée fillette! je vais t'envoyer le chapelain, qui t'apprendra ce qu'il y a dans la Bible.

— Ce n'est pas la peine, mon père; quand vous m'enverriez dix prêtres, qui me diraient tous les dix que je dois vous obéir sur ce point, je n'en ferais rien.

— Et moi je te déclare que tu le feras, aussi vrai que je suis le Stromminger; tu le feras, ou je te chasse de chez moi et je te déshérite.

— A votre aise, mon père, je suis assez forte pour gagner mon pain. Oui, donnez tout à Vincent, ma personne exceptée.

— Balivernes que tout cela! s'écria le fermier déconcerté. Sera-t-il donc dit que le Stromminger n'aura pu même venir à bout de sa propre enfant? Tu prendras Vincent, te dis-je, dussé-je te mener à l'église à coups de trique!

— Quand vous me mèneriez à l'église à coups de trique, je dirais encore non devant l'autel. Vous pouvez me tuer, mais non tirer, à force de coups, un oui de mes lèvres. Si vous le pouviez, j'aimerais mieux me jeter du haut en bas des rochers

que de me livrer à un homme dont je ne veux
point.

— Écoute, » hurla Stromminger, et sur le large
front du vieillard la colère dessina un sillon
bleuâtre qui s'y étendit comme une gerçure ;
toute sa figure devint bouffie, et ses yeux s'injec-
tèrent de sang ; « écoute, ne me mets pas hors de
moi. Nous avons assez de comptes à régler déjà ;
laisse-moi la paix, ou la chose finira mal entre
nous.

— Il y a déjà un an que la chose a mal fini entre nous, mon père. Lorsque vous m'avez frappée,
le jour de ma confirmation, j'ai compris qu'il n'y
avait plus rien entre vous et moi ; et voyez-vous,
mon père, depuis lors tout m'est indifférent : que
vous me traitiez bien ou mal, que vous me cares-
siez ou que vous me meurtrissiez de coups, cela
m'est tout un. Je n'ai plus de cœur pour vous ;
vous êtes absolument pour moi comme le glacier
du Similaun, le Vernagt ou le Murzoll. »

Un cri de rage étouffé jaillit de la poitrine de
Stromminger, qui avait écouté sa fille à moitié
transi de stupéfaction. Incapable de parler, il se
précipita sur elle, la saisit à bras-le-corps, et,
l'enlevant au-dessus de sa tête, la secoua en l'air
jusqu'à ce que lui-même en perdit le souffle ; après
quoi, il la rejeta par terre, et, lui posant son talon
ferré sur la poitrine : « Demande pardon de ce

que tu viens de dire, ou je t'écrase comme un ver, » cria-t-il tout haletant.

« Faites ! » répondit la jeune fille, en attachant un regard fixe sur son père. Elle pouvait à peine respirer, car le pied du vieillard pesait sur elle comme du plomb ; néanmoins elle ne broncha pas, elle n'eut pas même un tressaillement de cils.

Alors l'énergie de Stromminger se brisa ; il avait proféré une menace qu'il n'avait point la force d'exécuter : à la pensée d'écraser l'innocente et gracieuse poitrine de son enfant, son courroux s'éteignit et le sang-froid lui revint. Il était vaincu. Il retira son pied, à demi chancelant : « Non, dit-il d'une voix sourde, le Stromminger ne veut pas finir en prison, » et il s'affaissa tout épuisé sur un fauteuil.

Wally se releva, le visage blême, l'œil sec et terne ; on eût cru qu'elle était de pierre. Elle attendit, immobile, le dénoûment de cette scène.

Pendant une minute, Stromminger demeura en proie à de laborieuses réflexions, puis il dit d'une voix rauque : « Je ne veux pas te tuer ; mais puisque le Similaun et le Murzoll te sont autant que ton père, tu resteras désormais près du Murzoll et du Similaun. C'est là qu'est ta place. Tu n'étendras plus tes pieds sous ma table ; tu iras garder le bé-

tail au *Hochjoch*, et tu y resteras jusqu'à ce que tu
aies appris qu'un nid bien chaud auprès de Vincent
est encore préférable aux flancs neigeux du Murzoll. Va faire ton paquet, je ne veux plus te revoir; demain matin tu monteras là-haut. Je vais
donner congé aux gens de Schnalz, et, la semaine
prochaine, je t'enverrai les bêtes avec un valet de
main. Emporte avec toi du pain et du fromage en
suffisance pour vivre jusqu'à l'arrivée du troupeau. Le Klettenmaier te fera la conduite. Et
maintenant, file; c'est mon dernier mot, et je
m'y tiens.

— C'est bien, mon père, » murmura Wally en
baissant la tête, et elle quitta la chambre du fermier.

# III

## L'EXIL

*Au Hochjoch !* C'était là une terrible parole. Dans
ces régions inhospitalières de la montagne, ce
n'est plus la vie joyeuse de l'alpe, où l'air moite
et parfumé retentit du tintement des clochettes et
du chant des pâtres mâles et femelles : là règne
un éternel hiver, là plane un silence de mort. Semblable à une mère qui effleure de ses lèvres le
front livide d'un enfant mort, le soleil ne fait que
raser ces cimes glacées. Quelques maigres prairies,
suprêmes vestiges d'un monde organique lent à
périr, se rencontrent encore, comme perdues, dans
ces solitudes hivernales ; puis le dernier pacage
disparaît, la dernière goutte de sève demeure tarie
dans sa source ; ce n'est plus qu'une morne agonie

de la nature. L'avare villageois ne laisse pas toutefois d'exploiter ces restes chétifs de vie : il envoie ses troupeaux brouter là-haut ce qui leur tombe sous la dent, et mainte brebis paissante, que la convoitise pousse à la conquête de quelque plante des régions plus clémentes égarée jusqu'à ces altitudes, tombe au fond d'un gouffre glacé.

La fille de l'orgueilleux fermier du *Höchsthof*, dont les propriétés s'étendaient à des lieues à la ronde et montaient jusque dans les nuages, était donc condamnée à se morfondre en sa fleur dans ce perpétuel hiver. Tandis qu'en bas les haleines de mai caressaient la terre, que les sucs ascendants faisaient éclater les bourgeons, que les oiseaux bâtissaient leurs nids, et que tout s'agitait dans une douce étreinte, il lui fallait prendre la houlette du berger, dire adieu au domaine du printemps pour s'enfoncer dans la solitude des glaciers ; puis, quand la bise d'automne annoncerait le retour de l'hiver dans la vallée, alors seulement, comme si la jeune fille eût été, corps et âme, vendue aux frimas, il lui serait permis de redescendre.

Pas un propriétaire du pays n'envoyait ses pâtres sur ces hauteurs; ils en avaient tous affermé les herbages aux gens de Schnalz, qui habitaient outre-mont et qui en étaient plus voisins. Ceux-ci y expédiaient quelques rustres à demi sauvages,

endurcis à toutes les intempéries, qui s'habil-
laient de peaux, et qui habitaient là en ermites,
dans des huttes de cailloux, éloignés à des lieues
les uns des autres.

C'était à cette existence des pâtres de Schnalz
que le Stromminger, qui, lui aussi jusqu'alors,
avait toujours affermé ses pacages, condamnait
désormais sa fille unique. Nulle plainte ne sortit
néanmoins des lèvres de Wally. Elle se prépara en
silence à cette sinistre ascension. Dès le matin,
avant le lever du soleil, pendant que fermier,
valets et servantes dormaient encore, elle quitta la
maison paternelle pour gravir les montagnes.
Seule, la vieille Luckard, « qui avait tout vu d'a-
vance dans les cartes », et qui avait passé la nuit
auprès de la jeune fille, aida celle-ci à ficeler
son paquet, lui attacha en signe d'adieu le bouquet de rue au chapeau, et lui fit un bout de
conduite. La vieille pleurait comme si elle eût
escorté une morte. Le Klettenmaier suivait par
derrière avec le paquet. C'était un vieux et fidèle
serviteur, le seul homme qui eût grisonné au
service du Stromminger, attendu qu'il était sourd
et n'entendait point le fermier lorsqu'il l'acca-
blait de reproches et d'invectives. Il avait été
chargé par celui-ci de servir de guide à sa fille.

La Luckard accompagna Wally jusqu'à l'endroit
où la montée devenait tout à fait raide; là, elle

prit congé d'elle et s'en retourna, car il lui fallait
être au logis pour le déjeuner. Wally se mit à gravir la pente, tout en regardant au-dessous d'elle
sur la route où la vieille cheminait en pleurant dans
son tablier. Alors elle se sentit presque attendrie
elle-même. La Luckard avait toujours été si bonne
avec elle ; toute vieille et faible, cette femme du
moins l'avait aimée. Tout à coup elle voit la servante, là-bas sur le sentier, se retourner encore
une fois et lever la main pour lui montrer quelque chose. Elle suit la direction de son doigt, et
qu'aperçoit-elle? Un objet qui flotte dans l'air,
le long des rochers, d'une allure pesante et mal
assurée, comme un cerf-volant auquel le vent ferait
défaut ; il va toujours, donnant une petite poussée en avant, puis retombant, pour se redresser derechef avec peine. C'était le vautour de Wally,
qui, avec ses plumes rognées, l'avait suivie durant tout le trajet, voletant ainsi laborieusement.
Ses forces paraissaient épuisées, il ne pouvait
plus que clopiner au vent en battant de l'aile.

« Jeannot ! mon cher Jeannot! Comment ai-je
fait pour l'oublier? » s'écria Wally, en bondissant
comme un chamois de roche en roche, pour aller
par le chemin le plus court chercher le fidèle animal. La Luckard s'arrêta, jusqu'à ce que la jeune
fille eût regagné le sentier en bordure, puis elle
la salua de nouveau comme après une longue sépa-

ration. Enfin Jeannot fut atteint. Wally le prit dans ses bras et le pressa sur son cœur comme un enfant. Depuis la veille au soir elle avait si bien confondu dans ses pensées Joseph et le vautour, qu'il lui semblait que celui-ci était une sorte de muet trait d'union entre elle et le jeune homme, ou que le chasseur s'était métamorphosé en Jeannot et que c'était lui qu'elle étreignait en serrant ce dernier.

Si la foi fervente se crée des symboles visibles qui ont la vertu de rapprocher l'inaccessible et permettent de saisir l'insaisissable, si une croix de bois, une image de saint enluminée peuvent opérer des miracles, l'amour fervent se crée, lui aussi, une symbolique à laquelle il se raccroche, quand l'objet aimé est hors de sa portée. C'est ainsi que Wally puisait une consolation ineffable dans la société de son oiseau. « Viens, Jeannot, lui dit-elle tendrement ; tu vas grimper avec moi sur les glaciers ; toi et moi, nous ne nous séparerons plus.

— Mais, mon enfant, fit la Luckard, tu ne peux pas emmener ce vautour avec toi ; il mourra de faim là-haut. Tu n'y auras point de viande, et ces bêtes-là ne mangent pas autre chose.

— Tu as raison, répondit la jeune fille attristée ; mais je ne puis non plus me séparer de cet animal. Il me faut quelqu'un avec moi dans ma

4

solitude. D'ailleurs, je ne saurais le laisser seul à la maison : qui donc, moi absente, s'occuperait de lui et le soignerait ?

— Oh ! là-dessus sois tranquille, s'écria la Luckard, je me charge de lui.

— Oui, mais il ne te suivra pas, objecta Wally ; tu ne pourras point en venir à bout.

— Ah ! je t'en prie, répliqua tranquillement la vieille, j'ai si longtemps veillé sur toi ! Je saurai bien veiller aussi sur ton vautour. Donne-le-moi, je vais l'emporter. »

Sans plus de façons elle saisit l'animal au bras de Wally ; mais mal lui en prit : le superbe oiseau se mit en défense et donna des coups de bec si courroucés que la bonne femme, épouvantée, le lâcha incontinent. Il lui fallut renoncer à emmener Jeannot.

« Vois-tu bien ? s'écria Wally toute joyeuse, il refuse de me quitter ; me voilà obligée de le garder, quoi qu'il advienne. Que veux-tu ? Je suis et je resterai la *fille au vautour*... O mon Jeannot, tant que nous serons ensemble, tu ne manqueras de rien. Tu ne sais pas, Luckard ? Je vais lui laisser repousser les ailes ; il ne s'envolera jamais bien loin de moi, et, de la sorte, il pourra, là-haut, chercher lui-même sa nourriture.

— Allons, soit ! garde-le. Je t'enverrai demain, par le petit valet, un peu de viande fraîche et fumée que tu pourras lui donner pour commencer, jusqu'à ce qu'il soit en état de voler. »

Ainsi fut-il résolu. Wally prit l'oiseau sous son bras comme une poule, et se sépara de la Luckard, qui, de nouveau, se mit à pleurer; puis elle se hâte de rejoindre sur la montagne le Klettenmaier, qui, dans l'intervalle, avait pris les devants.

Au bout de deux heures, elle atteignit Vent, le dernier village à l'entrée de la région des glaciers. Elle gravit ensuite la hauteur qui le domine : c'était là que commençait le chemin du *Hochjoch*. Elle s'arrêta encore une fois et, s'appuyant sur son bâton ferré, elle abaissa ses regards sur le village silencieux, encore à demi plongé dans les songes; puis elle les reporta de l'autre côté, dans la direction du Wildsee et vers les dernières maisons de l'Œtzthal, les fermes de Rofen. Situé presque au pied du glacier sans cesse reculant et avançant du Hochvernagt, ce petit hameau semblait lui dire d'un air de défi, comme Wally avait dit la veille à son père : « Écrase-moi donc ; » mais, de même que le Stromminger, le Hochvernagt retirait toujours son pied puissant, comme s'il ne pouvait prendre sur lui d'anéantir l'asile de ses braves fils alpestres, les « Klotz de Rofen ».

Tandis que la jeune fille, avant de s'enfoncer dans le désert par delà les nuages, considérait, immobile, les dernières habitations de l'homme,

la cloche de l'église de Vent se mit, sous ses pieds,
à sonner matines. Le petit presbytère, à la fenêtre
duquel des œillets en boutons frissonnaient au
vent, ouvrit sa porte; le chapelain en sortit, et, les
mains jointes, s'en alla vers l'église remplir les
devoirs de son ministère. A droite et à gauche, les
chaumières de bois entr'ouvrirent leurs yeux assou-
pis; des formes humaines apparurent les unes
après les autres, et toutes, s'étirant les membres,
se dirigèrent successivement vers le temple.

Au travers du crépuscule, la pieuse sonnerie,
portée par le vent comme sur des ailes d'anges, arrivait tout entière sur la montagne, sans qu'une
seule note se perdît : Wally s'imaginait ouïr une
voix d'enfant qui prie. Et de même aussi qu'un enfant éveille sa mère par son frais babil, le carillon de
Vent parut avoir éveillé le soleil. L'astre ouvrit son
grand œil, et le rayon de son premier regard lança
par-dessus la chaîne des montagnes une immense
gerbe de lumière qui couronna les cimes au levant.
Les épaisses teintes grises de l'aube se changèrent
soudain en un azur transparent, dont la clarté
grandissante inonda de plus en plus les cieux de
ses jaillissements ; puis, le soleil émergea dans
toute sa magnificence au-dessus des crêtes nua-
geuses, en tournant avec amour sa face enflammée
vers la terre. Les monts dépouillèrent leur manteau de brumes et se baignèrent à nu dans des

flots de lumière. En même temps les profondeurs
des gorges s'emplirent de houleux ondoiements,
comme si tous les nuages, chassés du firmament
purifié, s'y étaient soudain laissés choir. Les airs
tressaillirent d'un hymne étrange de jubilation, et
la terre, en s'éveillant, parut pleurer de joie. On
eût dit d'une fiancée, au matin de sa nuit d'hymen ;
pareilles à des larmes aux cils de l'épouse, les
gouttelettes de rosée pendaient voluptueusement
et en tremblotant aux brins d'herbe et aux buissons. C'était par toute la campagne l'image de la
joie : en haut sur les montagnes, où les rayons
éblouissants se reflétaient dans l'œil perçant du
chamois ; en bas dans la vallée, où l'alouette
gazouillante s'envolait du sein des terres labou-
rées.

Wally contemplait avec ivresse ce réveil de la
nature ; son œil était à peine assez grand pour
contenir cet immense tableau des pures splendeurs
aurorales. Le vautour, perché sur l'épaule de la
jeune fille, agitait ses larges ailes comme pour
saluer le soleil avec amour. Et, pendant ce temps,
au-dessous d'elle, le village de Vent s'animait.
Dans cette vive illumination du jour renaissant,
Wally pouvait tout discerner : près de la fontaine,
les garçons embrassaient les fillettes ; un blanc
tourbillon de fumée ondoyait au-dessus des maisons et se perdait, sans laisser de traces, dans la

sérénité de l'air printanier, comme une pensée triste s'évapore dans une âme heureuse. Les hommes se rassemblaient sur la place, devant l'église. Ils avaient leurs belles chemises du dimanche et fumaient leurs pipes à garniture d'argent, car on était au lundi de la Pentecôte, jour de fête et de réjouissance universelle.

O sainte Pentecôte! ce dut être par une belle journée comme celle-ci que l'esprit du Seigneur descendit sur les apôtres et les transfigura de sa lumière divine, pour qu'ils s'en allassent à travers le monde prêcher l'évangile d'amour. Leurs prédications trouvèrent ainsi les âmes toutes chaudes et tout épanouies par cette éclosion du printemps, et, en même temps que le renouveau de la nature, commença la renaissance de l'humanité par la religion d'amour. Pour Wally seule, l'habitante des cimes, il n'y avait ni Pentecôte, ni manifestation d'amour; nulle bouche éloquente ne lui avait rendu l'évangile vivant; ce livre était demeuré pour elle une lettre morte, une semence ignorée et qui, faute d'un rayon de soleil, n'avait pu lever dans son cœur. Hélas! aucune colombe de paix ne vint s'abattre sur elle des profondeurs du ciel azuré : l'oiseau de proie qu'elle avait sur l'épaule était son unique messager d'amour.

La jeune fille s'arracha enfin à sa rêveuse contemplation. Après un dernier regard d'adieu adressé aux joyeux et bruyants villages d'en bas, elle fit demi-tour et se mit à gravir les mornes champs de neige qui conduisaient au *Hochjoch*, c'est-à-dire à l'exil.

# IV

## L'ENFANT DE MURZOLL

Il y avait cinq heures qu'elle montait, traversant tour à tour des plaines entières qu'embaumaient des plantes alpestres, des champs où la neige avait un pied d'épaisseur, puis de vastes moraines. Son insomnie de la nuit lui avait brisé tous les membres, et elle désespérait presque d'atteindre le but de son « voyage ». Ses mains et ses pieds tremblaient, car c'est un dur labeur que de lutter pour sa vie, cinq heures durant, avec ces perfides montagnes. De grosses gouttes lui perlaient au front lorsque soudain, comme par un coup de baguette magique, elle rencontra devant elle une muraille de nuages. C'était à l'angle d'un rocher où le soleil n'avait pu pénétrer. Wally se trouva enve-

loppée d'un épais brouillard et fouettée par un
souffle glacial qui sécha la sueur de son front. Ses
pieds glissaient maintenant à chaque pas sur un
sol devenu lisse comme un miroir : la voyageuse
avait atteint le névé durci, elle foulait le glacier
du Murzoll, la dent supérieure de la haute crête
du *Hochjoch*. Il n'y avait plus là que de rachitiques
herbes de montagne, croissant entre les éboulis
de cailloux et la neige. Tout alentour c'étaient
des précipices glacés aux reflets bleuâtres, des sur-
faces de neige immaculée que nul pied d'homme
ou d'animal n'avait encore salies de l'année. De
tous côtés, l'hiver insondable. Wally eut un frissonnement : c'était bien là le vestibule de cette
citadelle glacée du Murzoll, à propos de laquelle
tant de légendes couraient l'Œtzthal, le séjour de
ces fées, les *bienheureuses demoiselles*, dont la
Luckard l'avait entretenue, toute enfant, durant
les longues soirées d'hiver, alors que la neige
mugissait en bourrasques autour du logis. Il lui
semblait que de ces murs de glace désolés, de ces
cavités et de ces gouffres surgissaient, comme des
fantômes, toutes les vieilles terreurs de son enfance, et qu'elle voyait véritablement la demeure
de ce sombre génie des glaciers dont la bonne
femme l'avait tant de fois menacée dans son lit,
quand elle se montrait indocile.

Wally continua de monter en silence. Enfin son

sourd conducteur s'arrêta auprès d'une petite hutte
de cailloux couronnée d'un toit en saillie, avec
une lourde porte en bois brut et de petites ouver-
tures, en guise de fenêtres. A l'intérieur, il y avait
quelques pierres noircies qui servaient de foyer
et une couchette de vieille paille pourrie. C'était
la cabane du berger Schnalzais qui était venu
paître auparavant en ces lieux et auquel Wally
devait succéder. La jeune fille contempla, sans
sourciller, cette misérable habitation : c'était,
après tout, un campement alpestre comme il y en
avait beaucoup, et Wally était habituée à la dure.
De pareils détails n'étaient point faits pour émouvoir ce cœur hautain. Elle était d'ailleurs épuisée
à se laisser tomber; depuis la veille elle avait
passé par plus d'épreuves que n'en pouvait supporter même sa nature exceptionnellement vigoureuse. Machinalement, elle aida le sourd, que la
Luckard avait chargé pour elle d'une foule d'objets nécessaires ou confortables, à lui préparer un
gîte meilleur et à rendre, par quelques aménage-
ments, cette hutte solitaire un peu plus habitable.
Machinalement aussi elle goûta, en compagnie du
vieillard, aux vivres que la Luckard lui avait don-
nés. L'homme s'aperçut qu'elle était pâle et lui dit
d'un ton compatissant : « Voyons, à présent que
tu as mangé, couche-toi un peu, et dors; tu en as
besoin; pendant ce temps, je te monterai ici une

provision de bois pour les premiers jours; après
quoi, je serai obligé de m'en retourner, autrement, je n'arriverais point de jour au logis, et ton
père m'a formellement commandé de rentrer aujourd'hui même. »

Il étendit par terre une bonne paillasse qu'il
avait apportée sur son dos, et Wally, les yeux à moitié clos déjà, s'y laissa tomber en tendant, par manière de reconnaissance, la main au Klettenmaier.
— « Je ne t'éveillerai pas, lui dit ce dernier, si
tu sommeilles encore quand je reviendrai; je te
dis donc adieu tout de suite. Porte-toi bien et n'aie
pas peur. Je suis peiné de te laisser ici toute seule;
mais aussi, pourquoi n'avoir pas obéi à ton père? »

Wally n'entendit ces derniers mots que comme en
un songe. Le sourd quitta la hutte en secouant la
tête avec commisération. La jeune fille dormait déjà
profondément. Un battement de pénible angoisse
soulevait sa poitrine, car, jusque dans le sommeil,
la souffrance éprouvée pèse sur vous ainsi qu'un
cauchemar. Wally rêvait de son père, qui la trai-
nait à l'église par les cheveux, et sa pensée fixe
était d'avoir un couteau pour se couper les cheveux et recouvrer sa liberté. Puis, subitement,
Joseph se trouvait près d'elle, et, d'un seul coup, il
tranchait les tresses, qui restaient dans la main
du fermier; et Wally de se mettre à courir, pendant que Joseph se battait avec son père, et d'es-

calader la hauteur de la Sonneplatte pour se précipiter de là dans les flots de l'Ache. Toutefois,
saisie d'horreur devant l'abîme, elle hésitait ; mais,
en entendant de nouveau son père sur ses talons,
elle était prise de désespoir et elle faisait le saut.
La voilà tombant, tombant toujours, sans pouvoir
atteindre le fond. Il lui semble soudain ressentir
par en bas une pression de l'air qui l'arrête dans
sa chute, la soulève et la renvoie en haut. Elle
vole ainsi, luttant constamment pour son équilibre,
qu'elle craint toujours de perdre, jusqu'au sommet du Murzoll. Là, pareille à un navire qui ne
peut aborder, elle ne réussit point à prendre pied
sur le roc ; un effroyable tourbillon l'a saisie, et
vainement elle essaye de se cramponner à la muraille nue. Au-dessus de sa tête s'amoncellent des
nuages orageux, au travers desquels apparaît,
comme un spectre blafard, le cône neigeux de
l'Alpe.

Cette masse sombre vomit autour d'elle des ser-
pents de feu, avec un éclat de tonnerre dont la
montagne retentit, et la jeune fille, jouet des puissances de la nature, se voit projetée en tous sens
dans l'espace, tremblant toujours que l'ouragan
ne la retourne, car elle sent qu'une fois la tête en
bas, elle tombera dans l'abîme. Aussi, tout en
obliquant et en virant sur les vagues houleuses
de l'air, à la façon d'un petit navire, fait-elle ses

efforts pour se maintenir toujours le front en haut;
malheureusement, les pieds finissent par céder, et
elle s'aperçoit que le poids de sa tête l'entraîne
en bas. Elle voudrait, à travers la tempête, la foudre et les noires ténèbres des nuages, crier au
secours; mais elle ne peut proférer aucun son,
l'effroi lui paralyse la gorge. Tout à coup, elle est
arrêtée et sent sous elle une base solide; elle est
sans doute au fond d'un ravin; mais non, ce n'est
pas un ravin : ce sont des bras de pierre gigantesques qui l'enserrent, et, du milieu de la nue
lumineuse, une colossale figure de pierre se pen-
che sur elle : c'est la figure du vieux Murzoll. Ses
cheveux étaient des pins couverts de neige, ses
yeux des blocs de glace; sa barbe était faite de
mousse, et ses sourcils de liondent des Alpes. Sur
son front se trouvait, en guise de diadème, le
croissant de la lune, dont la douce lumière filtrait
sur son pâle visage, et ses grands yeux de glace
brillaient de reflets bleuâtres et fantastiques.

Le géant fixa sur la jeune fille son regard froid,
transparent, et néanmoins insondable : sous ce
regard, la sueur se congela au front de Wally, les
pleurs se figèrent sur ses joues et tombèrent avec
le léger crépitement de perles en cristal. Le vieillard posa ses lèvres de pierre sur celles de Wally,
et ce long baiser fit croître instantanément des
roses alpines autour de la bouche du géant de-

venue tiède et humide de rosée. Au second regard qu'il attacha sur la jeune fille, des ruisseaux coulèrent de ses yeux de glace jusque sur sa barbe de mousse. En même temps, les nuages noirs se dissipèrent et un zéphyr printanier souffla au travers de la nuit.

Murzoll alors remua ses lèvres dégelées et prononça ces mots qui retentirent comme les sourds roulements d'une avalanche au fond d'une vallée : « Ton père t'a chassée ; je t'adopte pour mon enfant. La froide pierre est plus facile à s'émouvoir qu'un cœur d'homme endurci. Tu me plais, tu es de ma race ; il y a en toi la matière dont les roches sont faites. Veux-tu être ma fille ?

— Oui, répondit Wally, en se serrant sur le sein rocailleux de son nouveau père.

— Eh bien, reste avec moi, ne retourne plus parmi les humains : auprès d'eux, il n'y a que lutte ; ici seulement règne la paix.

— Mais Joseph, que j'aime, reprit Wally, ne sera-t-il jamais à moi ?

— Laisse-le, dit le vieillard, tu ne dois pas l'aimer ; c'est un chasseur de chamois, et mes filles ont juré sa perte. Viens, je vais te conduire à elles, pour qu'elles anéantissent ton cœur ; autrement, tu ne saurais vivre dans notre paix éternelle. »

Ce disant, il l'emporta par d'immenses voûtes

et d'interminables galeries, et ils arrivèrent dans une grande salle, toute diaphane comme du cristal; les rayons du soleil, en y pénétrant, s'y brisaient en des millions d'étincelles versicolores, et, au travers des parois, le ciel et la terre resplendissaient, à la fois confondus et distincts, dans une étrange fantasmagorie de lumière. Là, des jeunes filles, d'une blancheur éblouissante, et revêtues d'ondoyants voiles de brouillards, jouaient avec une troupe de chamois, et c'était plaisir de les voir lutiner ces agiles animaux, courir après, deci, delà, rapides comme l'éclair. C'étaient les filles de Murzoll, les « bienheureuses demoiselles » de l'Œtzthal. Toutes se rassemblèrent curieusement autour de Wally, quand le vieillard l'eut déposée sur le sol lisse comme un miroir. Elles étaient belles comme des anges, avec des visages qui semblaient de lait et de sang; mais, en les regardant de plus près, Wally remarqua, non sans frissonner, qu'elles avaient toutes des yeux de glace comme leur père, et que l'incarnat qui colorait leurs joues et leurs lèvres était, non pas du sang, mais seulement du suc de rose des Alpes, et qu'elles étaient froides comme de la neige congelée.

« Voulez-vous, leur dit Murzoll, que celle-ci reste avec vous? Je l'aime; elle a la force et la consistance du rocher : elle sera votre sœur.

— Elle est belle, répondirent les demoiselles ; elle a des yeux de chamois ; mais son sang est chaud et elle aime un chasseur de chamois.... nous savons cela.

— Eh bien, commanda Murzoll, posez-lui vos mains sur le cœur : qu'il s'immobilise avec tout l'amour qu'il contient, et qu'elle devienne comme vous bienheureuse. »

Aussitôt les fées se précipitèrent vers Wally, qui perçut comme le souffle impétueux d'un ouragan de neige. Leurs froides mains d'albâtre s'allongèrent vers la poitrine de la jeune fille, qui sentait déjà son cœur se contracter et battre plus lentement. Des deux bras Wally les repoussa loin d'elle en s'écriant : « Non, laissez-moi, je ne veux pas être bienheureuse, je veux Joseph. »

Les fées lui répondirent d'un ton menaçant : « Si tu rentres parmi les humains, nous mettrons Joseph en pièces et nous te précipiterons avec lui dans l'abîme. Quiconque nous a vues n'a plus le droit de retourner vivre avec les hommes.

— Eh bien, jetez-moi dans l'abîme ; mais laissez-moi mon amour au cœur. Je suis prête à tout souffrir ; quant à renoncer à mon amour, jamais ! » Et avec l'énergie du désespoir, Wally empoigna au corps une des bienheureuses et engagea une lutte avec elle.

O prodige ! la frêle créature se brisa dans

5

ses bras , et ne lui laissa aux mains qu'un
ruissellement de neige. En même temps la lumière du jour s'éteignit, et tout demeura plongé
dans un gris crépuscule. Wally se retrouva
sur la roche nue. Une âpre brise , chargée
d'aiguilles de glace, lui fouettait le visage, et au
lieu des Bienheureuses, elle ne vit que de blanches vapeurs tournoyant autour d'elle dans une
sorte de sarabande échevelée. Au-dessus de sa
tête, la pâle figure de Murzoll la regardait d'un
air sombre à travers les nuages, et, d'une voix de
tonnerre, le vieillard lui cria : « Tu t'es mise en
révolte contre les hommes et les dieux; le ciel et
la terre te seront ennemis. Malheur à toi ! » Puis
tout s'évanouit.

Wally s'éveilla. Le vent glacial du soir sifflait
sur elle par les brèches du mur. Elle se frotta
les yeux; son cœur et son sein palpitaient encore du sinistre rêv    lui fallut du temps pour
reconnaître où el    était et pour dégager la
réalité des chi   res du songe, car celui-ci lui
avait laissé un frissonnement inexplicable qui
se communiquait même au monde véritable.

Elle se leva de sa couche, et appela machinalement le Klettenmaier ; puis elle sortit de la
hutte pour se mettre en quête de lui. Il faisait
une belle et claire soirée; les nuages s'étaient dis-
sipés ; néanmoins, comme le soleil était à son dé-

clin, il soufflait un air très-vif sur la montagne.
Wally courut dans toutes les directions à la recherche du sourd ; mais elle ne trouva que le tas
de bois de pin qu'il avait empilé pour elle. Elle se
souvint alors qu'il lui avait dit : « Je partirai si tu
dors encore », et il avait fait comme il avait dit ;
il n'avait point attendu son réveil. C'était bien
mal de la part du vieillard de l'avoir ainsi abandonnée pendant son sommeil ! Tout, autour d'elle,
était si morne, si désert et si vide ! Il pouvait
être six heures ; c'était le moment où, à la ferme,
on trayait les vaches. Les bêtes familières de
Wally regardaient sans doute par-dessus la porte
de l'étable si leur maîtresse arrivait, leur appor-
tant le pain et le sel. Hélas ! leur maîtresse était
au Hochjoch, et pas un être ne s'agitait autour
d'elle.

Quel silence de mort ! Quel désœuvrement !
Wally ne savait comment reconnaître ses impres-
sions au milieu de cette solitude effrayante. Elle
monta sur une éminence pour jeter un coup d'œil
sur le vaste monde, et un spectacle incommensurable et tout nouveau s'offrit à ses regards dans
la pourpre du soleil couchant. L'écheveau des montagnes du Tyrol se déroulait en pleine perspective jusqu'à la limite de l'horizon ; leurs masses,
d'abord écrasantes, allaient se rapetissant de plus
en plus dans le lointain, et l'ensemble avait une

sublimité calme et grandiose. Dans leurs replis
reposaient, comme des enfants aux bras de leurs
pères, les hautes vallées fleuries. Wally fut prise
d'une inexprimable nostalgie à la pensée de ses
chères campagnes natales qui, en ce moment,
disparaissaient sous elle dans les muettes ombres
du soir. Le soleil, en se couchant, avait laissé derrière lui, dans les nuées violettes de l'horizon, des
stries de feu purpurines ; le disque blafard de la
lune commençait à poindre peu à peu et disputait
l'empire du ciel aux dernières clartés fuyantes de
l'astre du jour. Dans les vallées il faisait déjà
nuit ; çà et là semblait y scintiller un petit point
lumineux, espèce d'étoile terrestre, à peine
visible à l'œil nu dans l'éloignement. A cette
heure les laborieuses compagnes de Wally s'ap-
prêtaient à goûter le repos : moment heureux pour
elles, qui toutes avaient un toit hospitalier au-
dessus de leur tête et pouvaient se blottir à leur
aise dans le giron d'un doux intérieur. Peut-être,
à demi assoupies, prêtaient-elles encore l'oreille,
derrière le rideau versicolore de la petite fenêtre,
aux refrains de leurs bien aimés. Wally seule demeurait solitaire, bannie du monde, livrée sans
défense à toutes les terreurs, n'ayant pour abri
qu'une hutte informe par les trous de laquelle le
vent s'engouffrait. « O mon père! mon père! s'écria-
t-elle, peux-tu avoir le cœur de me traiter ainsi ! »

Le hurlement de la bise nocturne aux alentours
répondit seule à sa voix. Le disque de la lune
monta de plus en plus dans le firmament; à
l'ouest, les rubans lumineux perdirent leur éclat
empourpré, et ne projetèrent plus à l'horizon
assombri que de jaunes reflets de laiton; les contours des montagnes se déformèrent et grandi-
rent dans la pénombre crépusculaire. Le voisin le
plus proche de Wally, le gigantesque Similaun, se
mit à toiser la jeune fille d'un air menaçant; puis
toutes les grandes cimes environnantes semblè-
rent fixer un regard hostile sur l'audacieuse qui
se permettait d'épier le secret de leur vie nocturne. On eût dit que, depuis l'arrivée de Wally,
elles étaient toutes devenues immobiles et muettes, comme une société mystérieusement affairée
qui se tait soudain dès qu'un étranger survient
parmi elle.

Oui, certes, isolée au sein de cette nature
morne et rigide, perdue à ces hauteurs inaccessibles au-dessus de tout être vivant, la pauvre
créature avait bien l'air d'une intruse dans cette
compagnie étrange de nuages et de glaciers, qui
l'accueillait par un « chut » mystérieux et sinistre. « Ah! lui cria une voix intérieure, te voilà
maintenant toute seule au monde! » Une angoisse
indicible, l'angoisse de l'abandon, s'empara de la
jeune fille. Il lui sembla soudain qu'elle allait

rouler et se perdre dans l'espace immense et sans bornes, et, comme pour chercher du secours, elle se cramponna aux parois du roc en pressant contre la froide pierre son sein palpitant. Que se passa-t-il en elle dans ce moment? C'est ce qu'elle n'eût pu s'expliquer; mais cette roche où elle venait d'étreindre son jeune cœur, plein de fièvre et de désespoir, parut avoir exercé sur elle une influence mystérieuse : en une minute, elle s'était endurcie et cuirassée, comme si elle eût été effectivement l'enfant de Murzoll.

# V

## LA LUCKARD

Quand le jeune pâtre, au bout de huit jours environ, survint avec le bétail, il eut presque peur à la vue de Wally, tant celle-ci avait l'air sauvage. « Ton père, lui dit-il, te fait demander si, à cette heure, tu n'en as pas assez d'être ici perchée, et si tu es prête à remplir ton devoir. » La jeune fille repartit en grinçant des dents : « Dis à mon père que j'aimerais mieux être mangée ici, pièce à pièce, par les oiseaux de proie, que de rien faire désormais pour plaire à celui qui m'a exilée sur cette cime. »

Tel fut, jusqu'à nouvel ordre, le dernier message échangé entre l'enfant et son père.

Une fois que Wally eut autour d'elle son petit

troupeau, uniquement composé de brebis et de chèvres, car ces hauteurs ne fournissaient pas de quoi nourrir le gros bétail, elle retrouva son ancienne énergie, et la sauvage montagne dé- pouilla pour elle ses terreurs. Au milieu de ses protégés, elle n'était plus seule ; elle avait de nou- veau une besogne à remplir, une sollicitude à exercer : elle échappait dès lors à cette inaction que la société de son fidèle vautour ne suffisait point à bannir, inaction qui la poussait presque au désespoir et la livrait en proie à toutes les som- bres pensées. La jeune fille se fit donc peu à peu à son isolement ; elle y trouva même une sorte de charme familier. Le train de la vie quotidienne, avec ses tyrannies grandes et petites, gêne et dé- prime les natures d'élite ; ici, au contraire, Wally pouvait déployer sans contrainte et à l'infini les ailes de son âme ; elle aspirait la liberté à pleins poumons ; personne n'était là pour la contredire, pour lui opposer une volonté étrangère.

A l'idée qu'elle était le seul être pensant, à plu- sieurs lieues à la ronde, elle se sentit insensible- ment comme une reine sur son trône solitaire et sublime, elle crut régner sur l'immense et silen- cieux empire qu'elle embrassait du regard. Du haut de son empyrée, elle finit par considérer d'un œil de pitié dédaigneuse la gent misérable qui s'agitait là-bas dans les vapeurs terrestres, avec

ses convoitises, ses concupiscences, ses marchan-
dages et ses mesquins calculs. A la nostalgie suc-
céda chez elle un dégoût secret. Là, sous ses pieds,
tout était lutte, tourment et crime, tandis qu'ici,
— Murzoll, dans le rêve, avait dit vrai, — ici, dans
ce pur élément de glace et de neige, dans cette
atmosphère limpide où ne pénétraient ni l'épaisse
fumée du monde ni le souffle empesté des humains, c'étaient la paix et l'innocence.

Au sein de ces montagnes aux formes géantes
et reposées, qui l'avaient d'abord épouvantée,
Wally sentait son âme s'ouvrir à la notion du sublime; son esprit avait des élans qui l'enlevaient
bien au-dessus des vulgaires niveaux. Une seule
créature parmi les habitants du globe inférieur
continuait de lui apparaître, comme devant,
pleine de séduction, de beauté et de grandeur :
c'était Joseph, le vainqueur de l'ours, le Saint-
Georges de ses rêves.

Ne vivait-il pas, ainsi qu'elle, bien plus sur les
hauteurs que dans les bas-fonds? N'avait-il pas
escaladé tous les sommets sourcilleux, où nul
autre que lui n'osait s'aventurer? N'allait-il pas
débusquer les chamois sur les rocs les plus escar-
pés, et n'avait-il pas épuisé toutes les épouvantes
des cimes et des abîmes? Oui, il était le premier
des hommes en force et en courage, comme, en
courage et en force, elle était la première des

femmes. S'il n'y avait point dans tout le Tyrol
une autre fille qui pût marcher de pair avec lui,
il n'y avait point non plus un autre garçon qui
pût aller de pair avec elle ; ils étaient faits l'un
pour l'autre : couple géant des montagnes, qui
n'avait rien de commun avec la chétive lignée de
la plaine !

Wally, dans sa solitude, ne vivait donc que pour
Joseph ; elle attendait le jour où la promesse du
destin devait s'accomplir : ce jour ne pouvait manquer de venir, et cette certitude rendait sa patience invincible.

L'été s'écoula ; puis l'hiver s'épandit dans les
vallées. Avec ses sauvages précurseurs, la tempête
et la neige, l'exilée allait regagner sa patrie,
où elle n'était plus qu'une étrangère. Cette pensée
lui causait une véritable angoisse. Elle eût mieux
aimé mille fois se blottir au plus profond des glaciers et y vivre à la façon de l'ourse sauvage, que
de redescendre dans l'atmosphère étouffante et
les criailleries de la chambre aux fileuses, que
d'aller se confiner, en compagnie d'un père grondeur, d'un prétendant détesté et d'une malicieuse
valetaille, dans l'étroite enceinte du logis, pour y
demeurer bloquée derrière plusieurs pieds de
neige, sans pouvoir, souvent des semaines entières, mettre le pied dehors.

A mesure que ce moment se rapprochait, le

cœur de Wally se serrait davantage; la jeune fille
se révoltait avec une sorte de désespoir contre
cette perspective de captivité. Le temps s'écoula
toutefois sans que personne la vînt chercher; on
eût dit que les gens d'en bas l'avaient oubliée. Le
froid et l'hiver sévirent de plus en plus sur la montagne, les journées devinrent de plus en plus
courtes, les nuits plus longues; deux brebis pé-
rirent dans une tourmente de neige; les bêtes ne
trouvèrent bientôt plus à se nourrir, et l'époque où
l'on a coutume de rentrer les troupeaux était passée.

« On veut nous laisser ici mourir de faim, »
dit Wally au vautour, en partageant avec lui son
dernier morceau de pain. Alors un frissonnement
secret la saisit, toutes les forces vives de sa jeunesse se raidirent contre cette pensée terrifiante.
Que faire? Laisser là le bétail et chercher toute
seule à se rapatrier, pour que ses animaux péris-
sent misérablement? Non, Wally en était incapable; elle voulait tenir ferme et tomber comme
un bon général à la tête de ses troupes. Devait-elle
emmener ses bêtes avec elle, et, ignorante de la
route, vaguer à travers les glaciers couverts de
neige, pour voir finalement tous ses compagnons
tomber perclus dans les frimas ou s'abîmer dans
les précipices? Ce second parti n'était pas moins
impraticable. La jeune fille ne pouvait rien,
qu'attendre.

Enfin, par une sombre matinée d'automne, le brouillard était si épais qu'on ne se voyait pas la main sous les yeux ; le petit troupeau, tout grelottant de froid, se tenait serré en tas sur son fumier, et Wally était assise, les membres raidis, auprès de l'âtre..... Tout à coup apparut le jeune pâtre chargé de quérir l'exilée. Celle-ci, qui avait eu peur à la pensée de périr lentement de faim avec ses bêtes, n'eut plus derechef qu'un sentiment, celui de la terreur que lui inspirait le retour au pays. Elle ne savait plus lequel des deux maux était le pire, ou d'expirer sur l'âpre sein de son père Murzoll, ou de regagner la demeure de son véritable père.

Le valet rompit le silence en disant : « Le Stromminger te fait annoncer qu'il ne t'autorise à reparaître devant ses yeux que si tu consens à faire ses volontés ; si tu refuses encore d'entendre raison, tu resteras à l'étable près des vachères, sans poser le pied au logis. Voilà ce qu'il a juré.

— Allons, tant mieux ! » repartit la jeune fille avec un soupir de soulagement. Le valet la regarda tout interdit.

Wally était prête maintenant à se mettre en route le cœur léger ; elle se trouvait dispensée de revoir les gens qu'elle haïssait, elle allait pouvoir vivre à sa guise dans la grange et l'étable : cette soi-disant punition était pour elle un bienfait. Au

moins lui serait-il loisible de se livrer tout à l'aise
à ses pensées, et si elle éprouvait le besoin de
causer avec quelqu'un, elle avait après tout la
Luckard, qui lui voulait tant de bien. Dans sa solitude, Wally avait appris à connaître le prix d'un
cœur fidèle comme celui de la vieille, et ce bien,
son père ne pouvait le lui ravir. Elle se mit donc à
faire avec une sorte de gaîté les préparatifs de son
départ. Débarrassée de la crainte anxieuse de vivre
au contact importun du fermier, elle songeait avec
une satisfaction toute intime à la joie de la bonne
femme lorsqu'elle reverrait son enfant chéri. Il y
avait au moins quelqu'un là-bas que son retour
comblerait de bonheur : cette pensée lui faisait du
bien.

Ses paquets finis, elle appela le vautour, qui se
tenait mélancoliquement accroupi, le plumage
tout boursoufflé, auprès du foyer : « Viens, Jeannot !
nous allons retrouver la Luckard.

— La Luckard n'est plus à la maison, dit le petit
garçon.

— Comment ? Où est-elle ? demanda Wally
effrayée.

— Le fermier l'a chassée.

— Chassée ! la Luckard ! s'écria la jeune fille,
que s'est-il donc passé ?

— Mon Dieu ! elle n'a pu s'accorder avec Vincent, et Vincent est à présent le maître au logis, »

ajouta le gars d'un ton indifférent ; puis, tout en
sifflant, il hissa sur son dos ses crochets chargés
des effets de Wally. Celle-ci était devenue toute
pâle. « Et où est maintenant la Luckard ? reprit-
elle.

— Chez la vieille Annemiedel, à Winterstall.

— Et quand cela est-il arrivé ?

— Oh! il y a déjà pas mal de semaines. Elle a,
ma foi, joliment crié. Elle ne pouvait quasi point
marcher, tant le saisissement lui était tombé dans
les jambes. Le Klettenmaier et le Nazzi ont dû la
soutenir pour l'empêcher de tomber ; et tout le
village faisait cercle pour la voir mettre à la porte.»

Wally avait écouté sans faire un mouvement :
son visage hâlé était livide et sa poitrine battait
violemment. Quand le valet eut fini de parler, elle
arracha du mur sa houlette, planta le vautour sur
son épaule et sortit de la hutte. « En route ! »
commanda-t-elle d'une voix rauque au jeune gars.
En un clin d'œil le troupeau fut rassemblé, les
vases à lait furent empaquetés, et le convoi s'é-
branla.

Wally ne disait mot ; ses traits avaient une
tension effrayante. Les lèvres serrées, le visage
marqué, entre ses épais sourcils, d'un pli menaçant qui rappelait le front de son père, elle cheminait à grands pas en tête de la caravane, et son
pied ferme imprimait de profonds sillons dans la

neige. Elle alla ainsi de plus en plus vite à mesure
que l'on descendait, si bien que le valet avait peine
à suivre avec le bétail. Quand la pente devenait
trop raide, elle enfonçait dans le roc la pointe
ferrée de son bâton et s'élançait d'un bond si vigoureux, que le vautour seul la pouvait rattraper en
volant au-dessus des gouffres et des crevasses.
Quant au pâtre et au troupeau, ils disparaissaient
souvent par derrière dans le brouillard. Wally s'arrêtait alors pour attendre un instant qu'ils rede-
vinssent visibles et que le jeune gars lui indiquât
le chemin à suivre ; puis elle reprenait sa course
sans trêve ni repos, comme si une vie humaine
eût été en jeu.

Enfin la région des glaces se trouva franchie. De
même que six mois auparavant, lorsqu'elle avait
fait l'ascension, la jeune fille aperçut Vent à ses
pieds ; mais cette fois il ne brillait plus au soleil
de mai ; l'automne brumeux l'enveloppait de ses
mornes froidures. Là, le valet déclara qu'il fallait
se reposer. Comme Wally s'y refusait, il allégua
que c'était vouloir tuer bêtes et gens que de ne
point faire une halte d'une demi-heure. « Eh bien !
soit, reprit la jeune fille, reste ici ; moi, je vais en
avant ; je ne puis plus maintenant me tromper de
chemin. Si l'on te demande où je suis quand tu
rentreras, tu n'as qu'à dire que je suis allé chez la
Luckard. »

Là-dessus Wally continua sa marche, suivie à
tire-d'aile du fidèle Jeannot, qui pouvait à présent
voler à son aise, car sa maîtresse ne lui rognait
plus les plumes. Bientôt elle fut à l'endroit où la
vieille, lors du précédent voyage, lui avait dit adieu
et avait rebroussé chemin. Pauvre femme ! Wally
la voyait encore cheminer en pleurant dans son
tablier ; elle la revoyait allonger une dernière fois
vers elle ses bras noirs et osseux ; elle revoyait
aussi flotter au vent les mèches argentées qui s'é-
chappaient toujours de dessous son bonnet. La
Luckard avait blanchi honnêtement à la tâche dans
la maison du Stromminger, et aujourd'hui l'op-
probre était sur cette tête chenue. Wally songea
en même temps avec quel sans-souci elle s'était
séparée d'elle, en lui défendant de pleurer ; avec
quelle impatience elle s'était arrachée des bras de
la bonne femme, qui, dans sa douleur, ne voulait
point la lâcher ! Hélas ! au moment où elle prenait
si froidement congé d'elle, nul pressentiment ne
lui avait dit au-devant de quelle destinée elle envoyait la pauvre servante dénuée de toute protection ; elle n'avait pas prévu qu'à cause d'elle la
Luckard souffrirait injure et ignominie.

Wally redoubla sa course, comme si elle eût pu
encore, sur cette route parcourue par elle il y avait
six mois, rattraper la bonne femme. Malgré le
froid, la sueur lui découlait du front, dans sa hâte

précipitée pour acquitter une lourde dette de reconnaissance ; une larme brûlante perlait dans ses
yeux, qui voyaient toujours la Luckard cheminer
en pleurant silencieusement. Hélas ! si lente que
fût la démarche de la vieille, si rapide que fût celle
de Wally, toutes deux demeuraient toujours aussi
loin l'une de l'autre, et la jeune fille ne pouvait
pas rejoindre la servante.

Un moment elle dut respirer et faire une pause.
Elle essuya la moiteur de son front et les larmes
de ses paupières ; après quoi, elle reprit sa course
inexorable. « Attends-moi, Luckard, attends-
moi ; me voici ! » murmurait-elle toute haletante,
comme pour soulager sa propre conscience. Enfin
le clocher de Heiligkreuz surgit devant elle ; de là
un sentier vertigineux conduisait au-dessus de
l'Ache vers un groupe de maisons solitaires de
l'autre côté de la gorge : c'était le hameau de Winterstall, où habitait la Luckard.

Obliquant derrière les maisons de Heiligkreuz,
Wally traversa la frêle passerelle au-dessous de
laquelle l'Ache impétueuse roulait ses ondes ;
l'écume irritée du torrent semblait vouloir s'é-
lancer jusqu'à cette fière jeune fille qui plongeait un regard assuré dans le sinistre abîme,
comme s'il n'y eût au monde ni dangers ni
vertiges. Le pont est franchi ; encore un petit
bout de montée abrupte, et Wally touche le but

où tend son cœur palpitant : elle est à Winterstall.

A main gauche, là-bas au bord du chemin, voici la cabane de la vieille Annemiedel, la cousine de Luckard, avec ses petites fenêtres cachées sous le chaume en saillie. Sans doute, la Luckard y est assise, en train de filer, comme elle fait toujours l'hiver. Un profond soupir de soulagement s'échappe du cœur de Wally. Elle est arrivée près de la cabane ; avant d'entrer, elle regarde en souriant par la petite croisée borgne si elle n'aperçoit pas son amie ; mais il n'y a personne dans la pièce, qui a l'air d'être vide et inhabitée ; un lit dégarni est jeté là en désordre ; au-dessus un Christ de bois tout enfumé étend ses bras sur la croix ; il y pend un petit morceau de crêpe noir et une couronne de rue qui tombe en poussière.

A ce spectacle navrant, toute joie s'éteint subitement en l'âme de Wally. Elle dépose le vautour sur un parapet, lève le loquet de la porte et pénètre dans l'étroit vestibule. A l'extrémité se trouve la petite cuisine, toute ouverte ; un maigre feu de bourrée y frissonne dans l'âtre. Quelqu'un est là, qui va et vient, affairé, dans la pièce. Pour sûr, c'est la Luckard. Wally entre le cœur palpitant. Debout près du foyer, elle aperçoit la cousine, en train de tailler le pain pour la soupe : nulle autre personne dans la pièce.

« Ah! mon Dieu! c'est la Wally Stromminger!
s'écria la vieille en laissant, de surprise, le couteau
tomber dans l'écuelle. Ah! mon Dieu? quel dommage!

— Où est la Luckard? demanda Wally.

— Ah! bon dieu du ciel! Que n'es-tu venue
seulement trois jours plus tôt! Nous l'avons en-
terrée hier. »

Wally ferma les yeux et s'appuya silencieusement au montant de la porte; aucun son ne trahit
ce qui se passait en elle.

« Ah! c'est bien dommage! continua la loquace
bonne femme; la Luckard s'était imaginée qu'elle
ne pourrait pas mourir sans t'avoir revue. Les
cartes annonçaient toujours ton retour, et, jour et
nuit, l'on écoutait si tu n'arrivais pas. Enfin, sen-
tant la mort s'approcher, la Luckard dit : « Allons !
« il faudra donc que je trépasse sans avoir revu l'enfant! » — Et alors j'ai dû lui donner les cartes encore une fois, et encore une fois, dans l'agonie,
elle a voulu les tirer pour toi; mais cela n'allait
plus, les mains lui tremblaient sur la couverture...
Tout à coup elle dit : « Je n'y vois plus »; puis elle
s'est étendue, et a rendu l'âme. »

Wally joignit les mains devant son visage; pas
un mot néanmoins ne sortit encore de ses lèvres.

« Viens dans sa chambre, dit la vieille d'un
ton affectueux; je n'ai pas voulu y remettre le

pied depuis qu'ils en ont emporté la Luckard…
Vois-tu, j'avais toujours été bien seule ; aussi ai-
je été bien contente quand ma cousine est venue me
dire qu'elle allait maintenant demeurer avec moi ;
mais je n'ai pas tardé à remarquer qu'elle ne sur-
vivrait pas longtemps à son affront. Elle avait l'estomac pris, et ne pouvait presque plus manger ;
toutes les nuits, je l'entendais pleurer. Enfin elle
a été toujours s'affaiblissant, jusqu'au moment
où elle est morte. »

La vieille avait ouvert la chambre où Wally avait
déjà auparavant jeté un regard. Toutes deux y
entrèrent. Leur approche troubla un essaim languissant de mouches automnales qui s'envolèrent
en bourdonnant. Le vieux rouet de la Luckard
était engourdi et muet, dans un coin de la pièce ;
le lit, vide et défait, avait un air tout mélancolique. La cousine retira d'un bahut, sur lequel était peint la vierge noire d'Altenötting, un
jeu de cartes tout usé. « Tiens, dit-elle, j'ai conservé cela pour toi ; je savais bien que tu vien-
drais : c'était toujours écrit dans les cartes. Ah ! ce
sont là de vraies cartes de sorcière, et, tout imprégné-
gnées qu'elles sont de la sueur d'une morte, elles
ont double valeur. Je ne sais pas quel malheur te
menace ; mais, tout le temps, la Luckard secouait
la tête et regardait là-dedans d'un air effrayé. Elle
ne m'a pas dit ce qu'elle y voyait ; mais, pour sûr,

ce ne doit pas être grand'chose de bon. »

Elle donna les cartes à Wally, qui les prit silencieusement et les mit dans sa poche. La cousine s'étonnait de voir que la jeune fille fût si peu sensible à la mort de la Luckard, qu'elle conservât tout son calme et ne répandît pas le moindre pleur. « Il faut que je sorte, lui dit-elle ; ma soupe est au feu. Tu dînes avec moi, n'est-ce pas ? — Oui, oui, répondit Wally d'une voix sourde, allez, cousine, et laissez-moi reposer un petit moment ; je n'ai fait qu'un bond du Hochjoch jusqu'ici. »

La vieille s'en alla en hochant de la tête : « Ah ! se dit-elle, si la Luckard avait su combien cette fille a le cœur dur ! »

A peine seule, Wally poussa le verrou de la porte derrière la cousine et tomba sur les genoux devant la couche vide. Elle tira les cartes de sa poche, les déposa devant elle, et, joignant les mains dessus comme sur une relique sacrée : « Oh ! s'écria-t-elle dans une explosion soudaine de douleur, oh ! il t'a fallu mourir, et je n'étais pas à tes côtés ! Toute ta vie, tu n'as fait que m'aimer et me choyer, et moi, moi, je ne t'en ai jamais récompensée ! Luckard, vieille et chère Luckard, ne m'entends-tu pas ? Me voici enfin, me voici, et il est trop tard ! Ils m'ont laissée là-haut plus longtemps qu'on n'y laisse jamais aucun pâtre..., par méchanceté, pour me faire geler et me mater... Il

m'en a coûté déjà deux têtes de bétail, et, de plus,
ta perte, pauvre et brave fille! »

Wally se releva brusquement, les yeux rouges
et luisants de fièvre, puis, fermant convulsivement
les poings : « Attendez un peu, vous autres là-bas!
s'écria-t-elle ; attendez, bourreaux, que j'arrive !
Je vous apprendrai à jeter à la rue des gens inno-
cents et sans défense! Aussi vrai qu'il y a un
Dieu, Luckard, tu entendras parler dans ta tombe
de la façon dont j'aurai pris fait et cause pour toi. »

Son regard tomba sur le Christ accroché au che-
vet du lit : « Quant à toi, fit-elle, on sait que tu laisses
les choses aller leur train, et que tu n'assistes
guère celui qui ne s'assiste pas lui-même. » C'est
ainsi que la jeune fille, dans l'emportement de la
douleur, grondait contre la silencieuse et patiente
divinité, dont elle ne pouvait comprendre la conduite. Elle était effrayante dans son légitime courroux ; tout ce qu'il y avait en elle de l'inflexible
nature de son père s'était développé sans contrainte
sur la cime sauvage du Hochjoch, et son grand et
noble cœur, qui ne connaissait que les plus purs
mobiles, lançait, à son insu, dans ses veines des
bouillonnements pernicieux de sang.

Elle ramassa les cartes, reliques saintes où le
doigt de la morte avait tracé dans l'agonie son dernier message d'affection, puis elle sortit et alla
retrouver la cousine. « Je me remets en route à

l'instant, lui dit-elle d'une voix calme ; je vous prie
seulement de me raconter tout ce qui s'est passé
entre la Luckard et.... le fermier. » Elle ne nom-
mait plus celui-ci son père.

La cousine, qui venait de servir la soupe dans
une écuelle de bois, obligea Wally de dîner avec
elle. « Il faut que tu saches, lui dit-elle, tandis
qu'elle mangeait, que Vincent s'entend parfaitement avec ton père, et que, dans ces six derniers mois, il l'a complétement subjugué. Depuis cet été, le Stromminger a un pied malade
et ne peut plus galoper. Pour lors, Vincent passe
toutes les soirées auprès de lui, il l'aide à tuer le
temps en jouant aux cartes, et le laisse toujours
gagner, dans l'idée qu'il se rattrapera d'un seul
coup s'il met jamais la main sur toi. Le bonhomme
ne peut plus se passer de Vincent, et, ma foi, petit
à petit, il lui a donné la surveillance de la maison,
attendu qu'avec son pied-bot il ne peut plus vaquer
par lui-même aux affaires. Aussi Vincent s'imagine-
t-il déjà que le domaine lui appartient à moitié,
il va et vient, gérant tout à sa guise. Pour lors
sont venues les affaires avec la Luckard. Celle-ci a
voulu voir clair dans les choses, comme c'était son
habitude ; Vincent, pour lors, lui a tout retiré des
mains, et ne lui a plus permis de souffler mot.
S'apercevant ensuite que la Luckard se faisait
beaucoup de chagrin, il lui a déclaré qu'il voulait

bien la laisser administrer comme si elle était la
fermière, et qu'il fermerait même les yeux si elle
mettait ceci ou cela de côté pour elle, pourvu
qu'elle l'aidât à te conquérir, sachant bien, ajou-
tait-il, qu'elle avait sur toi tout pouvoir. A quoi
la Lückard a répondu tout crû qu'elle n'avait
jamais volé de sa vie, qu'elle ne commencerait
pas sur ses vieux jours, qu'elle ne désirait rien,
hors ce qu'elle gagnait honnêtement, et qu'elle ne
servirait pas auprès de Wally un homme capable
de passer ainsi par-dessus de vilaines choses.
Alors qu'a fait le drôle? Il est allé chez le Stromminger déblatérer sur le compte de ma cousine :
c'était elle seule, lui dit-il, il en avait maintenant
la conviction, qui t'avait excitée contre lui et
contre ton père; c'était elle, a-t-il ajouté, qui
t'avait poussée à désobéir afin de garder le manie-
ment des affaires. Et voilà comment la chose est
venue. Et, vois-tu, la pauvre femme a eu le cœur
brisé, à la pensée qu'on avait pu croire cela d'elle,
bien qu'il n'y eût pas un mot de vrai. Ah! de
pareilles injustices font mal à voir. N'est-ce pas,
que la Lückard ne t'a jamais conseillé de désobéir à ton père?

— Jamais, jamais, répondit Wally ; c'était, au
contraire, une servante humble et discrète, qui ne
se mêlait point de ce qui ne la regardait pas. » Et,
de nouveau, les yeux brûlants de la jeune fille

redevinrent humides. Elle détourna la tête et se leva, en disant : « Adieu, cousine ; tu me reverras bientôt » ; puis elle prit son bâton et son chapeau, appela le vautour et s'achemina d'un pas accéléré vers son village natal.

# VI

## UNE JOURNÉE AU PAYS

En repassant le sentier qui surplombait l'Ache,
la montagnarde avait le vertige; pour la première
fois, elle sentit que le sang lui affluait au cerveau.
La molle atmosphère de la vallée lui semblait d'une
lourdeur étouffante en comparaison de l'air fluide
des glaciers; tout, jusqu'à son vautour qui, chancelant du mouvement de la marche, lui enfonçait
profondément ses griffes dans l'épaule, lui causait
une souffrance intolérable. Elle atteignit enfin son
village. Il lui fallait le traverser d'un bout à l'autre
pour arriver à la ferme, qui en était la dernière
maison. Tous les gens du pays, qui sortaient justement de dîner, mirent la tête à la fenêtre et se
montrèrent du doigt la jeune fille. « Tiens! la
fille au vautour! On t'a donc enfin permis de redes-

cendre? Et ton oiseau, tu le ramènes aussi? Vous
n'avez donc pas gelé de compagnie? Dis donc, ton
père t'a joliment laissée te morfondre là-haut!
Voyons un peu quelle mine tu présentes? Tu as,
ma foi, la peau noire et l'air farouche d'un pâtre
de Schnalz... Hé! la fille! j'espère que tu t'es appri-
voisée là-haut! Dame! voilà ce que c'est que de ne
point obéir à son père! »

Tels étaient les malicieux quolibets qui pleu-
vaient de toutes parts sur Wally. Celle-ci tenait ses
regards fichés à terre, et une cuisante rougeur de
honte et d'amertume avait envahi son front. Cons-
puée, honnie! C'était donc ainsi que l'orgueilleuse enfant rentrait au pays. Et tout cela, pourquoi? Son cœur se gonflait de haine, d'une haine
implacable, bien pire que la colère, car la colère
se peut apaiser, tandis que ce sentiment de haine
pure, qui lève au fond d'une âme aigrie et ulcérée,
pousse ses racines à travers l'être tout entier et y
distille, comme un venin continu, d'impuissants
désirs de vengeance.

Elle gravit en silence la hauteur située derrière
le village, et où se dressait fièrement la métairie
dite du *Höschthof*. Personne ne fut témoin de son
arrivée, sauf le Klettenmaier, qui était en train de
fendre sous le bûcher, dans la cour, du bois de
chauffage pour la provision d'hiver. Tout le monde
était aux champs.

« Bonjour, Wally », dit-il, en ôtant sa casquette
devant sa jeune maîtresse. Wally déposa par terre
son lourd fardeau, le vautour, et tendit la main au
vieillard.

« Tu sais, la Luckard ? » reprit le sourd.

Wally fit un signe de la tête.

« Eh oui ! poursuivit-il sans toutefois interrompre son travail ; dès que Vincent en veut à quelqu'un, il n'a point de repos qu'il ne l'ait fait mettre
à la porte. Il aurait bien souhaité aussi me pousser
dehors ; il avait remarqué que j'étais du côté de la
Luckard, et puis il se disait que lorsqu'il n'y aurait
plus personne à la ferme pour te soutenir, tu ne
ferais pas autant l'obstinée. Ne pouvant me trouver
en défaut, il rejette sur moi la besogne la plus
dure ; chaque jour il faut que je casse toute une
voiture de bois. Bientôt je n'en pourrai plus. Sais-
tu bien que j'ai soixante-seize ans depuis trois
jours ? Et il serait bien aise d'avoir l'occasion de
dire au Stromminger que je ne suis plus bon à
rien, ou de me voir, à bout de forces, partir de
moi-même. Mais, je te le demande, où irais-je à
mon âge ? Je suis forcé de tout endurer. »

Wally avait écouté d'un air sombre les propos
du vieillard. Elle s'en alla vers le logis pour lui
chercher un peu de pain et de vin ; mais l'office
et la cave étaient fermés. Elle entra dans la cuisine, et son cœur se serra : c'était là qu'autrefois

Luckard avait son département, et il semblait à la
jeune fille que la bonne femme allait venir au-devant d'elle en lui disant : « Eh bien ! qu'y a-t-il ?
Que désires-tu ? Que puis-je faire pour t'être agréa-
ble ? » Hélas ! ce temps était passé ; une autre servante, robuste gaillarde, était assise près de l'âtre,
en train d'éplucher des pommes de terre.

« Où sont les clefs ? demanda Wally.

— Quelles clefs ?

— Les clefs de l'office et de la cave. »

La servante toisa l'arrivante du haut en bas.

« Oh ! oh ! dit-elle, rien que cela ! Qui es-tu
donc ?

— Tu devrais le deviner, répliqua fièrement
Wally ; je suis la fille de la maison.

— Ah ! ah ! reprit la servante en ricanant. Dépê-
che-toi de sortir de la cuisine, le Stromminger dé-
fend que tu mettes les pieds au logis. Ta place
est là-bas, dans la grange ; c'est là que tu dois
coucher. M'entends-tu ? »

Wally devint pâle comme une morte. Voilà
donc la réception qui lui était faite dans la maison de son père. La Wallburga Stromminger se
voyait ravalée au-dessous de la dernière femme de
service de son domaine patrimonial. Ce n'était pas
assez qu'elle fût bannie d'auprès de son père ; on
prétendait l'écraser sous l'humiliation la plus dé-
gradante, elle, Wally, la fille au vautour, dont

son père avait dit un jour, en se rengorgeant, qu'une fille comme elle valait mieux que dix garçons !

— Donne-moi les clefs, commanda-t-elle d'un ton énergique.

— Ah ! ah ! voilà qui serait encore mieux ! Le Stromminger a déclaré que nous devions te regarder comme une fille de basse-cour, et, quant aux clefs, bonsoir ! j'ai la surveillance de la maison, et je ne donne rien qu'avec la permission du fermier.

— Les clefs ! s'écria Wally, éclatant de colère. Je te l'ordonne.

— Tu n'as point d'ordre à me donner, sais-tu bien ! Je suis au service du Stromminger et non pas au tien. Et, dans la cuisine, je suis la maîtresse, entends-tu ? c'est la volonté du fermier ; et si le Stromminger considère moins sa propre fille que nous autres servantes, il doit en savoir les raisons. »

Wally s'approcha de la servante, l'œil enflammé, la lèvre tremblante, si bien que celle-ci fut prise de peur ; mais, après un court moment de lutte, l'orgueil l'emporta. Qu'avait-elle à faire avec cette misérable domestique ? Elle sortit. Son pouls battait à se rompre, sa vue se troublait, des palpitations haletantes soulevaient sa poitrine : tant d'émotions fondant sur elle en un seul jour,

c'en était trop. Elle traversa la cour, comme une
somnambule, alla au vieillard, tout pantelant sous
l'effort de son travail, lui prit la hache des mains,
et le conduisit à un banc, afin qu'il s'y reposât. Le
Klettenmaier s'en défendit fort honnêtement, alléguant qu'il ne devait pas interrompre sa besogne ; mais Wally lui déclara qu'elle allait le
suppléer.

« Ah ! que Dieu te bénisse ! tu as un bon cœur.»,
repartit l'homme en s'asseyant tout épuisé sur le
banc. Et Wally d'entrer sous le hangar et, d'assé-
ner des coups formidables sur les lourdes bûches.
Elle brandissait sa hache avec tant de fureur qu'à
chaque entaille elle traversait le bois et enta-
mait profondément le billot. Le Klettenmaier la regardait, tout émerveillé, expédier l'ouvrage mieux
que ne l'eût fait un valet. Et ce spectacle le
réjouissait : il avait vu grandir la jeune fille depuis sa naissance, et, telle qu'elle était, il l'aimait. Tout-à-coup Wally distingua au loin l'odieuse
figure de Vincent, et, involontairement, elle suspendit son travail. Vincent ne l'aperçut pas. Il
s'approcha du Klettenmaier par derrière et se
planta brusquement devant le bonhomme effrayé.
Wally l'observait du fond du bûcher. Vincent empoigna le serviteur par son gilet et l'enleva en
l'air : « Holà ! lui cria-t-il dans l'oreille, est-ce
ainsi que tu travailles ? vieux fainéant ! chaque

fois que je surviens, je te trouve en train de te
prélasser. Pour le coup, j'en ai assez; je m'en
vais te faire décamper. » Ce disant, il le frappa du
genou avec une telle force, que le tremblotant
vieillard s'en alla mesurer le pavé de la cour.

« Fermier, dit le sourd d'une voix dolente,
aidez-moi donc à me relever. » Mais Vincent, qui
avait saisi un gourdin, répondit en haussant le
bras : « Attends, je vais te montrer comme on
fait relever les valets paresseux! »

Au même instant, il reçut lui-même un tel coup
sur la tête qu'il poussa un cri et recula en chancelant : « Jésus! qu'est-ce que cela? » balbutia-
t-il en s'affaissant sur le banc.

— Cela, c'est la fille au vautour, lui répondit une voix frémissante de courroux. Wally
était devant lui, la hache en main, les lèvres blê-
mes, l'œil hagard, aspirant l'air comme essoufflée
par les battements précipités de son cœur. — Eh
bien! reprit-elle d'une voix brève et entrecoupée,
tu sais maintenant la sensation que l'on éprouve
quand on reçoit des coups. Je t'apprendrai à mal-
traiter mon vieux et fidèle serviteur! Tu m'as
déjà tué la Luckard, et tu voudrais en faire autant
du Klettenmaier; mais non, plutôt que de souffrir
une pareille infamie, je mettrais le feu à mon propre héritage et je t'y enfumerais comme on en-
fume les renards. »

7

Pendant ce temps, elle avait aidé le vieillard à se relever, et elle le conduisit dans la grange. « Entrez là-dedans, Klettenmaier, et remettez-vous, lui commanda-t-elle ; je le veux. »

Klettenmaier obéit ; il sentait qu'en ce moment elle était la maîtresse ; mais, sous la porte, il se dégagea des mains de Wally, et dit en hochant la tête : « Ah ! Wally, tu n'aurais point dû agir ainsi. Va voir ce que devient Vincent ; j'ai idée que tu l'as mis à mal. »

Wally laissa le bonhomme et revint dans la cour. Vincent avait perdu connaissance et gisait étendu sur le banc ; le sang découlait de sa tête sur le sable. Vite, et sans hésiter, Wally courut à la cuisine, et, s'adressant derechef à la servante : « Viens, lui cria-t-elle, apporte du vinaigre avec un linge, et aide-moi.

— As-tu encore d'autres ordres à donner ? riposta la domestique en éclatant de rire, et sans bouger d'une semelle.

— Il ne s'agit pas de moi, fit Wally avec une étrange expression de haine, tout en prenant elle-même la bouteille au vinaigre sur la planche ; il s'agit de Vincent, qui est étendu dehors, et que j'ai frappé.

— Jésus-Maria ! se mit à piailler la servante ; et, au lieu de courir au secours du fermier, elle s'en fut galopant par la maison et la cour en criant :

« A l'aide ! Wally vient d'assommer Vincent ! »

Cet appel de terreur éveilla tous les échos d'alentour et retentit au loin jusqu'au milieu du village. Tout le monde accourut. Wally cependant avait requis l'assistance du Klettenmaier et frictionnait Vincent avec du vinaigre et de l'eau. Elle ne comprenait pas que la blessure pût être si grave : elle avait frappé, non pas avec le tranchant, mais avec le revers de la hache ; seulement le coup avait été asséné avec une force dont elle-même ne se doutait pas. Sa fureur si longtemps contenue s'était déchargée dans ce coup, et elle y avait mis la même violence que tout à l'heure en fendant le bois.

« Que se passe-t-il donc? » dit soudain une voix menaçante tout près de Wally, qui sentit son sang se figer. C'était son père qui s'était traîné dehors sur sa béquille.

« Qu'y a-t-il? » répétèrent l'un après l'autre vingt ou trente gosiers, et la cour s'emplit de monde.

Wally se taisait. Un sourd bourdonnement s'éleva autour d'elle ; chacun s'empressait vers le blessé, le palpait, l'examinait.

« Est-il donc mort? Va-t-il mourir?

— Comment cela est-il arrivé?

— Est-ce que c'est Wally qui a fait cela? » s'écriait-on à la ronde.

La jeune fille restait là, comme si elle n'eût ni vu entendu, occupée à bander la plaie du blessé.

« Ne sais-tu plus parler? lui dit son père d'une voix tonnante. Wally, qu'as-tu fait?

— Vous le voyez bien, répliqua-t-elle brièvement.

— Elle l'avoue! s'écrièrent tous les villageois avec irritation. Jésus! quelle impudence!

— Satanée pécore! reprit Strominger. Est-ce là ta rentrée dans la maison paternelle? »

A ce mot : la maison paternelle, Wally éclata d'un rire amer, et fixa un regard pénétrant sur le fermier. — Tu ris, encore! dit celui-ci. J'avais cru que tu te serais amendée là-haut, et tu n'es pas au logis depuis un quart d'heure, que tu y sèmes déjà le malheur.

— Ah! voici qu'il remue, s'écria une des femmes; il vit encore.

— Portez-le dans la maison, et couchez-le sur mon lit, » commanda Strominger en s'écartant de la porte de la cuisine, contre laquelle il était appuyé.

Deux hommes enlevèrent Vincent et le transportèrent à l'intérieur.

« Pourvu que nous trouvions un docteur! » dirent plaintivement les femmes, tout en accompagnant le malade jusque dans la chambre.

« Si la Luckard était encore ici, repartirent

quelques hommes, nous n'aurions pas besoin de docteur : la bonne femme avait des remèdes pour tout mal.

— Eh bien, qu'on aille la chercher, dit Stromminger, qu'elle vienne sur-le-champ.

Wally éclata de rire à nouveau : — Oui, la Luckard, n'est-ce pas, fermier, à présent vous voudriez bien la ravoir ? Allez donc la chercher au cimetière.

Tout le monde se regarda d'un air de saisissement.

— Est-ce qu'elle est morte ? demanda Stromminger.

— Oui, il y a trois jours qu'elle est morte ; le chagrin l'a tuée, à la suite de vos mauvais traitements. Vois-tu, fermier, c'est bien fait pour toi, et si celui-ci là-bas meurt aussi, faute de quelqu'un qui sache le guérir, ce sera également bien fait pour lui ; il aura réglé son compte avec la Luckard. »

Ces paroles soulevèrent un brouhaha ; pour le coup, c'était trop fort. « Après un tel forfait, oser tenir un pareil langage ! et, au lieu de se repentir, déclarer encore que c'est bien fait ! Personne décidément ne saurait plus être sûr de sa vie ! Et le Stromminger qui reste là et la laisse parler sans souffler mot ! En voilà un joli père ! » Tels étaient les propos qui s'échangeaient, tandis que

Wally, les bras croisés d'un air hautain, se tenait sous la porte de la cuisine, l'œil attaché sur le fermier, qui, malgré lui, se sentait atteint par les reproches de sa fille; mais soudain la fureur de ce dernier se ralluma de plus belle, et, se dressant sur sa béquille, il cria aux gens qui l'entouraient: « Je vais vous montrer quel père je suis: empoignez-la et liez-la. »

— Oui, oui, hurlèrent-ils, liez-la. Une fille pareille doit être mise sous clef et verrous. Qu'on la mène en justice, la meurtrière!

A ce mot: meurtrière, Wally poussa un cri étouffé et recula jusque dans la cuisine.

— Non! cria Stromminger, je ne laisserai pas traîner ma fille en justice. Croyez-vous qu'un homme comme moi endurera l'affront de voir son enfant conduit à la maison de force? Ne connaissez-vous plus le Stromminger? Ai-je besoin du tribunal pour châtier un enfant dénaturé? Le Stromminger répond pour lui-même, et sur ses terres il est sa propre juridiction. Je vais vous montrer quel homme je suis, malgré mon pied-bot. Cette fille restera enfermée dans la cave, et elle n'en sortira point que son entêtement ne soit mâté et qu'elle ne se traîne à mes genoux devant vous tous. Vous m'avez entendu, et, si je ne tiens pas parole, vous pouvez me traiter de coquin.

— Grand Dieu! s'écria Wally, tu ne te mêles

donc plus de rien! Non, mon père, non, ne m'enfermez pas! Au nom du ciel, ne m'enfermez pas! Chassez-moi, renvoyez-moi au Murzoll, et laissez la neige m'y engloutir; je suis prête à mourir de faim et de froid; mais que ce soit en plein air. Si vous m'enfermez, il arrivera malheur.

— Ah! ah! tu voudrais bien t'en aller, faire la vagabonde; cela te plairait davantage. Que non pas! J'ai été jusqu'ici trop faible avec toi. Tu resteras sous clef jusqu'à ce que tu demandes pardon à Vincent et à moi sur les genoux.

— Mon père, ce serait peine perdue. Plutôt que de le faire, je me laisserais pourrir dans la cave; vous devriez pourtant bien le savoir. Laissez-moi aller, mon père; sinon, je vous le répète, il arrivera malheur!

— Allons! assez bavardé! Que faites-vous là, vous autres? Qui vous arrête? Faut-il donc que je coure moi-même après elle, avec ma jambe percluse? Empoignez-la, mais solidement, car où il y a du sang de Stromminger, vous n'êtes pas trop de dix contre un. Allons, sus!

Les gars, piqués de cette raillerie, firent irruption dans la cuisine, en disant d'un ton de bravade : « Nous la tenons à l'instant. » Mais Wally s'élança d'un bond vers le foyer, et saisit au feu des morceaux de bois enflammés : « Le premier qui me touche, je le roussis! » s'écria-t-elle en se

dressant comme l'archange armé du glaive flamboyant. Tous reculèrent.

— Honte sur vous ! hurla Stromminger. A vous
tous, vous viendrez pourtant bien à bout d'une
fillette. Faites-lui tomber les tisons de la main
à coups de trique, » ajouta-t-il tout enfiévré de colère ; car c'était maintenant pour lui une question
de point d'honneur que d'avoir raison de sa fille
en présence de tout le village.

Quelques hommes coururent chercher des bâ-
tons, et alors commença une véritable chasse
au fauve, car Wally, en réalité, était devenue une bête féroce. Les yeux injectés de sang,
la sueur de l'angoisse au front, ses dents blanches
toutes grinçantes, elle se défendait contre la
meute ; d'instinct et sans réflexion, comme
la bête des forêts, elle combattait pour sa
liberté, son élément de vie. Les hommes frap-
paient à coups de bâton sur les tisons qu'elle tenait en main et qui étaient son arme unique ; elle
répondait en lançant dans le tas les brandons. Et
tout le monde de s'écarter en hurlant, et Wally de
ramasser toujours de nouvelles bûches dans l'âtre,
et de les jeter comme des traits de feu à la tête de
ses adversaires. Le tumulte était à son comble.

« De l'eau ! cria le Stromminger ; apportez de
l'eau, et éteignez le feu ! »

Pour le coup, c'était fini. Le feu une fois éteint,

Wally était perdue. Quelques secondes, et l'eau était là. Le découragement gagnait la jeune fille. Tout à coup il lui vint une idée, idée terrible et désespérée ; mais ce n'était pas le moment de délibérer ; l'idée, à peine née, se fit action. Brandissant à la main un morceau de bois enflammé, Wally fendit la meute comme une flèche, se précipita dans la cour, et, d'un bras vigoureux, lança la bûche dans la grange au beau milieu du foin et de la paille. Il y eut un cri d'épouvante.

« Éteignez à présent ! » cria Wally ; puis, traversant la cour à toutes jambes, elle gagna la porte-cochère, courant, courant toujours, tandis que tout le monde hurlait et se démenait dans la cour pour éteindre l'incendie, qui projetait déjà des tourbillons de flammes à travers le toit.

En même temps que la colonne de fumée s'échappa de la toiture, avec un cri, un objet sombre qu'on eût dit engendré par le feu. Cet objet tournoya un instant dans l'air au-dessus de la grange, puis s'envola dans la direction que Wally avait prise. Celle-ci, entendant du bruit derrière elle, se crut poursuivie et redoubla sa course aveugle. La nuit était venue ; mais les ténèbres ne voulaient point se faire ; un clair crépuscule répandait autour de la fugitive une lueur tremblotante qui la dénonçait au loin. La jeune fille escalada une saillie de roche abrupte, d'où elle pouvait dominer la route du regard. Elle s'aperçut alors que celui qui la poursuivait venait par les airs. Le but de Wally était donc atteint; personne ne songeait plus à courir après elle; sauver la ferme était une besogne plus pressante, et tous les bras s'y employaient.

Au même moment, le vautour, — car c'était lui, — la rejoignit, et, dans son élan, il la heurta si fort, qu'il faillit la jeter en bas du rocher. Wally pressa l'oiseau contre sa poitrine et se laissa choir d'épuisement sur le sol. Elle regarda d'un œil trouble la lueur de l'incendie, qui brillait au loin en colorant de ses reflets le sombre amphithéâtre des montagnes. Et, tandis qu'elle contemplait ainsi son œuvre, tout son visage, enflammé de courroux, respirait la menace et le défi. Les sourds bourdonnements du tocsin lui arrivaient de tous les clochers d'alentour, et la sonnerie semblait lui crier distinctement : « Incendiaire ! incendiaire! » Puis, peu à peu, les sinistres tintements l'assoupirent; elle perdit connaissance, et un voile bienfaisant s'épandit sur cette âme aux abois.

# VII

## BOIS DUR

Une obscurité profonde enveloppait Wally lorsqu'elle rouvrit les yeux. L'incendie était éteint, le
tocsin ne sonnait plus ; les flots monotones de l'Ache
grondaient au-dessous d'elle dans le fond de la gorge,
et sur sa tête, au firmament, scintillait une étoile.
Wally la contempla longuement, étendue sans
mouvement sur le dos, et l'astre parut lui envoyer un regard de pardon. Un souffle rassérénant
s'exhalait de la nuit. Sous la fraîche haleine du
vent qui caressait ses tempes enfiévrées, la jeune
fille se redressa et se mit à rassembler ses idées.
Il ne pouvait être bien tard, car la lune n'était
pas encore levée. On avait donc éteint rapidement
le feu : il n'en saurait être autrement ; quand tout

le monde se trouve là, prêt à porter secours instantanément, comment un incendie se propage-
rait-il?

Chose singulière! Wally avait beau scruter le
fin fond de sa conscience, elle n'arrivait pas
à se sentir coupable. Elle n'avait agi, en défini-
tive, que sous la pression de la nécessité, pour se
débarrasser de ses assaillants après leur avoir ouvert toutes les voies. Elle savait bien qu'on l'ap-
pellerait désormais incendiaire: mais l'était-elle
en réalité? Elle leva les yeux vers l'étoile qui brillait au-dessus d'elle, et, pour la première fois, il
lui sembla qu'elle s'entretenait seule avec le bon
Dieu et que le bon Dieu lui adressait une parole
de réconciliation.

Le firmament nocturne lui envoyait des regards
de paix, et n'était-ce point par amour du firmament qu'elle avait déjà agi? Ce n'était que sous cette
immense coupole étoilée que la poitrine de Wally
pouvait respirer à l'aise. Languir prisonnière au
fond d'une cave, sans air, sans lumière, durant
des semaines et des mois, et n'en sortir que pour
se mettre au pouvoir d'un odieux prétendant, pour
subir l'affront ignominieux de faire publiquement
amende honorable, à genoux, devant son père,
cela pour Wally, c'était plus que la mort; c'était
tout simplement impossible. Pendant une demi-
année, elle avait vécu toute seule dans l'âpre sé-

jour des glaciers, elle avait passé les nuits à écouter les hôtes farouches qui y habitent, la tempête,
la grêle et la pluie ; le soleil, avant d'enlacer la
terre de son étreinte, avait commencé par déposer
un chaud baiser sur le front de la solitaire ; la foudre, avant de sillonner les airs, lui avait, au sein
des nuages, empli les oreilles de ses grondements
les plus formidables ; presque chaque jour, la
jeune fille avait risqué sa vie, en franchissant des
précipices sans fond, pour sauver quelque chèvre
trop haut fourvoyée : pouvait-elle, après cela, se
plier aux exigences étroites et tyranniques du sens
vulgaire ? Pouvait-elle se laisser garrotter comme
un animal ? Non, elle devait se défendre jusqu'à la
mort. Les hommes n'avaient plus de droits sur
elle ; ils l'avaient brutalement chassée, ils avaient
fait d'elle la compagne des éléments : était-il donc
étonnant qu'elle appelât à son aide, dans sa lutte
contre les hommes, un de ses sauvages compagnons, c'est-à-dire le feu ?

Ces réflexions, Wally ne s'en rendait pas un
compte bien net, car elle n'avait pas appris à faire
l'analyse de ses pensées ; elle sentait néanmoins
que Dieu ne pouvait lui tenir rigueur : de ses
hauteurs célestes, il devait, se disait-elle, auner
les choses à une autre mesure que les hommes, et
puisqu'elle-même, du haut de ses glaciers, avait
trouvé si petits les objets qui, en bas, lui parais-

saient si grands, quel effet, à plus forte raison, ces
mêmes objets devaient-ils faire à Dieu dans les
cieux? Oui, Dieu seul la comprenait; les gens d'ici-
bas avaient beau la tenir pour criminelle, Dieu
l'absolvait.

La jeune fille se leva, et, secouant le poids de
son âme, elle redevint la Wally d'autrefois, la Wally
vaillante et assurée, forte et libre.

« Voyons, Jeannot, qu'allons-nous faire? demanda-t-elle au vautour, avec lequel, à défaut d'un
autre interlocuteur, elle avait pris l'habitude de
s'entretenir à haute voix. » Jeannot était précisément en train de donner la chasse à un ver de
nuit; il s'en saisit et l'avala. « Oui, tu as raison, reprit Wally, il nous faut chercher notre vie,
cela ne t'embarrasse pas, toi; tu trouves partout
ta pâture; mais moi! »

Soudain Jeannot parut inquiet, il s'enleva et se
mit à guetter quelque chose au loin. Il vint alors
à l'esprit de Wally que, le feu étant éteint, on
pourrait bien se mettre à ses trousses, et qu'il lui
fallait reprendre sa fuite aussi vite que possible. De
quel côté diriger ses pas? Sa première pensée fut
d'aller à Sölden; mais le sang lui monta au visage.
Joseph ne s'imaginerait-il pas qu'elle courait après
lui? Et puis devait-il la voir ainsi, au comble de
l'ignominie, dénuée de tout, évadée de chez elle,
honnie au cri de : l'incendiaire? Non, il ne fallait

pas qu'il l'a vît : lui, moins que tout autre. Plutôt
courir aussi loin que s'étend le ciel bleu !

Sans plus se consulter, Wally prit à l'épaule son
vautour, et s'achemina dans la direction d'où elle
était venue le matin, vers Heiligkreuz. Après une
marche de deux heures, les pieds tout écorchés et
mortellement lasse, elle vit poindre devant elle
dans les ténèbres le clocher du petit village. Semblable à la lentille d'un phare, la lune naissante
scintillait au travers de la cage à jour, indiquant à
la voyageuse éperdue la route qu'elle avait à suivre.
Harassée et chancelante, Wally se traîna, au travers du hameau endormi, jusqu'à l'église. De
temps à autre un chien aboyait, à l'ouïe de son pas
léger. Qui eût pu la voir l'eût prise à coup sûr pour
une voleuse ; elle tremblait comme si, effectivement, elle en eût été une. Ah ! qu'était devenue la
fière Wally Stromminger !

Derrière l'église se trouvait le presbytère. Il
y avait un banc de bois près de la porte, et,
dans une petite caisse, à l'étroite fenêtre, des
œillets défleuris qui retombaient en broussail-
les. Wally résolut d'attendre le jour en cet endroit :
le curé la garantirait du moins des mauvais traitements. Elle s'installa sur le banc, posa le vautour à
sa tête sur le dossier, et, au bout de peu d'instants,
la nature réclamant ses droits, elle s'endormit.

« Seigneur de ma vie ! qu'est-ce qui m'a donné

cet enfant trouvé? » dit une voix à l'oreille de Wally.

Celle-ci ouvrit les yeux ; il faisait grand jour, et M. le curé en personne était debout devant elle.

— Que Notre-Seigneur Jésus-Christ soit loué! balbutia Wally tout interdite, en se remettant sur ses pieds.

— *In æternum, amen!* D'où vient, mon enfant, que tu te trouves ici ? Qui es-tu?. et quel est cet étrange compagnon que tu as avec toi? Il y aurait quasi de quoi avoir peur, dit l'ecclésiastique en souriant amicalement.

— Mon père, répliqua Wally avec simplicité, j'ai quelque chose de lourd sur la conscience, et je désirerais me confesser à vous. Je me nomme Wallburga et suis la fille de Stromminger, le fermier du *Höchsthof*, à la Sonneplatte. Je me suis sauvée de chez moi... Car, je vais vous dire, j'ai eu maille à partir avec Vincent Gellner, et alors je lui ai fendu la tête, puis j'ai mis le feu à la grange de mon père. »

Le curé joignit les mains : « Dieu nous soit en aide ! Que me contes-tu là? Si jeune, et déjà si perverse !

— Mon père, je ne suis pas perverse, non certes; je ne ferais pas de mal à une mouche; mais j'ai eu la main forcée, répondit Wally en fixant ses grands yeux pleins de franchise sur le curé, qui ne pouvait, quoi qu'il en eût, s'empêcher de la croire.

— Entre ici, lui dit-il, et raconte-moi cela ; seulement laisse dehors cette affreuse bête, » ajouta-t-il en désignant le vautour.

Wally donna la volée à l'oiseau, qui s'alla poser sur le toit, et elle suivit le prêtre dans la maisonnette.

Le vieillard l'introduisit dans sa chambre. Tout, en ce lieu, respirait la paix et le recueillement. Il y avait dans l'alcôve une couche de bois grossière où étaient peints deux cœurs enflammés qui étaient censés représenter aux yeux du pasteur le cœur de notre Sauveur et celui de la Vierge Marie. Au-dessus du lit étaient un petit bénitier de porcelaine et une planchette garnie de livres de piété. Dans la chambre, on voyait encore plusieurs étagères avec d'autres livres, un vieux pupitre, un banc de bois noirci derrière une grande table massive, quelques chaises, un prie-Dieu sous un grand crucifix orné d'une couronne de liondent des Alpes et une variété de lithographies représentant le pape et différents saints. Au plafond était suspendue une cage contenant un bec-croisé. Une antique commode, agrémentée de têtes de lions en cuivre, ayant à la gueule des anneaux qui servaient à ouvrir les lourds tiroirs, constituait le morceau de luxe de la pièce. Sur cette commode étaient toutes sortes de jolis objets : un reliquaire avec un saint sculpté, un coffret de verre avec un enfant

Jésus en cire dans un berceau de soie rouge, un petit rouet en cristal, et, dans un vase jaune sous une cloche de verre, un bouquet de fausses fleurs peint de la même couleur, tel qu'on en confectionne dans les cloîtres. On voyait aussi une petite boîte incrustée de divers coquillages, une imperceptible minière dans un flacon, et, comme pièce de milieu, une petite crèche de mousse et de cailloux chatoyants avec des figurines sculptées d'hommes et de bêtes. A côté des bibelots sacrés, il y avait encore quelques jolies tasses, des pots mignons, puis, à droite et à gauche de la Nativité du Christ, se trouvaient, en manière de clef de voûte, deux salières de cristal ; et tout cela net et propret, comme s'il n'y eût pas eu au monde un atome de poussière. Cette commode, avec ses divers objets d'art, était le naïf autel que ce prêtre, relégué solitairement à six mille pieds au-dessus du niveau de la mer et de la civilisation moderne, avait érigé au Dieu de beauté. Souvent, tandis que la neige tourbillonnait au dehors et que l'ouragan secouait la frêle maison de bois, le bonhomme, planté devant son autel, contemplait pensivement ce petit monde artificiel tout en miniature, et secouait la tête avec un sourire en disant : « C'est égal ! de quoi les hommes ne sont-ils pas capables? »

Wally se fit absolument la même réflexion

quand, dès l'entrée, son regard effleura timidement ces merveilleux bibelots. Si riche que fût son
père, jamais de pareils objets ne s'étaient four-
voyés chez lui ; à quoi bon d'ailleurs pour de grossiers villageois ? De sa vie elle n'avait rien vu d'approchant ; un rouet, une faux, une fourche à
faner, résumaient pour elle toutes les élégances.
Aussi crut-elle littéralement que, dans ce réduit,
elle ne pourrait faire un mouvement sans casser
quelque chose et qu'elle y devait avoir une attitude
pleine de façons. Machinalement, elle voulut ôter
à la porte ses gros souliers ferrés, afin de ne pas
détériorer ce parquet bien lisse et bien frotté; mais
monsieur le curé ne le souffrit pas. Elle entra donc
aussi doucement que possible et s'installa décem-
ment au bout du banc que le prêtre lui désigna.
Le chapelain, qui attachait sur elle son regard
limpide et bienveillant, s'aperçut qu'elle ne pouvait détourner ses yeux émerveillés des enjolive-
ments de la commode. Le vieillard était un homme
qui savait lire dans les âmes. « Tu voudrais bien,
d'abord, mon enfant, dit-il à Wally, examiner
toutes mes belles choses à ton aise. Ce sera effectivement la meilleure façon de te préparer au
grave entretien que nous allons avoir. »

Il conduisit la jeune fille vers le meuble mystérieux, et lui expliqua chaque pièce en lui racon-
tant d'où elle lui venait. Wally n'osait souffler mot;

elle regardait et écoutait dans le plus profond res-
pect. Lorsqu'ils en furent à la crèche, réservée pour
le morceau capital et dernier, monsieur le curé
dit : « Vois-tu, là derrière, c'est Jérusalem, et voici
les trois rois mages en route pour adorer l'enfant
Jésus. Regarde, voilà l'étoile qui les guide, et ici,
dans la crèche, repose le nouveau-né, qui ne se
doute pas qu'il est venu au monde pour expier les
péchés des hommes, car il n'est pas encore capable
de penser et n'a conservé aucun souvenir de sa
céleste patrie. Il fallait bien en effet que le Fils de
Dieu ne fût qu'une créature humaine tout comme
une autre : autrement les hommes auraient pu
dire : Le beau mérite d'être bon et patient comme
Jésus-Christ, quand on est le Fils de Dieu et qu'on
a en soi une force surnaturelle ! Comment veut-on
que nous autres, vulgaires mortels, nous imitions
un pareil modèle? Hélas ! les hommes ne laissent
pas, malgré tout, de tenir encore assez souvent ce
langage et de s'en autoriser pour continuer à
pécher ! »

Wally considéra le gentil petit enfant nu, avec
son auréole de papier doré, qui gisait d'un air si
résigné dans la crèche. En entendant les paroles
du curé et en se représentant le sombre et sévère
Dieu de la croix sous les traits d'une créature
humaine, d'un misérable enfantelet sans défense
et né pour souffrir, elle fut prise de pitié pour lui

et eut regret d'avoir la veille, au lit de mort de la
Luckard, rudoyé le pauvre crucifié. « Mais pourquoi aussi a-t-il consenti à endurer tout cela? »
dit-elle presque involontairement, en parlant pour
elle-même bien plus que pour le curé.

« Parce qu'il voulait montrer aux hommes
qu'on ne doit pas rendre le mal pour le mal ni se
venger, attendu que Dieu a dit : « La vengeance
m'appartient. » Wally rougit et baissa les yeux.

« Viens à présent, mon enfant, reprit le sage
prêtre, et fais ta confession.

— Oh ! mon père, répondit-elle, nous n'en aurons pas pour longtemps. »

Avec la droiture qui avait toujours été le fond
de son caractère, la jeune fille raconta sans rien
pallier, bien que d'une voix un peu sourde et un
peu timide, comment les choses s'étaient passées,
et bientôt le confesseur fut au courant de toute
l'histoire. C'était le drame émouvant d'une vie humaine qui venait de lui être déroulé à gros traits,
et son cœur s'emplit de compassion pour cette
jeune et belle créature broyée entre la double sauvagerie de l'homme et de la nature.

Quant elle eut fini de parler, le prêtre demeura longtemps silencieux et plongé dans ses
réflexions. Son regard était fixé sur un vieux livre,
tout usé à force d'avoir été feuilleté, qui se trouvait sur un rayon de bibliothèque contre le mur ;

c'était un cadeau d'un étranger auquel il avait
donné l'hospitalité ; sur la reliure on lisait en
lettres d'or : *Niebelungen-Lied*.

« Monsieur le curé, dit Wally, qui crut voir
dans les traits pensifs du vieillard une expression
de reproche, c'en était vraiment trop coup sur
coup. Juste au moment où j'étais toute colère à
cause de la pauvre Luckard, voilà qu'il se met à
battre le Klettenmaier. Ma foi ! je n'ai pu voir
frapper ce vieux serviteur ; non, pour rien au
monde je ne l'aurais pu, et si c'était à recom-
mencer, j'agirais encore de même… Oh ! ils auront
beau m'appeler une incendiaire, je n'en suis pourtant pas une… n'est-il pas vrai? Quand on met le
feu à une maison en plein jour, et pendant que
tout le monde est là, il n'en peut pas brûler bien
gros. Et puis, je ne savais plus comment me tirer
d'embarras, et alors je me suis dit : Le temps
qu'ils seront occupés à éteindre l'incendie, ils ne
pourront pas courir après moi. Si c'est là un
péché, je ne sais plus vraiment comment il faut
faire dans ce monde, où les gens sont si méchants
et vous font toutes sortes de misères !

— Il faut faire comme Jésus-Christ : se résigner
et souffrir, répondit le prêtre.

— Mais, mon père, reprit Wally, quand Jésus-
Christ endurait la souffrance, il savait pourquoi :
c'était un enseignement qu'il voulait donner aux

hommes, au lieu que moi, je me demande à quelle
fin je souffrirais... pas un être, dans tout l'Œtzthal,
ne compte apprendre de moi quoi que ce soit. A
supposer que je me fusse laissé patiemment enfermer dans la cave, cela n'eût servi absolument
à rien ; personne n'y aurait vu un exemple à suivre,
et, quant à moi, j'y aurais peut-être été de ma
vie. »

Le curé se recueillit un instant, puis, envelop-
pant Wally de ses regards bienveillants, il secoua
la tête en disant : « Intraitable enfant ! Ne vou-
drais-tu pas batailler aussi avec moi ? On t'a si
vilainement troublée et aigrie, que tu ne flaires
partout qu'inimitié et contradiction. Remets-toi
un peu, et remarque bien en quel lieu tu te
trouves. Tu es chez un serviteur de Dieu, et Dieu a
dit : Je suis l'amour. Et cette parole n'est pas un
mot vide de sens, c'est l'expression d'une vérité.
Oui, sache-le, tout le monde a beau te haïr et te
condamner, le bon Dieu t'aime et te pardonne.
C'est la brutalité des hommes, c'est ta vie âpre et
sauvage au sein des montagnes qui t'ont faite ce
que tu es ; et le bon Dieu le sait bien, car il lit
dans ton cœur, il voit que ton cœur est bon et
honnête, malgré les fautes que tu as commises.
Il sait qu'il ne pousse pas de fleurs dans les déserts et qu'on ne façonne pas à gros coups de
hache de délicates sculptures. Seulement, écoute

bien ceci. Quand notre Seigneur et Maître rencontre, ainsi ébauché, un ouvrage qui est de bon
bois, et qui lui paraît valoir la peine d'être per-
fectionné, alors il prend lui-même le couteau et
retouche l'informe travail de l'homme, de manière à lui donner une jolie tournure. M'est avis
pourtant qu'il faut que tu prennes garde que ton
esprit ne s'endurcisse davantage, car, vois-tu,
quand Notre Seigneur, après avoir fait quelques
entailles, trouve que le bois est trop dur, alors il
recule devant la peine et renonce à la besogne.
Aie donc soin que ton cœur soit malléable et se
laisse docilement façonner par le doigt du divin
ouvrier, et si quelque douleur aiguë te déchire
intérieurement, dis-toi que c'est le couteau de
Dieu qui tranche tes aspérités. Me comprends-tu ?

Wally remua la tête d'un air incertain.

— Eh bien, continua le vieillard, je vais te
rendre la chose plus claire. Qu'aimerais-tu mieux
être ou un bâton noueux, bon pour rosser les gens,
et qui, une fois pourri, est brisé ou mis au feu,
ou une jolie statuette de sainte comme celle qui est
là-bas, qu'on pose sur un piédestal et qu'on vé-
nère dévotement ? »

Wally, cette fois, avait compris ; elle agita vivement la tête en disant : « Bien sûr que j'aimerais
mieux être une de ces statuettes.

— Eh bien ! vois-tu, des doigts grossiers n'ont

tiré de toi qu'un bloc informe, mais la main de
Dieu peut te tailler à l'image d'une de ces sculptures, si tu fais ce que je te disais tout à l'heure. »

Wally regarda le prêtre avec de grands yeux
étonnés ; elle éprouvait une émotion singulière ;
elle était tout à la fois heureuse et prête à pleurer.
Après un long silence, elle reprit timidement :
« Je ne sais d'où cela vient, mais, auprès de
vous, monsieur le curé, ce n'est pas comme auprès
des autres. Jamais personne ne m'a tenu un pareil langage. Le curé de Sölden ne cesse jamais de
gronder, de nous parler du diable et de nos
péchés, et, en vérité, je n'ai jamais su ce qu'il
voulait dire , car jusqu'ici je n'avais pas commis le moindre mal : au lieu que vous, vous
parlez aux gens de manière à vous faire comprendre, et je crois que, si je pouvais rester avec
vous, ce serait le mieux qui pût m'arriver. Soyez
sûr que je travaillerais nuit et jour pour gagner
mon petit morceau de pain. »

Le curé réfléchit longuement, puis il secoua tristement la tête. « Cela ne se peut pas, ma pauvre
enfant; non, j'ai beau y songer, cela ne se peut pas.
Si, au nom de Dieu, j'ai le droit de te pardonner,
je n'ai pas ce droit devant les hommes. Dieu voit
l'intention, les hommes ne voient que l'acte. Autre
chose est le prêtre dans le confessionnal, autre
chose dans la commune. Au confessionnal, il dis-

pense la grâce, dans la commune il représente la loi ; il doit par la parole et l'exemple stimuler les hommes à la respecter et à l'observer. Songe un peu, que diraient les gens, si le curé recueillait chez lui une incendiaire avérée ? Comprendraient-ils les raisons que j'aurais d'agir ainsi ? Jamais. Ils en concluraient tout bonnement que je prends sous ma protection les incendiaires, et là-dessus, ils se livreraient au péché ; et s'il arrivait quelque sinistre, causé par la malveillance, j'aurais à me reprocher amèrement d'y avoir poussé par mon indulgence à ton égard. Peux-tu saisir cela, et te sens-tu capable de t'y résigner sans murmure comme à une conséquence inévitable de ton action ?

— Oui, dit Wally d'une voix étouffée, en retenant les larmes prêtes à couler de ses yeux rougis ; puis elle se leva brusquement et ajouta d'un ton bref : « Je vous remercie bien, monsieur le curé, et je vous souhaite le bonjour.

— Holà ! s'écria le prêtre ; déjà partie ! Ne trouves-tu pas qu'il serait plus court de passer à travers le mur que par la porte ? A ta place, ma foi ! je passerais par le mur ! »

Wally s'arrêta toute confuse, les yeux fichés à terre. Le vieillard la considéra un instant avec une surprise comique : « Ah ! reprit-il, que nous aurons de mal à dompter ce naturel fougueux !

Est-ce que l'on se sauve si vite que cela? Ai-je dit
que je t'abandonnais à ton sort, parce que je
refuse de te garder chez moi? D'abord, tu vas déjeuner avec moi; il faut que l'homme mange, et
Dieu sait depuis combien de temps tu n'as rien
pris! Ensuite, nous recauserons. »

Il se dirigea vers une petite croisée à coulisse
qui donnait dans la cuisine, et cria à sa vieille servante de préparer à déjeuner pour trois; après
quoi, il s'assit à son pupitre grossier et nota pour
Wally quelques noms de villageois qu'il connaissait comme de braves gens.

« Tiens, dit-il, voilà une liste complète d'excellentes personnes, hommes et femmes, de l'Œtzthal
et du Gurglerthal. Cherche-toi un emploi chez
elles. Là-bas derrière, dans la montagne, on ne
sait rien encore de ton escapade; avant qu'on en
soit informé, tu peux avoir fait tes preuves de
brave servante, et alors on fermera les yeux. Surtout ne te recommande pas de moi. Tu es grande
et forte comme un homme : on t'acceptera volontiers. Tu peux, si tu le veux, travailler gentiment
et te rendre utile; mais il faut que tu apprennes à
obéir, il faut que tu te conformes à l'usage et à la
règle : sinon, les choses iront mal. Je ne te demande pas de retourner chez ton père et de te
laisser enfermer dans la cave; ce serait un châtiment immérité, et qui, avec toi, risquerait de pro-

duire plus de mal que de bien ; je ne te demande
pas non plus d'épouser Vincent, pour obéir à ton
père, et de te rendre malheureuse pour la vie,
mais je te demande d'assouplir, au service de
braves gens, dans une activité raisonnable et réglée, ton humeur sauvage, et de redevenir un membre utile de la société humaine. Me le promets-tu?

— J'essayerai, dit Wally en son inaltérable franchise.

— Eh bien, voilà tout ce que je réclame de toi
pour le moment, car je sais qu'en bonne conscience
tu ne peux promettre davantage. Seulement, apporte dans cet essai une volonté droite, et n'oublie
pas que le bon Dieu jette au rebut le bois trop
dur. Aujourd'hui même j'irai trouver ton père, et
je lui parlerai comme il faut, afin qu'il te pardonne
et se réconcilie avec toi, ou du moins qu'il cesse
de te persécuter. Donne-moi prochainement de tes
nouvelles, dis-moi où tu es, pour que je puisse
t'écrire comment vont les choses. »

La servante apporta le déjeuner, et le prêtre ré-
cita la prière du matin. Wally joignit, elle aussi,
pieusement les mains, et, du plus profond de son
cœur, implora Dieu pour qu'il l'aidât à devenir
brave et honnête. Elle mit dans cet acte une gra-
vité vraiment solennelle : elle eût été si heureuse
de devenir bonne et honnête, si elle eût su comment s'y prendre !

La prière achevée, tous trois s'assirent pour déjeuner, Wally, M. le curé et la servante ; mais, à
peine avaient-ils commencé, qu'un tapage s'éleva
au dehors. « Un vautour ! criait-on ; regardez donc,
là sur le toit, un vautour ! Tuez-le ! qu'on apporte
une carabine !

— Jésus ! mon Jeannot, s'écria Wally en se levant d'un bond pour aller à la porte.

— Doucement ! dit le prêtre ; que vas-tu faire ?
Tu ne peux sortir en ce moment. Veux-tu t'exposer inutilement, lorsque à chaque minute les gens
de ton père peuvent survenir pour te prendre ?

— Je n'abandonnerai pas mon vautour, quoi
qu'il puisse m'arriver, » répliqua la jeune fille ; et,
d'un saut, elle eut franchi le seuil. Le curé la suivit en branlant la tête.

— Ce vautour est privé, cria Wally aux villageois ; il m'appartient, n'y touchez pas !

— Mais, grommelaient les gens, on ne laisse pas
une bête comme celle-là voler à sa guise.

— Vous a-t-elle ravi un mouton ou un marmot ?
demanda Wally d'un ton arrogant.

— Non.

— Eh b'en, alors, laissez-moi tranquille avec
mon oiseau, reprit la jeune fille en se campant
d'un tel air de fierté et de défi devant les paysans,
que ceux-ci se regardèrent tout interdits.

— Wally, Wally ! dit le curé d'un accent

de douce admonestation, songe au bois dur.

— J'y songe, j'y songe, monsieur le curé. Elle
fit un signe de la main à l'oiseau : Viens, Jeannot. »

L'animal s'élança en bas du toit ; tout le monde
recula épouvanté. Wally mit le vautour sur son
épaule et, s'approchant de l'ecclésiastique : « Adieu,
mon père, dit-elle à demi-voix ; je vous adresse
tous mes remerciements.

— Ne veux-tu pas rentrer et finir de déjeuner ?
demanda le prêtre.

— Non, je ne laisse plus mon oiseau seul. Il
faut que je parte, à tout risque.

— Allons ! que Dieu et les saints soient avec toi ! »
reprit le curé d'un air attristé, tandis que la vieille
servante glissait à la dérobée quelques victuailles
dans la poche du jupon de Wally.

Le pied de la jeune fille hésita un instant près
du seuil de cette maison où son cœur s'était pris ;
mais elle continua sa marche et passa silencieusement à travers le groupe des villageois, qui la regardaient bouche béante.

« Quelle est donc celle-là ? demandèrent-ils.

— C'est une sorcière ! entendit-elle chuchoter
derrière elle.

— Non, dit le curé ; c'est une étrangère dont j'ai
reçu la confession. »

# VIII

## LES KLOTZ DE ROFEN

Durant des jours, Wally erra de village en village en quête d'une place ; personne ne voulait la
recevoir avec son vautour, et l'exilée n'entendait
point se séparer de lui. L'eût-elle abandonné, qu'il
n'aurait pas manqué de revenir toujours à elle, et,
quant à tuer le fidèle animal, elle n'en eut même pas
la pensée, quoi qu'il dût advenir d'elle. Désormais,
elle était bien réellement « la fille au vautour : »
son destin était lié indissolublement à celui de cet
oiseau qui s'accrochait à elle comme une créature
humaine. La vieille cousine de la Luckard, qu'elle
alla voir un instant, l'eût volontiers gardée chez
elle. Mais Wally eût été là trop près de la ferme
et complétement à la discrétion de son père. Elle

dut donc s'éloigner, s'éloigner toujours, tant
que ses pieds la portaient.

La saison devenait de plus en plus rude ; il commençait à neiger, et les nuits, que Wally passait
dans quelque grange ouverte, étaient sensible-
ment froides. Les vêtements qu'elle avait sur le
corps étaient sales et usés; elle prenait peu à
peu l'aspect d'une mendiante et d'une vagabonde,
et se voyait chaque jour repoussée plus durement
des portes où elle frappait avec son compagnon.
Elle avait tellement l'apparence d'une aventurière,
qu'il n'y avait même plus une fermière charitable
qui lui permît de travailler au logis une couple
d'heures et de souper ensuite à la table; on se
bornait à lui tendre par miséricorde un morceau
de pain sur le pas de la porte, et Wally, la fière
Wally Stomminger, de s'asseoir sur le seuil pour
le manger.

La jeune fille, en effet, ne voulait pas mourir;
la vie, — cette vie de tourments et de persécu-
tions, de misère et de dénuement, — lui paraissait encore si belle, tant qu'elle pouvait espérer
que Joseph l'aimerait un jour! Cette espérance lui
donnait la force de tout endurer, la faim, le
froid et l'ignominie. Son corps, naguère si robuste, commençait toutefois à faiblir sous l'action
dévorante de tant de soucis et de luttes. Sa vue se
troublait, ses pieds lui refusaient leur service, et,

sitôt qu'elle se couchait pour se reposer, ses idées
se brouillaient, et elle demeurait plongée dans
un fébrile assoupissement. Une angoisse affreuse
s'empara d'elle à la pensée de devenir malade.
Non, il ne fallait pas qu'elle tombât malade : si
l'on venait à la trouver étendue sans connaissance dans quelque grange, on la transporterait
chez son père, et alors elle serait derechef au
pouvoir de celui-ci.

Après avoir parcouru en tous sens le Gurglerthal, sans rien trouver de ce côté, la jeune fille
avait regagné péniblement la vallée d'Œtz et s'était
dirigée sur Vent. Ce village, situé dans le ressort
et comme sous l'égide de son père Murzoll, semblait
à Wally un coin de la terre natale ; mais ses dé-
marches y eurent encore moins de succès : avec
l'âpreté de la région croissait aussi la rudesse des
âmes. D'ailleurs, comme la nouvelle de ses méfaits
avait devancé la jeune fille dans le pays, elle ne
rencontrait, partout où elle se montrait, qu'é-
pouvante et horreur. Elle n'avait garde de se re-
commander du curé de Heiligkreuz; celui-ci le lui
avait défendu, et elle comprenait qu'il avait eu
raison. Par le même motif, elle ne songeait pas à
chercher quelque autre presbytère : quel prêtre
eût consenti à s'intéresser à son sort?

La dernière maison de Vent venait de lui clore
sa porte ; devant elle, il n'y avait plus d'autre ho-

9

rizon que les crêtes sourcilleuses du Plattei, de la
dent de Wild et du glacier de Hochvernagt, qui
fermaient la vallée, et que nul chemin ne franchissait. Le monde finissait de toutes parts à ce bar-
rage ; c'était comme une impasse au fond de laquelle Wally était parvenue.

Elle s'arrêta donc et embrassa d'un regard circulaire ce rempart de murailles à pic. Il faisait une
sombre matinée, et une neige abondante, tombée dans la nuit, avait transformé toute la vallée
en une immense auge éblouissante. Toute trace
de sentier était effacée. Wally s'assit par terre :
« Que je m'endorme ici, songeait-elle, et que j'y
périsse de froid, ce sera vite fait. » Le froid, néanmoins, n'était pas encore à ce point ; la neige fondait sous la jeune fille, qui, bientôt, fut toute gre-
lotante d'humidité. Elle se leva brusquement et se
mit à gravir les pentes qui conduisent derrière Vent
au chemin du Hochjoch et d'où l'on pouvait dominer
la perspective. Elle aperçut en effet de là dans la
neige une espèce de sillon qui, passant derrière le
village, s'enfonçait en longeant le Thalleit jusqu'au
cœur des glaciers. C'était sans doute un sentier.
Mais où aboutissait-il ? Wally continua de monter
pour voir plus loin, et alors ce fut comme un bandeau qui lui tomba des yeux. Ce chemin n'était
autre que celui qui menait de Vent aux fermes de
Rofen : Rofen, le plus haut endroit habité qui soit

dans tout le Tyrol, et le dernier hameau de l'Œtzhal
où des hommes séjournent encore, pareils à des aigles, deux familles seulement, il est vrai, les Klotz
et les Gestrein; Rofen, le mystérieux Rofen, blotti
sous les pieds du terrible glacier du Vernagt, au
bord du lac de glace; Rofen où pas un pied humain
ne s'aventure d'un bout de l'année à l'autre, et
qu'une légende respectée enveloppe de voiles fantastiques.

Tel était le lieu où Wally devait aller, la dernière retraite où elle pût trouver assistance, ou
du moins mourir en paix comme le fauve des forêts. Oui, elle voulait se rendre chez les Klotz de
Rofen. C'étaient les guides les plus renommés de
tout le Tyrol. Vivant là-haut en pleine cime, comme
des génies de la montagne, ils pourraient comprendre que Wally eût mieux aimé mettre le feu à
une maison et s'exposer à la mort que de se laisser
ravir le souffle de la liberté; ils pourraient la pro-
téger contre le monde entier, car les fermes de Rofen jouissaient du droit d'asile; le duc [Frédéric
*à la poche vide* le leur avait octroyé en reconnaissance du refuge qu'en sa détresse il avait trouvé à
Rofen contre ses ennemis. Il est vrai qu'à la fin du
siècle dernier Joseph II le leur avait retiré; mais
le paysan reste accroché à ses coutumes, et les
gens de l'Œtzthal n'avaient pas cessé de respecter
spontanément l'antique droit. Quiconque trouvait

asile à Rofen était inviolable, car les hommes de
Rofen, les Gestrein et les Klotz, n'accueillaient
personne qui ne le méritât, et jouissaient de la
même considération que leurs devanciers : attenter
à leurs franchises, c'eût été comme la profanation
d'une église.

Wally leva les bras vers le ciel, pour remercier
fervemment Dieu de lui avoir indiqué ce refuge,
et, d'un pas mal assuré et chancelant, elle s'a-
chemina vers le dernier but que ses forces lui per-
missent encore d'atteindre. Il lui fallut d'abord
redescendre pour gagner le sentier qui partait de
Vent, puis se remettre à gravir les pentes abruptes.
Après une longue heure de marche sur la rampe
à demi comblée, elle aperçut devant elle, comme
endormies dans la neige, les paisibles et vénéra-
bles fermes de Rofen, que souvent, du haut du
Murzoll, elle avait regardées, pendues au roc,
comme des nids d'aigles imperceptibles. Le cœur
lui battait si fort qu'elle en entendait les pulsations; ses genoux fléchissaient sous elle. Hélas!
si là aussi on allait l'éconduire!

Une nouvelle tourmente de neige s'était mise à
ondoyer en silence, ensevelissant toutes choses
sous un blanc et mobile linceul. De vertigineux
éblouissements passaient devant les yeux de Wally;
un voile glacial enserrait sa tête, puis se liquéfiait
sur son front brûlant et découlait en pluie sur

son visage et sur ses cheveux; des frissons terribles secouaient tout son corps. Enfin, elle atteignit le seuil de Nicodème Klotz, sa main s'allongea vers le marteau de fer ; mais, comme elle
allait le saisir, un éclair étrange lui obscurcit la
vue; elle s'affaissa lourdement contre la porte et
glissa tout à fait par terre.

Les pâles flocons continuèrent de tomber en
tourbillonnant dans l'étroit défilé, et devant l'huis
bien barricadé de Nicodème Klotz s'amoncelèrent
en une couche de plus en plus épaisse, qui
finit par former un brillant et paisible monticule
au-dessus du corps rigide de Wally.

.   .   .   .   .   .   .   .   .   .   .   .   .   .   .   .

Nicodème Klotz, assis sur la chaude banquette
de son poêle, fumait sa pipe en regardant bien
commodément la neige voltiger devant la croisée.
Les quarts d'heure lui passaient ainsi dans un
confortable repos, tandis que Léandre, son plus
jeune frère, un chasseur de belle mine, lisait une
feuille hebdomadaire en papier gris. « Eh! dit
Nicodème en lançant une bouffée, ça recommence
à tomber joliment.

— Oui, » répondit Léandre en regardant du
côté de la petite fenêtre floconner l'épaisse avalanche.

Tout à coup, au milieu du blanc tourbillon, une
aile noire battit contre la croisée; quelque chose

se mit à voleter avec une sorte de croassement et s'enleva sur le toit.

« Tiens! qu'ai-je vu? dit Léandre en quittant son siége.

— Que veux-tu qu'il y ait? grommela le frère aîné; tu ne vas point, j'espère, sortir par cette bourrasque.

— Pourquoi pas? » reprit Léandre, tout en décrochant sa carabine. Chaque coup d'aile d'un oiseau qui passait éveillait en lui le chasseur; il fallait qu'il vît ce que c'était. Il se dirigea vers la porte et l'ouvrit avec précaution, afin que nul bruit n'effarouchât l'animal; ce mouvement fit choir à l'intérieur un tas de neige, et le jeune homme aperçut le monticule qui s'était formé sur le seuil. Impossible de sortir; il fallait aller chercher une pelle pour démolir ce rempart. Léandre, contrarié, déposa sa carabine et commença de déblayer.

« Jésus! qu'est-ce que cela? s'écria-t-il soudain. Nicodème, viens vite! il y a quelque chose là sous la neige; aide-moi. »

Le frère s'approcha précipitamment. En un clin d'œil, le monticule fut enlevé; un bras, un beau bras arrondi, puis un corps inanimé, en sortirent.

« Grand Dieu! une fille! et quelle fille! chuchota Léandre en voyant apparaître la jolie tête et la splendide poitrine de Wally.

— Elle s'est probablement égarée de ce côté, dit Nicodème en secouant la tête et en dégageant de la neige, non sans effort, la pesante épave.

— Serait-elle morte? demanda Léandre, dont les regards demeuraient fixés, avec un mélange de frayeur et de satisfaction, sur le visage terne et livide de Wally.

— Il faut la frictionner bien vite, dit Nicodème, portons-la dans la chambre.

Le lourd fardeau fut enlevé et déposé sur le lit de Nicodème.

— Il y a déjà une bonne demi-heure qu'elle est là dehors, si je compte à partir du moment où il m'a semblé entendre un bruit sourd contre la porte; mais j'ai pensé que c'était un tas de neige qui avait dégringolé du toit. »

Ce disant, Léandre alla chercher un baquet plein de neige, et se mit en devoir de prêter son concours zélé pour débarrasser la jeune fille de sa jupe.

« Non pas, dit le frère aîné, qui était homme de circonspection. Cela n'est point séant. Un jeune garçon comme toi!..... La fillette en serait toute confuse, si elle le savait. Sors d'ici, et vois à quérir là-bas quelqu'un des Gestrein, Catherine ou Marianne. Va! »

Léandre ne pouvait détacher ses yeux de ce corps

privé de vie. « Oh ! la superbe fille ! » murmura-t-il derechef, d'un ton de commisération, en quittant la chambre.

Le frère expérimenté déshabilla Wally tranquillement et avec précaution, puis il la frictionna vigoureusement avec de la neige, jusqu'à ce que la peau eût repris sa coloration vitale et que le sang se fût remis à circuler. Il l'essuya ensuite à fond, la couvrit soigneusement et lui introduisit dans la bouche quelques gouttes d'une essence d'herbes énergique.

Wally revint enfin à elle ; elle fit un mouvement, s'allongea et promena un regard circulaire dans la pièce ; mais son œil était vitreux et sans expression ; après avoir bégayé quelques mots inintelligibles, elle referma les paupières.

« Elle souffre, dit Nicodème à Léandre, qui rentra juste à ce moment, suivi d'une vigoureuse paysanne en train de secouer à la porte la neige de ses vêtements. C'était la sœur, mariée, des Klotz.

— Marianne, reprit Nicodème, il faut que tu nous aides. Léandre et moi, nous ne pouvons, seuls, soigner cette fille. Léandre lui roule déjà des yeux de possédé. »

Ce disant, il jeta un regard de mécontentement sur le jeune gars. Celui-ci, qui s'était déjà réinstallé à la tête du lit et semblait dévorer le visage de la malade, se détourna aussitôt d'un air interdit et en rougissant.

Marianne s'approcha du lit, et sa première question fut pour dire :

« Qui peut-elle être?

— Ma foi! Dieu le sait; quelque vagabonde! repartit Nicodème.

— Allons donc! grommela Léandre. En tout cas, à la voir, on ne dirait guère d'une vagabonde!

— Oui-dà! fit remarquer Marianne, parce qu'elle te plaît. Qu'à cela ne tienne! On a vu, sais-tu bien, plus d'un beau visage aller de pair avec une vilaine âme. Une fille comme il faut ne court pas le pays, toute seule, en cette saison-ci, par la neige, jusqu'à ce qu'elle tombe. Il y a là quelque chose de louche, et Dieu sait qui l'on introduit ainsi chez soi !

— Pour le moment, il n'importe, répliqua charitablement Nicodème; que celle-ci soit ce qu'elle voudra, nous ne pouvons jeter à la porte, parmi le froid et la neige, une personne malade.

— Soit, reprit la villageoise. Je consens à venir ici vous la soigner; mais je ne la prendrai pas chez nous, je vous en préviens.

— Ce n'est pas non plus nécessaire; nous la garderons bien nous-mêmes, répondit Nicodème d'une voix irritée.

En ce moment, Wally recommença de balbutier entre ses dents ; le jeune homme se pencha tendrement sur elle en lui demandant : » que veux-tu ? que te faut-il ? »

Le frère aîné échangea un regard avec sa sœur ; puis il reprit : « Écoute, Léandre, j'ai quelque chose à te dire. Tu m'as l'air aujourd'hui d'avoir le cœur furieusement sur la main ; le voilà déjà tout prêt à te laisser tondre pour une personne que nous ne connaissons même pas. Eh bien ! tu vois où est la porte, fais-moi le plaisir de sortir et de ne point rentrer, si tu ne veux pas que, toute malade qu'elle est, je jette cette fille dehors. Tu as compris ?

— Ah çà ! grommela Léandre, on n'a donc pas le droit de regarder une femme ! je ne comprends vraiment rien à ton procédé.

— Allons, va-t'en. Je ne veux pas de mots, ici, tant que je serai maître au logis et ton tuteur. »

Ce disant, Nicodème, prenant le garçon par le bras, le poussa dehors, et demeura seul avec sa sœur près de la malade.

Wally n'avait plus recouvré sa connaissance ; elle gisait en proie à la fièvre, le cou enflé, les membres raides et endoloris. Le frère et la sœur virent tout de suite que l'étrangère avait dû attraper un terrible refroidissement aggravé d'un excès de fatigue, et ils se mirent à la soigner de leur mieux. Léandre, pendant ce temps, vaguait dans l'inquiétude et le désœuvrement par la maison. Toutes les fois que quelqu'un sortait de la chambre de la malade, il se trouvait au passage pour s'informer de l'état des choses. Son cœur était gros de chagrin : le garçon eût si volontiers donné ses soins à la jolie fille ! Vers le soir, la neige ayant cessé de tomber, il prit sa carabine et sortit ; mais, au bout de quelques instants à peine, il rentra et appela Nicodème :

— Dis donc, fit-il avec animation, il y a un vautour perché sur le toit, un magnifique gypaëte ; il vous considère d'un air tranquille et familier, comme s'il était de la maison.

— Tiens, dit Nicodème, c'est curieux.

— Viens donc ici et regarde, reprit Léandre en amenant son frère au dehors. Le voilà juché là, sans bouger. Quel gaillard ! Et dire qu'il n'y a pas moyen de tirer ! C'est à se donner au diable !

— Et pourquoi ne tirerais-tu pas ? répliqua Nicodème.

— Eh ! la détonation du coup, près de la malade qui est couchée là-dedans ! Je ne puis, fit Léandre en frappant du pied.

— Chasse-le, répondit le frère, puis arrange-toi pour le suivre, et tire-le au loin, de manière que l'on n'entende pas.

— Pch ! pch ! » fit Léandre en lançant une boule de neige à l'animal pour le mettre en fuite.

Le vautour ouvrit les ailes, poussa un cri et s'enleva, mais il ne prit pas son essor ; après avoir voleté un moment dans l'air, il revint s'abattre paisiblement sur le toit.

« Ah ! c'est prodigieux ! Il ne veut pas s'en aller ; on dirait qu'il est apprivoisé. »

Une fois, deux fois ils essayèrent de le faire déguerpir : ce fut toujours la même histoire.

« Il est ensorcelé, ajouta Léandre en faisant le signe de la croix vers l'animal ; celui-ci toutefois n'en parut pas ému ; il n'avait évidemment rien de commun avec le diable.

— J'ai idée, reprit Nicodème, qu'il en a dans l'aile et qu'il ne peut plus voler. En tout cas, il ne fera de mal à personne. Laissons-le là-haut, jusqu'à ce qu'il tombe de lui-même, puisque tu ne veux pas, du bruit d'un coup de fusil, effrayer la fillette malade.

— Ma foi ! il est à moitié mort, et l'on pourrait, j'imagine, le prendre avec la main. »

Léandre alla chercher l'échelle, l'appliqua au mur et y monta avec précaution. L'oiseau le laissa tranquillement approcher. Léandre tira son mouchoir de sa poche et voulut le lui jeter sur la tête : alors l'animal commença de jouer du bec

avec une telle énergie, que le jeune homme s'em-
pressa de battre en retraite.

Nicodème se mit à rire : « Hein! fit-il, il t'a
montré comment l'on prend les vautours avec la
main. J'aurais pu t'en dire tout autant.

— Je ne sais pas ce que c'est que cet oiseau-là,
grommela Léandre en secouant la tête. Attends
un peu, ajouta-t-il d'un ton menaçant, que je te
rattrape ailleurs qu'ici !

— Tu le chasseras demain, s'il ne crève pas
cette nuit ; ou bien, supposé qu'il puisse voler, il
filera, et tu ne le reverras plus. »

La brune était venue. Marianne sortit de la maison en disant qu'il lui fallait retourner chez elle
pour apprêter le souper de son mari. Les deux
frères rentrèrent, et Nicodème alla dans l'office
chercher du pain et du fromage pour faire aussi
le repas du soir. Léandre profita de son absence
pour soulever le loquet de la porte qui communiquait de la salle dans la chambre à coucher de Nicodème, et pour jeter, par l'entre-bâillement, un regard sur Wally. Celle-ci reposait d'un sommeil
paisible et profond dans la couche bien chaude de
l'aîné des Klotz ; depuis si longtemps elle n'avait
dormi dans un lit ! Aussi voyait-on, au mol abandon avec lequel la jeune fille se laissait aller sur les
oreillers, quel soulagement elle goûtait ainsi. —
« Dieu te garde, pauvre petite, Dieu te garde! »

murmura Léandre tout en refermant vivement la
porte, car il entendait le pas de son frère. Celui-ci,
en revenant avec le souper, trouva son cadet inno-
cemment assis sur la banquette du poêle.

« Pour aujourd'hui c'est bien, dit Nicodème ;
Benoît est absent, et cette nuit je vais pouvoir
dormir par ici, à côté de toi, dans son lit ; mais
demain, s'il revient, nous n'aurons que deux lits
à nous partager à trois.

— Oh ! je n'ai pas besoin de lit, fit vivement
Léandre. Pour l'amour de celle qui est là, je cou-
cherai bien sur ce banc ou dans la meule ; cela
m'est parfaitement égal. S'il faut qu'un de nous
se gêne pour elle, c'est à moi que cela revient de
préférence.

— A ton aise, si cela te fait plaisir. Seulement,
couche dans la meule, et non sur ce banc, qui me
paraît trop près de la chambre de la malade. Tu me
comprends ?

— Oui, oui, je comprends bien, dit Léandre en
mordant dans son fromage comme dans une pomme
acide. »

La chambre à coucher des deux jeunes Klotz
était située juste en face de celle de Nicodème, qui
s'installa dans le lit de l'absent. A plusieurs re-
prises, pendant la nuit, il se leva pour aller écouter à la porte de Wally ce qu'elle faisait. Elle diva-
guait, en proie à un fort délire, et une fois Nico-

dème entendit très-distinctement qu'elle parlait d'un vautour.

« Ah ! pensa-t-il, elle aura vu, elle aussi, le vautour, en venant ici, et l'effroi la poursuit en rêve. »

Le lendemain de grand matin, dès avant le déjeuner, Nicodème mit derechef à la porte l'inquiet Léandre ; celui-ci ne rentra que vers midi.

« Eh bien, demanda-t-il en reparaissant, comment cela va-t-il là-dedans ?

— Toujours la même chose. Elle ne recouvre pas connaissance ; et avec cela, elle est sans cesse dans les transes, au sujet de gens qui veulent la prendre. »

Léandre se gratta l'oreille : « Alors, dit-il, je ne puis toujours pas tirer. Figure toi que le vautour est encore là sur le toit.

— Est-ce possible ?

— Mais oui ; ce matin, en sortant, je ne l'avais pas revu. Bon ! me suis-je dit, il a décampé, et j'ai rôdé, trois heures durant, à sa recherche. Voilà qu'en revenant je le retrouve perché tranquillement là-haut.

— En vérité, il y aurait de quoi n'être pas rassuré, si l'on était superstitieux.

— N'est-ce pas ? On serait presque porté à croire que c'est une des filles de Murzoll qui a voulu me jouer un mauvais tour.

— Bonjour! cria soudain une grosse voix rauque. C'était Benoît, le second frère, qui était de
retour de son voyage.

— Ah! bonjour! te voilà! répondirent les deux
autres Klotz. Quelle nouvelle nous apportes-tu?
As-tu obtenu quelque chose?

— Oh! pas grand'chose. Au canton, ils m'ont
renvoyé de Ponce à Pilate, et m'ont payé de demi-
promesses. M'est avis que les habitants de l'Œlz-
thal, bêtes et gens, pourront encore, pendant
plus de trois générations, se rompre les os pour
venir ici, avant que nous n'obtenions la rampe en
question. »

Et Benoît, jetant son sac avec humeur, s'assit
sur la banquette du poêle.

« Allons-nous bientôt pouvoir déjeuner?

— A l'instant, répondit Nicodème, qui faisait
lui-même l'office de cuisinier, et qui alla quérir
la soupe. Il rapporta en même temps une chopine
de lait, avec laquelle il pénétra dans la chambre
de la malade. Léandre le suivit d'un regard d'envie. Quant à Benoît, qui mourait de faim, il tomba
sur le potage sans se mettre en peine de ce que
faisait son frère. Celui-ci revint bientôt, et, suivant cette façon silencieuse avec laquelle le paysan,
comme s'il craignait de perdre la mesure en parlant, procède à l'acte solennel de la nutrition, tous
trois expédièrent la soupe d'un mouvement si ré-

gulier et si rhythmique, que pas un n'eut une cuillerée en plus ou en moins.

Le repas terminé, Benoit, fatigué de la route, alluma sa pipe et s'allongea commodément sur le banc.

« Voyons, qu'y a-t-il de nouveau dans le monde? Raconte un peu, dit Léandre, » qui savait que son frère n'était pas prodigue de paroles.

Benoit, qui avait sa pipe de travers dans la bouche, se mit à bâiller : « Je ne sais rien, fit-il. — Ah ! reprit-il un moment après, la fille de Stromminger, le riche fermier de la Sonneplatte, — vous savez? la fille au vautour, — eh bien, elle a pris la clef des champs, et, de ce moment, elle court le pays, la bride sur le cou, en mendiant.

— Tiens ! comment cela s'est-il donc fait? demandèrent les deux frères avec étonnement.

— Oh ! continua Benoit, il faut que ce soit une satanée femelle. Le fermier, ne pouvant venir à bout d'elle, s'était vu forcé de l'envoyer au Hochjoch. Ne voilà-t-il pas qu'en redescendant elle n'a rien de plus pressé que d'assommer à moitié Vincent Gellner et de mettre le feu à la maison de son père !

— Jésus-Maria !

— Après cela, naturellement, elle s'est sauvée et s'est mise à errer de village en village. Hier, elle était à Vent, allant, de porte en porte, deman-

der du service. Mais qui voudrait avoir chez soi
une pareille drôlesse? Pour surcroît, elle traîne
avec elle le grand vautour qu'elle a déniché dans
le temps, et il faut que les gens accueillent sa
bête avec elle. Comme de juste, chacun lui répond:
Merci! »

Nicodème regarda Léandre, qui devint cramoisi;
puis il dit : « Allons! c'est fort bien. Je vois maintenant qui nous avons là. Ce vautour, qui ne
quitte point le toit..., ces divagations pendant la
nuit... Allons, voilà qui va bien! Nous avons chez
nous la fille au vautour. »

Benoît fit un bond : « Plaît-il?

— Ne crie donc pas si fort, dit Léandre. La pauvre fille malade a-t-elle donc besoin de tout entendre? »

Nicodème raconta comment son frère avait trouvée Wally dehors, à demi morte dans la neige, et
comme quoi l'on n'avait pu faire autrement que
de la garder au logis, au moins jusqu'à ce qu'elle
pût marcher. Mais Benoît était un homme bourru;
il déclara qu'à son avis la maladie de Wally était
une feinte, que ses frères avaient été trop faibles,
qu'ils s'étaient laissé duper, et qu'à l'instant même
il allait en finir avec cette fille. « Pour des incendiaires il n'y a point ici d'asile! s'écria-t-il en
dardant sous ses épais sourcils des regards étincelants de colère.

— Si tu l'avais vue, tu l'aurais accueillie comme
nous, ajouta Léandre ; il n'y a pas une âme qui
aurait laissé la pauvrette à la merci des intempéries.

— Vraiment ! A ce compte-là nous finirons par
racoler ici tous les larrons et tous les assassins
du pays, et l'on dira que Rofen est le réceptacle
de toute la canaille. Quelle aubaine pour le tribunal du canton ! Si vous vous êtes laissé attraper
par une madrée coquine, moi, du moins, je main-
tiendrai l'ordre et la règle à Rofen. »

Benoît s'approcha de la porte. Nicodème se mit
devant lui en disant d'un ton calme, mais ferme :
« Mon frère, je suis l'aîné ; je suis maître ici
aussi bien que toi, et, aussi bien que toi, je sais ce
que nous autres, gens de Rofen, nous nous devons
à nous-mêmes. Je te donne ma parole que nous ne
garderons pas cette fille au logis une heure de plus
que ne le commande notre devoir d'hommes et de
chrétiens ; mais, en ce moment, elle est malade,
et je ne souffrirai pas qu'on la maltraite. Tant que
j'habiterai Rofen, il ne sera fait de mal à aucune
créature sous ce toit. »

Léandre interrompit Nicodème. « Oh ! dit-il
d'un ton plein d'assurance et l'œil illuminé, laisse-
le entrer. Quand il l'aura vue, il ne parlera plus
de la renvoyer.

— Tu as raison, blanc-bec, — répliqua le frère

en souriant, et il ouvrit tout doucement la porte.

Benoît entra vivement et avec fracas. Léandre put, cette fois, se glisser à sa suite sans que Nicodème s'y opposât ; car il pouvait aider à surveiller les brusqueries de Benoît et à l'empêcher de commettre quelque brutalité. La Marianne était assise auprès du lit, en train de confectionner des chausses neuves pour la malade, dont les vêtements étaient tellement en loques, qu'elle n'aurait plus eu rien à se mettre en se relevant. A l'apparition tapageuse de Benoît, elle lui fit signe de se taire ; mais à peine Benoît eut-il jeté un regard sur Wally, qu'il modéra de lui-même son pas et s'approcha du lit plus lentement. La jeune fille dormait profondément. Elle reposait sur le dos, son beau bras arrondi au-dessus de sa tête. Son abondante chevelure brune retombait toute dénouée sur sa blanche poitrine qu'une épaisse camisole rustique avait garantie du hâle et du soleil, et dont une ample chemise de toile laissait voir un petit coin à nu. Elle avait, en dormant, la bouche à demi entr'ouverte comme par un sourire, et deux rangées de petites dents pareilles à des perles brillaient entre ses lèvres charnues. Sur son front assoupi régnait un air de grandeur et de chasteté dont la muette éloquence ne saurait se traduire en paroles.

Benoît était devenu silencieux, tout à fait silen-

cieux. Il considéra longtemps, avec une sorte d'é-
tonnement, cette image décevante et pudique.
Son visage basané prit peu à peu une coloration
de plus en plus animée, jusqu'à faire concurrence
à celui de Léandre, qui jetait l'éclat d'un brasier;
puis il serra les dents, et, se retournant : « Elle
est vraiment malade, dit-il d'un ton qui signifiait :
Il n'y a, par conséquent, rien à faire. » Après quoi
il sortit sur la pointe des pieds.

# IX

## SOLITUDE

De nouveau les zéphyrs printaniers soufflaient sur la terre ; les neiges fondantes s'en allaient au cours mugissant des torrents, et les premières plantes alpestres, levant déjà un regard timide et presque défiant vers le soleil, semblaient se demander si c'était pour tout de bon qu'il reparaissait, et si l'on pouvait continuer à se risquer au dehors. Çà et là étaient restées quelques flaques de neige, semblables à des draps de lit oubliés. Sous l'ombrage éternellement vert des bois de pins, les oiseaux, ventillant leurs ailes, tenaient conseil en gazouillant, et tous ces petits gosiers modulaient à l'unisson l'hymne universel d'allégresse. Les glaciers vomissaient avec le fracas du tonnerre leurs

avalanches dans les vallées, et, sous le choc de ces
masses effrayantes, murs et charpentes, arbres et
buissons craquaient à l'envi. C'étaient, en haut
comme en bas, une lutte, une poussée générale,
mêlées de tonnerres et de susurrements, de menaces et d'attraits, d'angoisse et d'espérance ; et
l'homme, toujours osé et curieux, secouant, lui
aussi, le long repos hivernal, allongeait ses an-
tennes et se mettait à tâter la montagne avec son
bâton, pour voir où poser le pied dans la neige
ameublie.

Rofen seul demeurait encore enseveli dans
l'ombre de ses gorges sourcilleuses, comme un
dormeur attardé sous ses blanches couvertures.
Devant la porte des Klotz, Léandre était en train
de donner en pâture à Jeannot une énorme souris
qu'il avait attrapée pour lui. Jeannot était devenu
le favori de Léandre, du jour où l'on avait décou-
vert qu'il appartenait à Wally, et l'animal se
trouvait fort bien chez les gens de Rofen.

En ce moment, Benoît parut avec son bâton
ferré. Il venait de pousser sur le chemin du Murzoll une reconnaissance où il était plus d'une fois
resté suspendu entre la vie et la mort. Son regard
était incertain et tout son être agité d'une sombre émotion.

« Eh bien, qu'est-ce ? demanda Léandre d'un
air d'anxieuse préoccupation.

— Le chemin est praticable à la rigueur ; avec moi pour guide, elle peut se risquer.

— Voyons, Benoît, ne fais pas cela, ne la laisse pas aller là-haut, je t'en prie.

— Oh ! ce qu'elle veut, elle le veut bien, répondit Benoît mélancoliquement.

— Dis-lui que la montagne n'est pas accessible ; il faudra bien qu'elle renonce d'elle-même à son projet.

— A quoi bon mentir ? Si longtemps qu'elle reste encore ici, elle ne changera pas d'idée ; tu n'as rien à espérer, elle te l'a répété assez souvent. Un béjaune comme toi ne convient pas à une fille telle que Wally. Fais-toi donc une raison. »

Là-dessus, Benoît entra au logis, laissant Léandre les yeux tout gonflés de dépit et de chagrin. Il trouva sur son chemin la jeune fille qui sortait de l'écurie avec la fourche à faner.

« Wally, lui dit-il, s'il le faut absolument, je vais te conduire là-haut ; j'ai trouvé la route ; cependant il y a encore du danger.

— Je te remercie bien, Benoît, répliqua-t-elle ; nous partirons demain. »

Elle accrocha sa fourche et se rendit à la cuisine. Benoît frappa du pied et déposa son bâton ferré dans un coin ; puis, après avoir réfléchi un instant, il n'y put tenir, et suivit la jeune fille.

Celle-ci avait retroussé sa robe et s'apprêtait à
frotter la cuisine.

« Wally, laisse donc cela, j'ai à te parler.

— Impossible, Benoit ; regarde, j'ai à nettoyer
ici. Si je pars demain, il faut que toute la maison
soit écurée. Je ne veux pas laisser la moindre
ordure derrière moi.

— Eh ! tu as plus travaillé chez nous que tu
n'y as bu et mangé. C'est bien, va, la maison est
assez propre, et, toi partie, le reste importe peu. »

Il mâcha un morceau de bois, dont il rejeta ensuite les fragments lacérés. Wally, voyant l'état
d'agitation où il se trouvait, suspendit son travail
pour l'écouter.

« Wally, dit-il, réfléchis encore une fois,
veux-tu de l'un de nous? Voyons, tu n'as pourtant
pas besoin de te montrer si fière. Tu es si décriée,
qu'il faut vraiment un très-grand amour pour t'é-
pouser. »

Wally témoigna d'un signe de tête qu'elle se
rendait parfaitement compte de cette vérité.

« Vois un peu, nous autres gens de Rofen, nous
pouvons aller frapper n'importe où ; il n'y a pas
une fille qui ne serait heureuse qu'un Klotz la
prît. Tu as le choix entre deux d'entre nous, et
tu refuses un pareil bonheur ! Voyons, Wally, tu
pourrais bien le regretter un jour.

— Benoit, tu as d'excellentes intentions, et, toi et

Léandre, je vous aime autant que l'on peut aimer, mais non pas pour me marier. Je n'épouserai jamais un homme que je ne pourrais aimer comme mari, et, je dois vous le dire, j'ai vu un jour quelqu'un qui ne me sort pas de la tête, et aussi longtemps que j'aurai ce quelqu'un dans la tête, il m'est impossible d'en prendre un autre. »

Benoît pâlit.

« Voyons, poursuivit Wally, je te parle ainsi pour que tu te mettes enfin en repos et que tu ne continues pas à te tracasser en pensant à moi. Crois-m'en, Benoît, je sais ce que tu as fait pour moi, ce que vous avez tous fait pour moi. Vous m'avez sauvée de la mort, vous m'avez protégée quand mon père a voulu me faire enlever de force, et ç'a été une chose admirable que la façon dont tu as défendu et ma personne et ton droit domestique. Oh! je serais vraiment bien heureuse, si je pouvais t'aimer et oublier l'autre. J'ai certainement pour toi de la reconnaissance, et si cela pouvait t'être utile, je te sacrifierais ma vie; mais, je te le demande à toi-même, qu'aurais-tu à faire d'une femme qui en aime un autre? En vérité, ce serait un triste remerciement pour un homme comme toi.

— Oui, répondit Benoît d'une voix rauque en s'essuyant le front.

— N'est-ce pas? Et tu comprends maintenant

qu'il faut que je parle, et que les choses ne peuvent pas continuer ainsi?

— Oui, » répéta-t-il, et il sortit de la cuisine.

Wally regarda s'éloigner tout ému le brave et fier garçon qui lui avait offert, — comme il le disait lui-même dans son langage un peu brutal, — ce que n'importe quelle fille eût été heureuse d'accepter. Elle ne pouvait concevoir qu'elle n'aimât pas cet homme, qui lui avait fait tant de bien, plutôt que cet étranger qui ne pensait pas même à elle; mais enfin c'était comme cela. Il n'y avait personne qui pût rivaliser avec Joseph pour la force et la majesté, elle le voyait toujours devant elle rejeter de son épaule la peau sanglante de l'ours et narrer sa lutte avec le monstre; elle revoyait tout le monde l'entourer avec admiration, lui, l'incomparable, l'unique en beauté et en vigueur. Elle se rappelait comme quoi il avait vaincu son père, le robuste fermier, qui avait jusqu'alors passé pour invincible; puis avec quelle bonté et quelle douceur il avait ensuite parlé à son rancuneux adversaire; Non certes, nul ne pouvait soutenir la comparaison avec lui.

Wally se remit au travail : « Oh ! s'il savait à quoi je renonce pour lui ! » se disait-elle en regardant Benoît, qui, dehors, devant la fenêtre, la figure tout en feu, cherchait à faire entendre raison à Léandre qui pleurait.

Le bonhomme Stromminger avait d'abord tempêté et pesté contre sa fille rebelle ; le bon curé de Heiligkreuz n'avait pu lui-même réussir à l'apaiser. Lorsqu'enfin la nouvelle eut transpiré que Wally s'était réfugiée à Rofen, le fermier envoya des gens la chercher, mais ce n'était pas chose aisée que d'avoir raison des Klotz sur leurs propres terres ; ceux-ci défendirent en vrais chevaliers leur droit antique et sacré. Par la suite, quand la jeune fille eut remarqué la passion que les deux jeunes frères avaient conçue pour elle, elle s'en ouvrit au placide et prudent Nicodème, lequel comprit ce qu'il y avait à faire. Il alla trouver le Stromminger, et par ses sages persuasions il parvint à gagner sur lui qu'il renonçât à l'idée d'enfermer Wally, et qu'il se contentât de la bannir pour toujours. Il fut décidé que, l'été, elle reprendrait la garde du bétail sur le Murzoll, et que l'hiver elle serait libre de se mettre en service où elle voudrait, pourvu qu'elle ne rentrât pas au village.

Quand Nicodème eut rapporté cette réponse, la jeune fille insista pour partir à l'instant même et aller attendre le troupeau sur le glacier ; il fallut toute l'autorité de Nicodème pour la faire au moins patienter jusqu'à ce que Benoît eût vérifié préalablement si la montagne était praticable. Enfin, le moment arriva où Wally devait fuir de nouveau

devant les souffles printaniers pour s'enfoncer
dans la solitude des hautes cimes. Ce fut un adieu
pénible que celui qu'elle dit aux trois frères et à
la bonne Marianne, car elle s'était prise d'une
affection réelle pour ces braves gens.

Benoît l'accompagna jusqu'en haut : il n'en
voulut point démordre. « Depuis le temps que tu
nous es confiée, lui dit-il, c'est bien le moins que
nous te rendions saine et sauve. Ce qu'il arrivera
ensuite, nous ne pouvons malheureusement pas
l'empêcher. »

Quel épouvantable trajet que celui qu'ils
eurent à faire au milieu de toutes les convul-
sions de la nature printanière! Benoît, le plus
hardi et le plus sûr guide qui fût à la ronde,
déclarait lui-même qu'il n'y avait jamais eu pire
ascension. Lui et Wally parlèrent peu, car ils
étaient dans une lutte haletante et continue pour
leur vie et ne pouvaient regarder ni à droite ni à
gauche : bref, ce fut un pénible labeur. Enfin,
après s'être débattus une demi-journée parmi la
neige, la glace et les précipices, ils atteignirent
le sommet.

La vieille hutte était toujours là, un peu plus
ruinée qu'auparavant, avec de gros tas de neige
sur le toit et tout alentour.

« Voilà donc où tu veux demeurer, dit Benoît,
plutôt que de rester chez nous, dans un bon inté-

rieur, en qualité de fermière de Rofen, et d'y vivre convenablement en devenant une femme considérée !

— Je ne puis agir autrement, répondit à demi-voix la jeune fille, tout en promenant un regard attristé sur l'inhospitalière cabane ensevelie dans la neige. Les génies de la montagne m'ont, je crois, jeté un charme ; il faut toujours que je revienne à eux, et l'air de la vallée ne me convient plus.

— En vérité, on dirait que tu es un être à part ; tu ne ressembles en rien aux autres filles, et l'amour que tu inspires ne ressemble non plus à aucun autre ; c'est un amour extraordinaire, sans égal ; et l'on est tenté de croire que tu n'es point de notre monde et que quelque esprit malfaisant t'agite et te mène. »

Il posa par terre le paquet et les provisions qu'il avait apportés pour Wally, et se mit à déblayer la porte de la cabane, afin qu'on pût y pénétrer.

« Benoît, dit tout bas Wally, comme si elle eût craint d'être entendue, crois-tu aux *bienheureuses demoiselles ?* »

Le jeune homme regarda par terre d'un œil pensif, puis, haussant légèrement les épaules :

« Que veux-tu que je te dise ? Je ne les ai jamais vues, mais il y a des gens qui se feraient hacher plutôt que d'en démordre.

— Je n'y ai jamais cru non plus ; seulement, l'année dernière, en arrivant ici, j'ai eu un rêve tellement saisissant, qu'on eût presque dit que ce n'était pas un rêve, et depuis lors, à propos de tout ce qui m'arrive, je ne puis m'empêcher de songer aux *bienheureuses demoiselles*.

— Quel rêve était-ce donc ?

— Voilà. Celui que j'aime est, lui aussi, un chasseur de chamois, et c'est à cause de lui que mon père, l'an passé, m'a envoyée ici. Or, dès la première heure que j'y étais, j'ai vu en songe Murzoll et ses filles, qui me menaçaient de me précipiter dans l'abîme, si je ne renonçais pas à mon préféré. »

Et Wally raconta de point en point toute sa vision.

Benoît hocha le front et devint tout triste.

« A ta place, Wally, je ne serais pas rassuré. »

La jeune fille redressa la tête.

« Eh quoi ? fit-elle, est-ce que tu ne fais pas la chasse aux chamois, en dépit des *bienheureuses demoiselles* ? Le tout est de ne pas se laisser effrayer. J'ai franchi depuis ce rêve pas mal de précipices ; j'ai bien senti quelque chose qui me tirait par en bas, mais je me suis tenue ferme, et j'ai eu le dessus. »

Et, levant d'un air de défi ses bras robustes et hâlés, elle ajouta :

« Tant que j'aurai ces deux bras-là, je n'aurai certes peur de rien. »

Cette assurance déplut à Benoît. Dans ses pérégrinations solitaires sur les redoutables glaciers du Similaun et du Wild, il avait contracté une tendance à subtiliser, et il creusait, bien plus que d'autres, ses idées.

« Prends garde, Wally! quiconque veut trop s'élever s'expose à se cogner la tête; les puissances de là-haut n'aiment pas cela, et vous font vite faire le saut. »

La jeune fille se tut.

« Il est vraiment trop tôt, reprit-il, pour venir ici; il n'y a pas une créature qui y pourrait tenir.

— Oh! j'en ai vu de plus dures encore l'automne dernier. »

Tous deux entrèrent dans la hutte.

« A qui ne veut rien entendre, on ne peut guère donner d'aide, poursuivit Benoît; mais, en vérité, si celui pour lequel tu passes par tant de misères ne t'en récompense pas un jour, il méritera qu'on lui torde le cou.

— Pour sûr il m'en récompenserait, s'il le savait, répliqua Wally en baissant les yeux et en rougissant.

— Quoi! il ne le sait même pas? demanda Benoît, stupéfait.

— Non, il me connaît à peine.

11

— Ah ! puisse Dieu te pardonner ! Accrocher ainsi ton cœur à un étranger, et repousser ceux qui t'aiment, qui t'ont soignée et choyée, cela, vois-tu, ce n'est pas de l'amour, c'est de l'entêtement. »

Wally garda le silence, et le jeune homme cessa aussi de parler.

Comme avait fait l'année d'avant le Klettenmaier, Benoît arrangea la hutte du mieux qu'il se pouvait et alla chercher une provision de bois ; après quoi il prit congé de Wally en lui tendant la main :

« Dieu te garde, lui dit-il, et s'il m'est permis d'ajouter encore un mot, ce sera celui-ci : Veille sur toi et prie le ciel pour ne point devenir la proie des puissances malignes. »

Sous le regard profondément triste que Benoît attacha sur elle, la jeune fille eut un serrement de cœur ; il lui sembla qu'elle sentait s'agiter à ses côtés les puissances malignes dont il parlait. Machinalement, elle prit par la main ce protecteur, qui l'avait jusqu'alors couverte d'une si fidèle sollicitude, et elle l'accompagna un bout de chemin, comme si elle eût eu peur de rester seule.

« Retourne maintenant, dit Benoît ; voilà que le chemin devient mauvais ; je te remercie de m'avoir reconduit.

— Adieu ! et rentre sans accident, » lui cria Wally.

Le jeune homme s'en alla sans retourner la
tête. Wally regagna la hutte ; elle était de nouveau
toute seule avec son vautour et les génies de la
montagne ; mais les génies semblaient réconciliés ;
le Murzoll, éclairé par un beau soleil printanier,
saluait amicalement le retour de son enfant, et
celle-ci ne se trouvait plus, comme auparavant,
dépaysée en face des hautes crêtes qui l'environ-
naient. Chaque pli du front de Murzoll lui était familier ; elle était faite désormais à ses grondements et à ses sourires ; elle n'avait plus peur
quand sa tête se ceignait de sombres nuages ou
quand le géant courroucé vomissait des avalanches
dans l'abîme ; sur son âpre poitrine elle se savait
en sûreté, et le poids que son cœur avait rapporté
d'en bas disparaissait au souffle tempétueux de son
haleine ; car il y a dans la tempête je ne sais quelle
force rassérénante : elle rafraîchit le sang ; elle
saisit l'âme dans son tourbillon mugissant et l'en-
lève au-dessus des sentiers abrupts et épineux où
s'empêtrait misérablement son vol fourbu. Lorsqu'un enfant s'est fait du mal et qu'il pleure, nous
soufflons sur la place blessée en disant : Guéri, te
voilà guéri ! Et l'enfant se remet à nous sourire.
C'est ainsi que le bonhomme Murzoll allégeait de
son souffle le cœur oppressé et endolori de son
enfant ; si bien que Wally, contemplant d'un regard serein et d'une âme dilatée le vaste monde

qui l'entourait, se sentait renaître à l'espoir et à la
confiance.

Des semaines, des mois s'écoulèrent de nouveau.
Déjà, grâce aux ardeurs brûlantes de juillet, la
montagne apparaissait complétement à nu, c'est-
à-dire que les neiges peu résistantes de l'hiver
avaient fondu jusqu'à la limite des névés éternels
où Wally habitait. Parfois un des frères de Rofen
venait voir si la jeune fille n'avait point encore
changé d'idée ; mais ces visites étaient rares et ne
troublaient que pour peu d'instants la solitude de
Wally.

Un jour, le soleil dardait ses rayons avec une
telle force que Wally, en marchant, croyait ressentir comme de cuisantes piqûres d'aiguilles. Or,
quand le soleil « pique », il amène des nuages. En
effet, vers midi, l'astre s'entoura d'épaisses nuées
derrière lesquelles il disparut, laissant un crépuscule de plomb peser sur la terre. Une agitation
singulière s'empara du petit troupeau. Parfois
l'atmosphère grisâtre s'éclairait encore, il est
vrai, de quelques lueurs fugitives, pareilles aux
tressaillements de cils d'un homme endormi;
les gigantesques voiles noirs qui flottaient autour de la tête de Murzoll livraient encore de temps
à autre, au travers d'une déchirure, quelque faible
échappée de vue sur les glaciers; mais la mince
trouée ne tardait pas à se refermer, et bientôt

l'envahissement fut si complet, qu'on eût dit qu'il n'y avait plus d'espace vide entre le ciel et la terre.

Wally savait bien ce que cela signifiait; elle avait essuyé sur sa cime plus d'un orage. Elle poussa donc le troupeau dans une anfractuosité de roche qu'elle-même avait arrangée, entre temps, pour qu'elle servît au besoin de parc; malheureusement une chevrette s'était aventurée un peu trop loin, et il fallait que la jeune fille se mît en quête de l'animal. Jamais orage ne s'était approché avec une pareille rapidité. Déjà de sourds grondements résonnaient autour de la montagne, que la bourrasque balayait en semant au passage d'énormes grêlons. Il n'y avait plus que quelques minutes de répit, et la solitaire n'apercevait pas la chevrette. Wally éteignit son feu, et, quittant la hutte, se lança en plein combat des éléments, comme une reine au cœur héroïque qui s'avance parmi son peuple insurgé.

Véritablement, sans le vouloir et à son insu, elle avait un air tout royal. Pour se défendre de la grêle, elle avait mis sur sa tête, en manière de casque, un petit bassinet de cuivre, et une housse épaisse lui flottait à l'épaule comme un manteau. Ainsi accoutrée, tenant à la main en guise de lance sa houlette à la pointe ferrée, elle affronta résolûment la tourmente, et se fit jour jusqu'à une den-

telure de rocher, d'où elle chercha de l'œil la bête
égarée; mais il était impossible de rien distin-
guer dans le brouillard. Wally poussa toujours en
avant jusqu'au chemin qui mène du Hochjoch
dans le Schnalserthal.

Là, dans un pli profond de terrain, au bord
de l'abîme, elle découvrit la chevrette qui tremblait de peur et se pelotonnait sous le choc des
lourds grêlons. Le pauvre animal lui fit peine;
elle ne put s'empêcher d'en avoir pitié. L'averse
cependant crépitait sur elle avec un redoublement
de fureur; l'ouragan et la pluie lui fouettaient le
visage, la fureur des éléments s'approchait toujours en grossissant, comme le fracas tonitruant
d'un déluge imminent; la jeune fille n'en avait
cure; les muettes supplications de la chevrette
aux abois parlaient plus haut que les mugis-
sements de la tempête : sans hésiter, Wally se
laissa dévaler dans le sombre gouffre. Avec une
peine indicible, elle put atteindre l'animal sur le
sentier glissant, le saisit avec la crosse de son bâton et l'amena jusqu'à elle : puis elle le jeta sur
son épaule et, s'aidant des pieds et des mains, se
remit à escalader la roche. Soudain il sembla
qu'un torrent de feu jaillissait du zénith au fond
du ravin; un pin se brisa sous Wally en gémissant.
On eût dit que le ciel et la terre hurlaient à l'unisson. Au craquement parti d'en haut répondit en

bas un grondement retentissant de ruisseaux et de
blocs qui se précipitent : la pauvrette, suspendue,
dans l'abandon, à sa roche branlante et solitaire,
crut que le monde s'abîmait autour d'elle dans
une sauvage convulsion.

A demi étourdie, elle réussit pourtant à se his-
ser en sûreté jusqu'au rebord du sentier ; là, elle
dut reprendre haleine un instant et essuyer ses
yeux, que l'eau avait tellement trempés, qu'elle
n'y voyait presque plus. Quant à la chevrette,
elle se débattait si fort sur son épaule, qu'elle fut
obligée de l'attacher, afin de pouvoir l'emporter.
Cependant la foudre multipliait au-dessus d'elle
ses détonations; le ciel, pareil à une chaudière
de feu trouée, vomissait les éclairs en jets em-
brasés. Tout à coup, qu'était-ce donc? Wally entendait une voix humaine. Oui, un appel de détresse résonnait très-distinctement parmi le fracas de la tempête. La jeune fille, qui avait essuyé
sans trembler le choc de l'ouragan et les menaces
de la foudre, eut un tressaillement d'effroi. Un cri
humain, en ce moment, dans la montagne, près de
Wally, au milieu de cet horrible soulèvement de
la nature, en plein chaos! C'était pour elle plus
effrayant que la furie des éléments ! Elle prêta
l'oreille en retenant son souffle, pour savoir d'où
venait l'appel et si elle ne s'était pas abusée.

Un nouvel appel retentit à très-peu de distance

derrière elle : « Hé! là-bas! viens donc à mon
aide! » Et parmi la brume et la pluie apparut une
personne qui semblait en traîner une autre après
elle. Wally demeura clouée au sol. Quelle vision!
Ces yeux étincelants, cette noire moustache, ce
nez finement arqué! Wally regardait, regardait
encore, incapable de remuer un membre à force
de ravissement et d'effroi. C'était lui, le saint
Georges de Sölden, c'était Joseph, le vainqueur de
l'ours.

Joseph ne fut pas moins saisi à la vue de Wally,
lorsque celle-ci se retourna, qu'elle-même l'a-
vait été à son aspect; seulement son saisissement venait d'une autre cause. « Jésus-Maria!
s'écria-t-il avec une sorte d'épouvante, c'est une
femme! » Et il se mit à la considérer avec la plus
grande stupéfaction. En l'apercevant par derrière,
il l'avait, à raison de sa taille, prise pour un
pâtre; et voilà qu'il était en présence d'une femme!
Lorsqu'il vit Wally se dresser devant lui, enveloppée d'un long manteau aux plis raides, la tête mar-
tialement armée d'un casque contre la grêle, sa
noire chevelure au vent retombant en désordre
et toute ruisselante autour de son visage, lorsqu'il la vit, la crosse en main et la chevrette sur
sa large épaule, attacher sur lui ses yeux flam-
boyants, le chasseur eut un moment de malaise,
comme s'il eût été en présence de quelque être

surnaturel. De sa vie il n'avait contemplé une femme d'un aspect aussi imposant, et il eut besoin de quelques instants pour se mettre au fait de la situation.

« Ah ! dit-il, finissant par comprendre, tu es, n'est-ce pas, Wally Stromminger, la *fille au vautour ?*

— Oui, je la suis, repartit la jeune fille toute haletante.

— Ah ! s'il en est ainsi, je ne devrais, en vérité, rien avoir à démêler avec toi.

— Et pourquoi pas? » demanda-t-elle en pâlissant, tandis qu'un éclair déchirait la nue juste au-dessus d'elle et embrasait d'une lueur rutilante son casque de cuivre.

Joseph dut rester court, tant fut violent le coup de tonnerre qui suivit ; en même temps les tourbillons de grêle redoublèrent de furie. Le chasseur jeta un regard embarrassé sur la jeune fille ; celle-ci demeurait imperturbable au milieu de l'averse de glaçons qui lui bosselait sur la tête son fragile bassinet.

Joseph se pencha sur le corps inanimé qu'il portait ; puis il reprit : « Vois-tu, depuis l'affaire de Sölden, je suis brouillé avec ton père, et les gens disent qu'il n'y a pas non plus moyen de vivre avec toi. Mais, ma foi ! cette pauvre fille que voici n'en peut plus ; un coup de tonnerre qui a éclaté tout près d'elle l'a jetée par terre, et elle ne sait plus où elle en est. Conduis-nous dans ta hutte, afin qu'elle puisse se reposer, jusqu'à ce que l'orage soit passé; après cela, nous repartirons tout de suite, et, pour sûr, on ne nous y reprendra plus. »

Tandis qu'il parlait, Wally le regardait d'un air étrange, où le défi se mêlait à la douleur. Ses lèvres s'agitèrent convulsivement, comme pour quelque véhémente riposte; mais elle se contint. Après une courte et silencieuse lutte intérieure, elle répondit simplement :

« Viens ! » et se mit à marcher en avant. Toutefois, au bout d'un instant, elle s'arrêta :

« Quelle est cette fille? demanda-t-elle.

— C'est, répondit Joseph avec un certain embarras, une servante du Vintschgau qui veut se placer à l'auberge de l'*Agneau* à Zwieselstein. Ma mère est morte, et alors, pour la succession, j'ai dû passer en Vintschgau, où elle demeurait, et comme cette fille et moi nous allions du même côté, je me suis chargé de la conduire.

— Ta mère est morte? Oh! pauvre Joseph! s'écria Wally d'un ton sympathique.

— Oui, ç'a été un rude coup, répliqua-t-il d'un air profondément affligé. Ma bonne petite mère! »

Voyant quelle peine ce sujet causait au jeune homme, Wally se tut; il n'y eut plus une parole d'échangée jusqu'à ce qu'on eut atteint la hutte.

— Oh! le vilain taudis! s'écria Joseph qui, bien qu'il se fût baissé, s'était cogné le front en entrant. Faut-il qu'un père fourre son enfant dans un pareil chenil! Il est vrai que tu ne l'as pas volé.

— Tiens, tu sais cela? répliqua Wally d'une voix brusque et amère tout en déliant la chevrette et en la déposant dans un coin. Elle secoua ensuite la couchette pour l'arranger un peu, puis elle aida Joseph à y étendre l'étrangère; ses mains tremblaient durant cette besogne.

« Oui, reprit tranquillement Joseph, chacun sait que tu n'es pas moins farouche que ton père, et que tu as à moitié assommé Vincent Gellner, puis, dans ta colère, mis le feu à la grange du Stromminger. M'est avis que si tu débutes ainsi, tu peux aller loin.

— Et sais-tu, demanda Wally d'une voix tremblante, pourquoi j'ai frappé Vincent et mis le feu à la grange? Sais-tu pourquoi je suis ici, dans ce chenil, comme tu l'appelles? Le sais-tu? »

Ce disant, elle rompit avec ses mains sur son genou une branche énorme; le bois rendit un craquement et vola en éclats. Joseph ne put s'empêcher d'admirer sa force.

« Mais non, reprit-il, d'où le saurais-je?

— Eh bien, puisque tu ne le sais pas, je ne te dirai rien, murmura Wally à demi-voix; et elle

# X

## LA FERMIÈRE DU HÖCHSTHOF

Une nouvelle année s'était écoulée, année pénible pour Wally, car, lorsqu'elle eut solitairement
passé l'été sur sa cime sauvage et que le Stromminger eut envoyé chercher le troupeau, elle descendit de l'autre côté du glacier, dans le Schnal-
zerthal, où elle était absolument étrangère, pour
s'y mettre en quête d'une condition. Quant à retourner à Rofen, elle s'en garda bien, résolue
qu'elle était à décliner les offres matrimoniales des
Klotz. Elle éprouva autant de difficultés à se caser
avec son vautour chez les Schnalzais qu'elle en
avait trouvé dans l'Œtzthal; et, finalement, elle
dut renoncer à tout salaire pour se faire accepter
avec Jeannot. Il va de soi que son sort fut triste.

Cette « folie », comme on disait, lui valut toutes
sortes de bousculades et de dédaigneux traitements de la part des femmes, et plus d'une fois
elle dut se défendre par la force contre l'importu-
nité générale des hommes, qui, là comme partout,
trouvaient fort à leur goût la jolie servante. Néanmoins elle supporta tout avec constance, car elle
était trop fière pour gémir et se lamenter sous le
poids d'un fardeau qu'elle avait volontairement as-
sumé. Au milieu de tout cela, son cœur s'endur-
cissait de plus en plus, c'est-à-dire qu'elle allait juste
à contre-pied des recommandations du bon curé.
Le spectre de sa jeunesse anéantie avec toutes ses
joies revenait en elle, y criant vengeance. Au court
printemps de la vie, trois années perdues, c'est
beaucoup. Les autres jeunes filles pleurent et se
désolent pour une danse manquée ; Wally, elle, ne
portait point le deuil des danses perdues, ni des
mille plaisirs de son âge dont elle était sevrée ; elle
portait le deuil de l'amour qu'elle n'avait point eu
en partage, et son âme, que nul rayon de bonheur
ne venait colorer, devenait âpre et acerbe, comme
un fruit qui n'aurait mûri qu'à l'ombre.

Au temps du renouveau, elle grimpa derechef
sur les glaciers. Cette année-là, le printemps fut
rude et l'été orageux : la pluie, la neige et la grêle
alternèrent sans discontinuer ; pendant des journées
entières Wally n'eut point sur elle un fil de sec ;

durant des semaines elle respira dans un chaos
opaque de nuées humides, où la lumière ne pénétrait plus, et qui rappelait l'époque antérieure à
la création. Et cet immense chaos gris se peignait
en raccourci dans l'âme, non moins grise, de la
solitaire ; le monde, pour elle, n'était encore
qu'une vision terne et sombre, pareille aux traînées
des nuages d'alentour ; et nul Dieu ne venait prononcer le *fiat lux !*

Un jour enfin, après des semaines interminables
de ténèbres, le Créateur prononça son mot magique !
Le soleil perça les nuages et les fit fondre ; puis,
peu à peu, émergea du chaos un monde parfaitement ordonné, avec des montagnes et des vallées,
avec des champs, des forêts et des lacs ; tout cela
se déroula comme par enchantement sous les regards de Wally, qui s'imagina éclore tout nouvel-
lement à la vie, comme jadis la mère primitive du
genre humain, afin de se mêler aux joies de cette
création, faite si belle, que Dieu, n'en voulant
point jouir à lui tout seul, se façonna par surcroît
des êtres destinés à en jouir avec lui.

Se pouvait-il donc qu'au sein de ce monde
splendide il n'y eût aucune félicité ? Pourquoi
Dieu avait-il relégué la pauvre Ève dans cette solitude où celui pour qui elle était née ne pourrait
jamais la trouver ?

« Oh ! lui cria tout à coup une voix intérieure,

descends, descends en bas ! C'est assez de temps
passé sur cette cime ! » En même temps la jeune
fille fut prise d'une si impétueuse envie de vivre,
d'aimer et d'être heureuse, que ses bras s'allongèrent avec passion vers le monde riant et ensoleillé
qui s'étendait à ses pieds.

« Wally, viens tout de suite, ton père est
mort ! »

Le petit pâtre était devant elle.

Elle le regarda d'un œil hébété et comme en
songe. Était-ce une hallucination de son propre
cœur, qui, tout à l'heure, pour la première fois,
venait de se révolter en criant au bonheur ? Wally
saisit l'enfant par les épaules, comme pour s'assurer qu'il était, non pas un mirage, mais quelque
chose de réel. Le garçon répéta son message :

« Le pied du Stromminger a été toujours em-
pirant ; la gangrène s'y est mise, et il est mort ce
matin. A présent tu es la maîtresse du *Höchsthof*,
et le Klettenmaier m'envoie te saluer. »

Ainsi, c'était la vérité vraie : le libérateur, le
messager de paix et de liberté était devant elle en
chair et en os ! Voilà donc pourquoi Dieu lui avait
montré le monde si beau ; c'était comme pour lui
dire par avance : « Regarde, ceci est maintenant
à toi. Descends, et prends ce que je te donne. »

Wally alla sans mot dire vers sa hutte et s'y en-
ferma. Là, tombant à genoux, elle murmura des

actions de grâces et des prières ; pour la première fois depuis bien longtemps, elle pria avec ferveur et du plus profond de son âme ; et à la pensée de ce père, qui était parti, sans que jamais elle eût osé ni pu l'aimer à la manière d'un enfant, des larmes brûlantes jaillirent de son cœur soulagé et réconcilié.

Elle regagna donc son village, redevenu enfin pour elle la terre natale, et put reprendre pied sur son propre sol. A son arrivée, le Klettenmaier était sur la porte, agitant sa casquette avec des cris de joie. La servante qui, deux années auparavant, avait traité la jeune fille si grossièrement, lui apporta les clefs d'un air soumis et en pleurnichant. A l'entrée de la chambre, Wally trouva Vincent.

« Wally, lui dit le villageois, tu m'as bien maltraité ; mais... »

Elle l'interrompit d'une voix calme, mais sévère :

« Vincent, si j'ai été injuste envers toi, c'est à Dieu de m'en punir comme il lui plaira. Quant à moi, je n'ai rien à regretter ni à réparer, et je ne réclame pas non plus de toi que tu me pardonnes. Tu connais mon sentiment, et je te prie de me laisser seule. »

Sans plus l'honorer d'un regard, elle se rendit près du corps du défunt et ferma la porte. Ses yeux demeurèrent secs ; elle avait pu pleurer à la

pensée de son père transfiguré et sorti de l'enveloppe mortelle ; mais devant les restes charnels
de celui dont le poing brutal avait meurtri sa personne et sa vie, devant cet homme qui l'avait
battue et foulée aux pieds, elle ne versa pas une
seule larme ; on eût dit qu'elle était de pierre.

Elle se contenta de réciter un *Pater noster* posément et sans se mettre à genoux : elle se tenait
là, impassible et ferme, devant son père mort,
comme elle l'avait été en présence de son père
vivant ; seulement son cœur n'avait plus de rancune ; la mort l'avait pacifié. Elle alla ensuite
à la cuisine préparer tout pour le goûter des voisins qui devaient venir à la nuit faire des prières
et veiller auprès du mort. Tous ces soins lui don-
nèrent de la besogne par-dessus la tête ; puis,
lorsqu'il fut minuit, la chambre s'emplit tellement
de « prieurs », que Wally pouvait à peine suffire
au boire et au manger de tout ce monde : car,
plus un villageois est riche, plus il se présente de
voisins pour les oraisons et la veillée.

La jeune fille regardait cette scène avec une se-
crète répulsion : un homme mort gisait là, et, à
côté de lui, tous mangeaient et buvaient comme
des mouches. Ce bourdonnement sourd, ce va-et-
vient, lui paraissaient chose si extraordinaire au sortir des sublimes silences de la montagne, elle trouvait tout cela si mesquin et si misérable, qu'elle

se prit involontairement à regretter les cimes du Hochjoch. Aussi passait-elle muette et froide au travers des groupes pleurnichant, mangeant et buvant, et les gens trouvaient qu'elle était tout le portrait de son défunt père.

Le troisième jour eut lieu l'enterrement. Le monde y afflua de toutes les localités circonvoisines, en partie pour rendre les derniers devoirs au notable et redouté fermier, en partie pour se faire bien venir de la nouvelle maîtresse des riches domaines du *Höchsthof*, car celle qui jusqu'alors n'avait été qu'une incendiaire et une « pas grand' chose » se trouvait à présent la paysanne la plus opulente de la montagne, et cela changeait bien la thèse.

Wally s'aperçut du revirement, et ne laissa pas que d'en pénétrer la cause. Quand, après l'enterrement, ces mêmes personnes qui, un an plus tôt, alors que, mourant de faim et de froid, elle était en quête d'une condition, l'avaient outrageusement repoussée de leur seuil, s'approchèrent d'elle en faisant des courbettes et des grimaces, elle détourna la tête avec dégoût, et dès cette heure elle méprisa l'humanité. Le curé de Heiligkreuz et les gens de Rofen étaient venus, eux aussi : c'était le moment, pour Wally, de les récompenser, au moins par des témoignages extérieurs, du bien qu'ils lui avaient fait, quand elle était pauvre et

abandonnée : aussi les distingua-t-elle de tous les
autres et n'eut-elle d'attention que pour eux seuls.

Lorsque le repas funèbre fut achevé, les visi-
teurs s'étant enfin dispersés, le curé de Heiligkreuz
demeura encore un instant auprès de Wally, et
lui fit entendre mainte bonne parole.

« Tu as désormais, lui dit-il, autorité sur un
tas de gens : or, n'oublie pas que, pour maîtriser
les autres, il faut savoir se maîtriser soi-même.
Il y a un vieux proverbe : Qui ne peut obéir est
incapable de commander. Apprends donc à obéir,
mon enfant, pour être en mesure de commander.

— Mais, mon père, à qui donc obéirais-je? Il
n'y a plus personne qui ait le plus petit mot à me
dire.

— Et Dieu ? »

Wally se tut.

« Tiens, reprit le curé en tirant quelque chose
de la poche de son ample soutane, voilà un objet
que je te destine de longue main déjà, depuis le
jour où tu es venue chez moi ; malheureusement,
tu n'aurais pas pu l'emporter avec toi dans tes
pérégrinations. »

Il sortit d'une boîte une figurine de sainte très-
joliment sculptée, avec un petit piédestal de bois :
« Vois-tu cela? c'est ta patronne, sainte Walburga.
Te rappelles-tu ce que je te disais du bois dur et
du bois tendre, ainsi que du bon Dieu, qui s'entend

à tailler une image de sainte dans une masse informe et noueuse?

« Oui, certes, repliqua Wally.

— Eh bien, vois, afin que tu ne l'oublies pas,
je t'ai fait venir de Sölden la statuette que voici ;
suspends là au-dessus de ton lit, et prie devant elle
avec ferveur ; tu t'en trouveras bien.

— Je vous remercie fort, mon père, dit Wally,
visiblement joyeuse, en prenant avec précaution
dans ses mains rudes le fragile bibelot. Pour sûr,
je penserai toujours, en regardant ceci, au sens
ingénieux que vous y avez attaché. Ainsi, c'est
comme cela qu'elle était, sainte Walburga? Oh!
ce devait être une bien charmante et bien belle
créature! Sans compter qu'il n'y en a jamais eu
de plus pieuse et de plus honnête. »

Comme le Klettenmaier traversait la cour pour
venir à elle, Wally lui mit la figurine sous les yeux
en s'écriant : « Vois, Klettenmaier, ce qu'on m'a
donné : c'est sainte Walburga, ma patronne ; pour
la peine, nous ferons cadeau à monsieur le curé
du premier bel agneau qui nous viendra. »

Le bon ecclésiastique se défendit vivement de
recevoir, par manière d'échange, un présent de
cette nature ; mais Wally, dans sa joie, n'en voulut point démordre.

Le curé parti, elle se rendit dans sa chambre,
cloua la statuette au-dessus de son lit, à côté des

autres images de saints, et disposa tout alentour en
forme de couronne le jeu de cartes de la vieille
Luckard ; après quoi, elle alla voir ce qu'il y avait
à faire par la maison et par la cour.

« Jeannot, cria-t-elle en passant au vautour, qui
était perché sur le bûcher, à présent nous sommes maîtres ici. » Et, de fait, le sentiment de son
autorité pénétrait en elle, après ce long asservis-
sement, comme un vin capiteux, absorbé à longs
traits, pénètre en les dilatant dans les veines d'un
homme épuisé. Elle trouva, rassemblés dans la
cour, tous les gens de service pris à louage par
Vincent ; Vincent lui-même était parmi eux. Il
était devenu maigre, son teint était jaunâtre, et
sa noire chevelure laissait voir, à l'occiput, une
place nue, pareille à une tonsure. Ses yeux caves
étincelaient dans leurs orbites, comme ceux d'un
loup qui guette une proie d'un creux de rocher.

— Que demandez-vous ? » demanda Wally en
s'arrêtant.

La première servante, jadis si rogue, s'avança
d'un air de soumission craintive : « Nous dési-
rons seulement savoir, dit-elle, si tu ne nous ren-
voies pas, pour avoir si mal agi avec toi, du vivant de ton père. Que veux-tu ? nous étions bien
obligés de lui obéir.

— Vous n'avez fait que votre devoir, répliqua
froidement Wally ; je ne renvoie personne avant

qu'on se soit montré malhonnête et impropre au service ; et si vous voulez me faire un plaisir, c'est de m'épargner vos génuflexions. Allez à votre ouvrage, que je voie ce que vous savez faire ; cela vaudra mieux que toutes ces grimaces. »

Les gens s'éloignèrent, mais Vincent était resté, attachant des regards ardents sur Wally. Celle-ci se retourna de son côté et, allongeant la main vers lui : « Il n'y a, dit-elle, qu'une seule personne que je bannis de mon sol : c'est toi, Vincent.

— Wally ! s'écria le jeune homme, est-ce ainsi que tu me récompenses de tout ce que j'ai fait pour ton père?

— Pour l'aide qu'en qualité de régisseur tu as prêtée à mon père durant sa paralysie, tu as droit à une rémunération. Je te donne les prés qui touchent à ta ferme ; ils arrondiront ta propriété. Je pense que c'est bien payer ton temps et ta peine ; sinon, dis-le, je n'entends point demeurer en reste avec toi ; demande ce qu'il te plaira, mais éloigne-toi de ma présence.

— Je ne veux rien, répondit-il, rien que ta personne, Wally. Sans toi, je n'ai cure de rien. Tu m'as quasi tué, tu m'as maltraité en toute rencontre, et, pourtant, le diable m'emporte, si je puis renoncer à toi ! Pour toi, vois-tu, je suis capable de tout, pour toi, j'irais jusqu'à commettre un meurtre ; et tu prétendrais me payer de quelques morceaux de pré ! Penses tu donc t'acquitter à ce prix avec moi ? offre-moi tout ce que tu possèdes, toute ta fortune et tout l'Œtzthal par-dessus le marché, je cracherai dessus, si ta personne n'y est pas comprise. Regarde-moi ; j'ai mon cœur qui se ronge ; je ne sais trop ce que c'est, mais pour un baiser de toi je donnerais tout mon bien et tout mon avoir, je consentirais à crever de faim jus-qu'à mon dernier jour. Et tu parles de m'envoyer le calculateur, et de me faire mon compte exact en gros sous et en brins d'herbe ! Allons donc ! » Là-dessus, après avoir jeté à Wally stupéfaite un regard de farouche et amère moquerie, Vincent sortit de la cour.

La jeune fille était toute frissonnante de cette scène ; elle n'avait jamais vu Vincent ainsi, et après le coup d'œil qu'elle venait de plonger dans cet abîme de passion incommensurable, elle était toute partagée entre l'horreur et la pitié : « Qu'ai-je donc en moi, se disait-elle, pour que tous les garçons raffolent ainsi de ma personne? »

Hélas ! il y en avait un qui ne venait pas à elle, le seul qu'elle eût désiré la dédaignait. Si celui-là, entre temps, allait se marier ! A cette pensée, Wally sentit le cœur lui manquer ; elle se souvint de cette étrangère qu'il avait amenée un jour au

Hochjoch. Mais non : ce n'était après tout qu'une simple servante.

Les choses cependant ne pouvaient plus traîner longtemps. La Stromminger était à présent riche et considérée ; elle avait bien le droit de faire le premier pas au-devant de Joseph ; mais son orgueil de jeune fille se raidissait contre cette pensée : attendre, toujours attendre, telle était l'unique ressource qui lui restât.

Wally se mit à se démener sans trêve ni repos par la maison et par les champs ; mais les semaines succédèrent aux semaines, sans qu'elle pût s'habituer à sa nouvelle condition ; elle s'aperçut bientôt qu'elle n'était point faite pour vivre au village ; elle était toujours la fille de Murzoll, Wally la sauvage. Elle raillait impitoyablement tout ce qui lui semblait mesquin ou niais ; il n'y avait pour elle ni règle quotidienne, ni coutume, ni usage. Elle n'avait peur de qui que ce fût ; la crainte était une chose qu'elle avait désapprise là-haut sur les glaciers ; elle portait parmi le train étroit de la vie ordinaire le même front d'airain dont elle avait dominé au Hochjoch les déchaînements de la nature. Avec sa vigueur invincible de corps et d'âme elle était au milieu des paysans comme une créature d'un autre monde. Devenue en quelque sorte étrangère au genre de vie rural, elle était un être étrange pour les villageois ; tous la

regardaient avec une surprise mêlée d'animadversion, et à peine osait-on approcher l'opulente fermière. La jeune fille avait conscience de cette hosti-
lité sournoise qui la dénigrait par derrière, tout en
lui prodiguant en face les aménités ; mais sa fierté
avait pour devise de ne se soucier de personne, et
d'agir toujours au gré de son cœur farouche. En
attendant, elle travaillait du matin au soir comme
une mercenaire, afin de stimuler l'indolence de
ses domestiques, et si quelqu'un d'entre eux lam-
binait à la tâche, elle lui arrachait impatiemment
l'objet des mains et faisait elle-même la besogne.
D'autres fois, elle passait des journées entières à
rêver ou à vaguer par les montagnes, si bien que
ses gens ne pouvaient se défendre auprès d'elle
d'un certain sentiment de crainte. Pendant ce
temps valets et servantes en prenaient à leur aise,
et les villageois de se dire malicieusement à l'o-
reille qu'à la façon dont la fermière y allait elle se
ruinerait infailliblement.

Tout en heurtant ainsi de front les us et coutumes, Wally, d'autre part, se montrait sévère
jusqu'à la dureté sur de certains chapitres où les
campagnards n'ont guère coutume d'être rigou-
reux. Prenait-elle un serviteur en flagrant délit
d'indélicatesse, elle le déférait à la justice. Mal-
traitait-on un animal, elle empoignait le délin-
quant au collet et le secouait avec une sorte de

frénésie. Quelqu'un, le soir, revenait-il ivre au
logis, elle le faisait honteusement consigner à la
porte, et, qu'il plût ou neigeât, lui laissait passer la
nuit dehors. Toute servante convaincue d'incon-
duite était sur l'heure chassée de la ferme, car
l'âme de Wally avait gardé l'immaculée pureté des
glaciers au milieu desquels elle avait vécu solitaire.
Le moindre semblant d'amourette, le moindre
chuchotement ou manége de coquetterie, le
moindre jeu suspect à la fenêtre, lui faisaient
horreur. Aussi cette conduite lui valut-elle un renom de dureté impitoyable et la rendit-elle aussi
redoutée que l'avait été autrefois son père.

On eût dit, nonobstant, qu'elle avait jeté un sort
aux garçons. Ce n'était pas uniquement sa fortune,
c'était elle-même, c'était sa personne avec toutes
ses étrangetés qui excitait leurs convoitises. Lorsqu'elle était devant eux, surexhaussée en quelque
sorte, avec sa taille majestueuse, sa cambrure si
svelte et si fièrement prise, faisant craquer son
étroit corset sous l'effort de sa sculpturale poitrine, quand elle levait pour les menacer son bras
nerveux comme un bras de jeune homme et qu'un
éclair de moquerie et de défi jaillissait de ses
grands yeux noirs, ils se sentaient alors saisis
d'une frénésie belliqueuse et passionnée; ils auraient lutté avec elle jusqu'à la mort pour lui ravir
un seul baiser; mais mal en prit à plus d'un : ils

n'étaient point de force à mettre à merci une telle
femme ; elle les renvoyait avec leur courte honte.
L'homme capable de se mesurer avec Wally était
encore à venir, en supposant qu'il vînt jamais.
Toujours est-il que cet homme, elle l'attendait.
« Celui qui pourra se vanter d'avoir eu de moi un
baiser, dit-elle un jour, celui-là, je l'épouse ; mais
quiconque n'a pas assez de nerf pour me ravir
un baiser ne possédera jamais la fermière de la
Sonneplatte : »

Cette présomptueuse parole eut bientôt fait le
tour du pays, et tous les garçons d'accourir des
localités environnantes, afin de tenter la fortune
et de prendre au mot la jeune fille. Conquérir
la main de la farouche Wally devint un point
d'honneur formel, comme l'est toute entreprise
hasardeuse pour l'homme qui porte des armes.
Bientôt il n'y eut plus dans les vallées d'Œtz, de
Gurgl et de Schnalz, un fils nubile qui n'eût essayé
de conquérir la Stromminger et de lui arracher le
baiser que nul n'avait pu encore enlever d'assaut.
Wally s'amusait de ce jeu sauvage, où brillait sa
force supérieure ; elle savait que son nom circulait
au loin à la ronde et que Joseph entendrait parler
d'elle. « Il finira bien, se disait-elle, par trouver
que cela vaut la peine qu'il se dérange pour emporter le prix, ne fût-ce qu'afin d'éprouver sa vigueur. » Et une fois venu, pourquoi ne se pren-

drait-il pas, comme les autres, d'affection pour
Wally, surtout si elle se montrait avec lui bonne
et avenante ? Mais Joseph ne venait pas. A sa place
arriva un jour le messager de Vent, qui descendit à l'auberge du Cerf, contigu au jardin potager
des Stromminger. Wally, qui se trouvait justement là en train de sarcler, entendit prononcer
le nom de Joseph, et elle écouta derrière la haie
ce que racontait le messager.

Joseph Hagenbacher, disait-il, depuis la mort de
sa mère, faisait de fréquentes visites à l'*auberge
de l'Agneau*, à Zwieselstein, et l'on commençait
à jaser tout bas de son amour pour la jolie Afra,
la servante dudit *Agneau*. La veille au soir donc
il s'y trouvait encore, et était assis tout seul avec
Afra à la table d'hôte, tandis que l'hôtesse était
dans la cuisine. Tout à coup, voilà que le taureau s'échappe et se lance comme un ouragan
par le village. Une guêpe lui était entrée dans l'o-
reille Et tout le monde de se sauver dans les maisons et de clore les portes. L'hôte de l'*Agneau* va
pour fermer, lui aussi, lorsqu'il s'aperçoit que son
plus jeune enfant, une fillette de cinq ans, est par
terre dans la rue, sans pouvoir se relever. Les bam-
bins avaient joué à la poste, et la petite se trouvait
attelée à une lourde brouette, au moment où retentit le cri : au taureau! Les autres enfants déta-
lent; mais la pauvre Lisette avec son pesant

véhicule ne peut avancer aussi vite; elle tombe et s'embarrasse dans les cordes.

La voilà donc étendue au milieu du chemin, pendant que le monstre s'avance en reniflant, les cornes baissées. Il n'est plus temps de délier l'enfant ni de l'emporter avec la brouette; le taureau est sur elle. L'hôte de l'*Agneau* et Afra poussent des cris qui s'entendent d'un bout du village à l'autre... Au même instant, voilà que Joseph est là, qui donne un coup de fourche dans le flanc de la bête. Le taureau pousse un hurlement et se précipite sur Joseph. Tout le monde alors crie à l'aide par les fenêtres; mais personne ne vient. Joseph empoigne l'animal par les cornes, et, avec une force de géant, le fait reculer de deux pas. Le taureau lutte avec lui. Cependant l'hôte de l'*Agneau* a eu le temps d'aller chercher son enfant; mais il s'agit maintenant de Joseph, que tout le monde a planté là. Afra se tord les mains et crie au secours. Le taureau terrasse Joseph avec ses cornes et s'apprête à le broyer, quand celui-ci lui plonge d'en bas son couteau dans le cou : le sang rejaillit jusqu'en l'air. Alors l'animal se cabre, enlevant avec lui Joseph qui tient toujours les cornes avec ses mains, et il l'emporte un bout de chemin, moitié dans l'air, moitié sur le sol. Joseph ne lâche point prise : il veut derechef forcer la bête à s'arrêter. Le taureau

saigne par cinq blessures et s'affaiblit graduelle-
ment; de temps en temps, Joseph reprend pied,
mais l'autre regagne toujours l'avantage, et, dans
des bonds désespérés, entraîne avec lui son adversaire.

Enfin, les villageois ayant pris courage, ac-
courent à l'aide du chasseur, l'hôte de l'*Agneau* en
tête, avec des fourches et des couteaux. L'animal,
entendant ce tapage derrière lui, baisse de nouveau la tête et se rue contre une porte de grange,
qui est fermée, toujours avec Joseph, qu'on s'attend à voir réduit en charpie. La porte cède et
s'ouvre sous le choc; le taureau se précipite dans le
bâtiment et s'engouffre éperdu parmi les échelles,
les voitures et les charrues : le tout dégringole
pêle-mêle. Mais Joseph, qui s'est rattrapé à la
charpente, a pu prendre son élan; il referme vivement la porte pour empêcher la bête furieuse de
ressortir, et on l'entend se barricader à l'intérieur.
Le voilà donc enfermé dans ce trou avec le monstre,
et tout le monde reste là dehors, sans pouvoir
rien faire. La grange s'emplit de trépignements et
de bousculades, on y gémit, on y beugle, que chacun en a la chair de poule; puis, tout rentre dans
le silence.

Après quelques moments pleins d'angoisses, la
porte se rouvre, et Joseph apparaît tout chancelant, inondé de sang et de sueur. « Le taureau

est tué? » lui demande-t-on. — Ce serait dommage, répond-il, pour ce bel animal ; ses blessures pourront se guérir, elles ne sont pas mor-
telles. »

La grange, à l'intérieur, n'est plus que dévasta-
tion ; tous les objets y sont sens dessus dessous,
pilés et mis en morceaux ; le taureau gît captif sur
le sol, les quatre pieds garrottés. Immobile sur le
flanc, il souffle et tire la langue comme un veau
dans la voiture d'un boucher. Joseph avait maté la
bête toute vivante, et sans l'aide de personne. Où
est celui qui en ferait autant ?

Lorsque lui et les autres furent rentrés à l'*Agneau*,
voilà qu'Afra, criant et hurlant, sauta au cou du
garçon devant tout le monde ; l'hôtesse lui apporta
Lisette dans les bras, et on voulait le traiter avec
ce qu'il y avait de meilleur dans la maison ; mais
Joseph n'était plus en train de s'amuser. Il avala
une choppe pour calmer le plus fort de sa soif et
s'en fut chez lui. Cependant, par tout le village, on
ne parlait que de lui, et l'on vida force pots en son
honneur jusqu'après la nuit close.

Tel fut le récit du messager de Vent : il souleva
derechef des vivats d'enthousiasme autour du nom
de Joseph Hagenbacher, et les villageois manifes-
tèrent leur étonnement que le garçon ne vînt jamais à la Sonneplatte : dire que tant de préten-
dents pullulaient auprès de la fermière, et que lui

seul avait l'air de ne pas même la connaître!

Wally s'éloigna de la haie ; ces paroles lui avaient fait monter la rougeur de la honte au front. Ainsi, il était de notoriété que Joseph la dédaignait, et qu'il courait après Afra, cette même fille qu'il avait amenée l'année précédente sur les glaciers, et pour laquelle il avait alors montré tant de sollicitude.

Elle s'assit sur une pierre et cacha son visage dans ses deux mains. Une tempête se déchaînait en elle : l'amour, l'admiration et la jalousie déchiraient son âme, en quelque sorte. Elle aimait le jeune homme, oui, elle l'aimait plus que jamais : l'attention haletante qu'elle avait prêtée au récit de son action semblait avoir fait éclater en un vaste incendie le feu qui couvait dans son cœur. Joseph venait d'accomplir un nouvel exploit ; mais, hélas ! elle n'y avait aucune part ; cet exploit, il l'avait accompli pour le maître d'Afra, pour l'amour d'Afra elle-même. Était-ce possible ? Wally la fermière devait-elle céder à une servante ? N'était-elle pas la fille la plus riche, et, de l'aveu de tous les garçons, la plus jolie qui fût à la ronde ? Existait-il dans le pays quelqu'un qui pût rivaliser avec elle en force et en énergie ? Joseph et elle faisaient seuls la paire, et ils ne parviendraient pas à se rejoindre ! Il n'y avait qu'un Joseph sur terre, et il ne pourrait pas lui appartenir ! Elle se verrait dédai-

gnée pour une Afra, une misérable fille de service
et une vagabonde ! Non, non, cela était impossible.

Ne pouvait-il donc descendre de temps à autre à
l'*Agneau*, sans que ce fût tout exprès pour Afra?
Après tout, en sa qualité de chasseur, il était sans
cesse par monts et par vaux, et l'auberge de l'*A-
gneau* se trouvait justement à Zwieselstein, point
où se croisent tous les chemins. — « O Joseph ! Joseph ! arrive donc ! » s'écriait la jeune fille en gémissant et en se jetant la face contre terre, comme
pour rafraîchir aux plantes humides de rosée la
fièvre qui la brûlait.

Tout à coup elle se souvint que le messager de
Vent avait dit qu'Afra avait sauté au cou de Joseph, à son retour de la grange : à cette pensée,
elle frissonna. Puis tout à coup elle se vit en imagination la femme de Joseph ; il rentrait au logis,
brisé de fatigue, éreinté et sanglant d'un exploit
de ce genre ; elle le recevait dans ses bras, le
ranimait, le réconfortait de son mieux. Elle es-
suyait son front brûlant, pansait ses plaies et le
forçait à se reposer sur son cœur jusqu'à ce qu'il
s'endormît sous ses caresses ! Une pareille vision
ne lui était pas encore venue, et l'évocation d'une
telle scène, l'emplissant d'un sentiment qu'elle
n'avait jamais éprouvé, la fit tressaillir, comme
tressaille, en s'épanouissant, la fleur qui fait éclater son bouton.

Dans cet instant, la femme venait d'éclore en Wally, et ce mouvement d'éclosion, impétueux et sauvage, comme tout ce qui était en elle, avait réveillé et mis en lutte toutes les énergies cachées et hostiles qui sommeillaient dans son âme ; ce fut comme le signal d'une épouvantable révolte intérieure.

Le vent du soir fouettait Wally de son souffle glacé ; la jeune fille ne sentait rien ; la nuit était tombée, et les astres, toujours impassibles, regardaient d'un œil étonné cette créature palpitante, étendue ainsi, la chevelure en désordre, parmi la rosée du soir.

« La fermière n'est pas rentrée de la nuit, dit le lendemain matin la première servante à l'oreille des autres domestiques. Que diable a-t-elle pu faire dehors? » — Et tous, se groupant d'un air mystérieux, se mirent à échanger des chuchotements. Bientôt néanmoins on les vit se disperser, comme paille au vent, à l'aspect de Wally, qui revenait du potager dans la cour. Elle était livide, et avait le regard encore plus altier et plus impérieux que de coutume. Une métamorphose s'était effectivement opérée en elle : à partir de ce jour, elle fut tout autre, si injuste, si capricieuse et si irritable, que personne n'osait plus lui adresser la parole, hormis le Klettenmaier, qui avait, à l'exclusion de tous, de plus en plus de crédit auprès d'elle.

Dès lors aussi elle ne se tint plus d'orgueil;
elle n'avait à la bouche que ces mots : La fermière du *Höchsthof!* — Pour la fermière du *Höchsthof*, rien n'était assez bon! La fermière du *Höchsthof* n'entendait pas que l'on fît ceci ou cela; la
fermière du *Höchsthof* pouvait se permettre ce que
personne ne se permettait..., et autres esclandres
de cette espèce. Wally, en affichant de la sorte
l'importance de son personnage, pensait se venger
des préférences de Joseph pour une vagabonde;
elle s'imaginait, par cet étalage de pompe et de
majesté, ouvrir les yeux du jeune homme sur le
néant de la pauvre Afra. Elle s'habillait à tous les
jours comme si c'eût été dimanche, et elle se
commanda des vêtements neufs. Elle se fit même
venir d'Imst un collier tout en argent, avec toutes
sortes de pendeloques en filigrane, d'un tel poids
et d'un tel prix, qu'on n'en avait jamais vu de pareil
dans l'Œtzthal. Lors de la procession de la Fête-
Dieu à Sölden, elle quitta le deuil de son père, et
se pavana si couverte d'argent, de velours et de
soie, que les assistants en oubliaient de prier pour
la regarder. C'était la première fois qu'elle se joi-
gnait à une procession, car, pour ses sentiments
de chrétienne, personne n'eût osé les affir-
mer, et il était clair qu'elle ne suivait le cortége que pour montrer sa toilette neuve et son
collier à la foule des gens qui étaient venus de

toutes les localités du haut et du bas pays.

Chaque fois qu'elle s'agenouillait, toute sa personne, raide de plis, rendait un bruit de froufrous et de tintements argentins, qui semblait dire : « Voyez donc ! il n'y a que la fermière du *Höchsthof* pour se mettre ainsi ! »

Après la lecture du dernier évangile, il se produisit dans la procession un petit dérangement qui fit que les personnes qui étaient derrière Wally se trouvèrent devant elle. C'étaient l'hôtesse de l'*Agneau*, à Zwieselstein, et, à ses côtés, la jolie et svelte Afra. Celle-ci tourna la tête pour voir Wally et la salua d'un signe. Elle reporta ensuite, à ce qu'il parut du moins à Wally, son regard vers Joseph, qui venait bien loin par derrière en compagnie des hommes, et il y avait dans ce regard une expression si affectueuse, que Wally, de jalousie, oublia complétement de répondre au salut de la jeune fille. Elle entendit alors Afra dire à sa voisine : « Voyez donc, patronne, la personne qui est là derrière nous, c'est la fille au vautour, qui a si bien laissé dépecer Joseph par son oiseau ; elle ne prend pas même le temps, aujourd'hui, de me regarder, et cependant j'ai dit pour elle bien des *Pater*.

— C'est une peine que tu aurais pu t'épargner, fit Wally en interrompant le colloque ; on n'a que faire de prier pour moi : je m'en charge bien moi-même.

— J'ai idée, pourtant, que tu n'en abuses pas, repartit Afra.

— Oh ! je n'en vois pas autant la nécessité que d'autres personnes. J'ai mon affaire faite, et je n'ai pas un tas de choses à demander à Dieu, comme c'est le fait d'une pauvre servante qui, pour chaque cordon de soulier dont elle a besoin, est obligée de réciter un *Pater*. »

A ces mots, le rouge de la colère monta au visage d'Afra : « Oh ! un cordon de soulier, qu'on a gagné en priant, porte plus chance qu'un collier d'argent qui sert de parade à l'impiété !

— Oui certes, dit l'hôtesse de l'*Agneau* en intervenant, Afra a parfaitement raison.

— Si mon collier d'argent vous offusque l'œil, passez derrière moi ; comme cela, vous ne le verrez plus. Il n'est guère séant d'ailleurs que la fermière du *Höchsthof* marche à la suite d'une servante.

— Eh ! riposta l'hôtesse, je ne vois pas de mal, sache-le bien, à ce que tu ailles sur les talons d'Afra.

— Quelle honte à vous, s'écria Wally, les yeux étincelants, de prendre ainsi le parti de votre servante ! Quand on ne se respecte pas soi-même, on n'est pas non plus respecté des autres.

— Oh ! oh ! reprit Afra, tremblante de tout son corps, comme si une servante n'était pas une créa-

ture humaine! Les robes de soie! le bon Dieu s'en
soucie bien! Il regarde ce qu'il y a dessous, si
c'est un bon ou un mauvais cœur.

— Oui-dà, riposta Wally, dont la haine fit explosion, il n'est certes pas donné à tout le monde
d'avoir le cœur aussi bon que toi, surtout pour les
garçons. Fi, l'horreur!

— Wally! » s'écria la jeune fille, et des larmes
jaillirent de ses yeux; mais elle fut obligée de se
taire, car, au même moment, l'on arrivait à l'église.
La dernière bénédiction fut donnée, et la procession se sépara. Wally passa, majestueuse comme
une reine, devant la servante, qui dut se serrer
contre l'hôtesse, de peur d'être renversée. Tout
le monde suivit du regard la grande fermière, les
hommes, en se disant qu'il n'y avait pas une plus
belle créature dans le Tyrol, les femmes, en suffo-
quant de jalousie.

« Elle a tout de même une autre mine que celle
qu'elle avait là-haut au *Hochjoch*, quand elle était
dans sa niche à chien, jamais peignée ni coiffée,
tout comme un sauvage! » dit Joseph, qui se trouvait dans le voisinage, et la regardait avec de
grands yeux. Il fit ensuite un signe d'adieu à la
servante et quitta le cortège : il devait se mettre
en route avant midi avec un étranger, et il rentra
chez lui pour s'apprêter.

Afra, de son côté, courut après Wally. Ses jolis

yeux bleus pétillaient sous les pleurs, comme du
feu sur lequel on verse de l'eau ; elle était tout
hors d'elle, et l'hôtesse de l'*Agneau* l'accompagnait. Elles rejoignirent la fermière non loin de
l'auberge. Wally était, elle aussi, dans un état de
surexcitation effrayante ; elle avait surpris le
salut affectueux et familier que Joseph avait
adressé à la jeune fille ; quant à elle, Wally, il ne
l'avait pas même, pensait-elle, honoré d'un regard ;
et maintenant il était parti, et toutes les espérances qu'elle avait fondées sur ce jour étaient à
vau-l'eau. Oh ! cette Afra ! c'était sur elle que retombait toute sa colère ; elle eût voulu la fouler
aux pieds. Soudain, voici qu'Afra est devant elle,
voici qu'elle s'arrête et qu'elle l'apostrophe d'un
ton courroucé et provocateur, elle, la vile servante.

— Fermière, s'écrie-t-elle, tu as proféré une
parole qu'il m'est impossible de laisser passer, car
elle touche à mon honneur. Que signifie cela, que
j'ai le cœur bon pour les garçons ? Je veux savoir
ce qu'il y a là-dessous.

— Tu oses me chercher querelle, à moi la fermière du *Höchsthof !* répliqua Wally d'une voix
vibrante, tandis que son regard étincelant toisait
la jeune fille du haut en bas. Crois-tu donc que je
vais entrer en dispute avec une fille comme toi ?

— Une fille comme moi ! Et que suis-je donc ?

Une pauvre servante, qui n'a eu personne pour prendre soin d'elle. Mais je n'ai fait de tort à qui que ce soit, ni mis le feu à la maison de personne. Et je ne te permets pas de m'insulter, entends-tu ? »

Wally se redressa, comme sous la piqûre d'un serpent : « Voyez-vous cette fille éhontée, qui se jette au cou des garçons devant tout le monde ! » s'écria-t-elle, dans l'oubli d'un tel emportement, qu'il se forma un rassemblement autour d'elle.

« Qu'est-ce ? Au cou de qui me suis-je jetée ? balbutia la servante en pâlissant.

— Faut-il donc que je te le dise ? Le faut-il ?

— Certainement, dis-le donc un peu ! J'ai la conscience nette, et ma patronne peut témoigner que cela est faux.

— Vraiment ! Nieras-tu qu'il y a deux ans, connaissant à peine Joseph, tu t'es accrochée à lui, qu'il t'a traînée à sa suite par-dessus le *Hochjoch*, et qu'il a été obligé de te porter la moitié du chemin, parce que tu faisais semblant de n'en pouvoir plus ? Nieras-tu que, depuis lors, tu ne l'as point lâché d'un instant, à tel point qu'on jase déjà de toi et de lui ? Nieras-tu que tu voudrais enlever Joseph à d'autres personnes qui auraient certes plus de droits sur lui et sont plus faites pour être sa femme qu'une pareille vagabonde de servante ? Nieras-tu que, tout dernièrement, lors de l'affaire du taureau, tu t'es jetée au cou de Joseph, devant

tout le village, ni plus ni moins que si tu étais sa
promise? Le nieras-tu? »

Afra se couvrit la figure de ses mains et se mit
à éclater en sanglots : « O Joseph ! Joseph ! s'écria-
t-elle, faut-il que je sois obligée d'entendre de
pareilles choses ?

— Calme-toi, Afra, lui dit l'hôtesse d'un ton
affectueux ; elle s'est trahie elle-même : elle enrage
tout simplement de voir que Joseph ne court pas
après sa personne, et ne va pas se brûler les doigts
auprès d'elle, comme tous les autres garçons. Oh!
si seulement Joseph était là, il la ferait bien chan-
ger de langage !

— Oui, je crois volontiers qu'il n'abandonnerait
pas sa bonne amie, répliqua Wally en poussant
un éclat de rire si aigu et si incisif, que toute la
montagne en résonna plaintivement. Une bonne
amie qui, de prime abord, vous saute au cou,
c'est assurément plus commode qu'une femme
dont il faudrait commencer par faire la conquête
et avec laquelle on court le risque d'essuyer une
piteuse déroute. Le fier tueur d'ours aime bien
mieux s'attaquer à des filles comme celles-là qu'à
la *fille au vautour.* »

A ce moment, l'hôte de l'*Agneau* s'approcha :
« Ecoute, dit-il à Wally, c'est assez comme cela.
Cette fille est une honnête personne ; ma femme
et moi, nous en sommes garants, et nous ne souf-

frirons pas qu'on lui fasse du tort. Tu vas rétrac-
ter ce que tu as dit ; je te l'ordonne. Tu me comprends ? »

Wally poussa un nouvel éclat de rire : « Eh !
l'hôte, fit-elle, as-tu jamais de ta vie entendu dire
que le vautour se soit laissé faire la loi par l'a-
gneau ? »

Tout le monde s'égaya fort du jeu de mots : l'hôte
de l'*Agneau* était, en effet, ce qu'on appelle « un
bon petit mouton » ; il n'y avait pas d'homme plus
faible, plus débonnaire et plus accommodant.

« Oh ! répondit-il, tu n'as pas volé ton nom, toi,
la *fille au vautour!*

— Allons, place ! reprit celle-ci. J'en ai assez
de hacher de la paille avec vous. Laissez-moi entrer. »

Elle fit le geste d'écarter Afra du seuil de l'auberge, mais l'hôtesse retint la servante par le
bras : « Non, lui dit-elle, tu n'as pas à lui faire
place ; passe devant, je te prie, car tu vaux mieux
qu'elle ». En même temps elle s'efforça, en compagnie d'Afra, de devancer Wally sous la porte.

Celle-ci prit alors la jeune fille par son corsage,
l'enleva en l'air et la rejeta en arrière dans les
bras des gens qui suivaient : « Aux fermières de
passer d'abord, s'écria-t-elle, ensuite aux servantes ! » Sur quoi, en tête de tous, elle pénétra dans
la salle, et s'assit au haut bout de la table. La

plaisanterie parut délicieuse ; tout le monde hennit
de plaisir et claqua des mains. Afra pleurait, et sa
confusion était si grande, qu'elle n'eut plus le
courage d'entrer ; l'hôte et l'hôtesse la recondui-
sirent chez elle.

« Un peu de patience, Afra, lui disait sa maîtresse, chemin faisant ; je lui enverrai Joseph, qui
saura bien lui rendre la pareille. » Mais la jeune
fille secouait la tête en alléguant que cela ne lui
servirait de rien, qu'elle avait bel et bien reçu un
affront et qu'elle le garderait.

« Pourquoi aussi, lui dit l'hôte d'un ton d'affectueuse gronderie, pourquoi l'être attaquée à
cette méchante Stromminger, que chacun évite
autant que possible ? »

Pendant ce temps, Wally, assise dans la salle de
l'auberge, regardait par la fenêtre Afra s'en aller
avec ses maîtres, et le cœur lui battait si fort que
son collier d'argent rendait de petits tintements
sur sa poitrine. On la pria de manger, attendu
que le vermicelle refroidissait ; elle trouva le
potage détestable, et les côtelettes de mouton co-
riaces ; elle jeta un florin sur la table, refusa la
monnaie, et, passant comme un ouragan devant
les villageois ébahis, sortit de l'auberge.

Comme elle avait fait cinq années auparavant,
le jour de sa confirmation, elle arracha, en ren-
trant dans sa chambre, les beaux habits qui la

couvraient et les enfouit dans son bahut ; puis elle
écrasa sous ses pieds son collier d'argent à pendeloques de filigrane. A quoi, en effet, lui avait servi
sa toilette ? Hélas ! dans ses atours, elle n'avait pu
plaire à celui dont elle eût voulu se faire agréer.
Comme jadis encore, la jeune fille se jeta sur son
lit et se mit à gronder contre tous les saints. Une
douleur aussi poignante que le tranchant de l'acier
lui déchirait le cœur. Soudain, son regard tomba
sur la statuette de sainte Walburga, appendue au-
dessus d'elle, et alors l'idée lui vint que la souffrance qu'elle ressentait pouvait bien être l'œuvre
du bon Dieu, occupé à la travailler de son couteau,
pour la transformer, comme disait le curé, en
une sainte. Mais à quoi bon faire d'elle une sainte?
Combien elle eût préféré n'être qu'une femme, et
heureuse ! Cela eût été bien facile, et le bon Dieu
n'aurait pas eu besoin de la taillader : elle n'aurait eu qu'à rester comme elle était.

Ainsi maugréait Wally, tout en regimbant contre
le ciseau du divin sculpteur.

# XI

## ENFIN!

Dès ce moment, il n'y eut plus moyen de vivre avec Wally ; elle passait des nuits entières à courir à la belle étoile, et le jour elle était d'une brusquerie sans mesure et sans bornes. Travaillant d'arrache-pied du matin au soir, elle exigeait que tous les autres en fissent autant : ce qui était demander l'impossible au plus grand nombre. Vincent Gellner avait maintenant la permission de lui rendre visite de temps à autre : il était toujours au courant de ce qui se passait dans l'Œtzthal, et Wally, de son côté, était sans cesse avide de nouvelles. Le jeune homme, qui s'en était aperçu, s'imposait expressément pour tâche de quêter par monts et par vaux les informations, afin de rapporter pâture réglée à Wally. Celle-ci s'habitua de la sorte insensiblement à le voir tous les jours.

Vincent ne tarda pas à remarquer que la curio- sité de la jeune fille se portait préférablement, et de plus en plus, vers Sölden et Zwieselstein, et, avisé comme il était, il saisit sans peine le joint des choses. Aussi racontait-il, au sujet des relations continues de Joseph et d'Afra, toutes sortes d'histoires, qui avaient pour effet visible de mettre Wally hors d'elle-même. Lui, feignait de ne rien voir ; il avait en outre la précaution de ne plus jamais parler d'amour, ce qui inspirait à la fermière sécurité et confiance. Il n'en était pas moins dévoré de jalousie contre Joseph ; cet Hagen- bacher empoisonnait son existence. Il n'y avait sorte de gloire que ce dernier n'accaparât, point d'exploit où il ne le devançât, point de partie de quilles ou de tir dont il n'emportât le prix : par surcroît, il s'emparait encore du cœur de Wally, que Vincent, par ses sollicitations opiniâtres, eût peut-être réussi à gagner, n'eût été ce tueur d'ours. Oh ! pourquoi Dieu est-il si prodigue envers celui-ci, tandis qu'il est si avare pour celui-là ? murmurait-il en se rongeant le cœur, comme fai- sait Wally de son côté. Si tous deux eussent ligué leurs douleurs et leurs ressentiments, il y aurait eu assurément de quoi mettre tout l'Œtzthal à feu et à sang.

Un soir, — au temps de la fenaison, — Wally
aidait à charger un immense chariot à foin. Le
véhicule était comble, et il s'agissait de lever la
grande traverse, mais le foin était empilé si haut
que les travailleurs n'en pouvaient venir à bout ;
une fois à moitié route, ils la laissaient retomber
avec des rires et des lazzis. Wally alors perdit patience : « Descendez, tas de pleutres ! » s'écria-
t-elle. Elle monta elle-même sur la voiture, en
écartant les gens à droite et à gauche, tira la corde,
enleva la traverse, et la saisissant par le bout avec
ses deux bras potelés, l'amena d'une seule secousse
sur le chariot. Un cri d'admiration s'échappa de
toutes les bouches. Les servantes se moquèrent
des valets, qui n'avaient pu faire une besogne dont
une femme se tirait si bien, et les valets se grat-
tèrent l'oreille, en se disant qu'il devait y avoir
quelque chose là-dessous, et qu'il fallait que le
diable en personne eût donné un coup de main à
la fermière du *Höchsthof.*

Wally, debout sur le chariot, regardait la lueur
empourprée du soleil couchant ; sa physionomie
avait une expression d'orgueil satisfait, et la jeune
fille, en ce moment, avait tellement la conscience
de n'avoir point sa pareille, que, dans le sentiment
de sa force, elle eût volontiers défié le monde
entier. Vincent survint et lui cria : « O Wally ! tu
ressembles à la reine Putiphar sur son éléphant.

Si Joseph avait vu Putiphar telle que tu es, il ne
se serait bien sûr pas montré si bégueule! »

A cette mordante apostrophe, Wally devint cra-
moisie ; elle sauta du chariot, et, une fois en bas :
« Je te prie de t'abstenir de pareilles plaisante-
ries, dit-elle à Vincent.

— Mon Dieu! répondit le jeune homme pour
s'excuser, je n'y ai pas mis de méchante intention. Tu étais si belle ainsi, là-haut, que le mot
m'a échappé! Cela ne m'arrivera plus. »

Ils se mirent à marcher côte à côte en silence.
« Que dit-on de neuf par le monde? demanda
enfin Wally, répétant sa question habituelle.

— Pas grand'chose, fit Vincent. Ah! on dit qu'à
la Saint-Pierre Hagenbacher a l'intention d'aller
danser à Sölden avec la servante de l'*Agneau*. Je
le tiens du messager, que Joseph a chargé de rapporter d'Imst pour Afra une paire de souliers
neufs et un fichu de soie. C'est Joseph qui a payé
cela. »

Wally se mordit les lèvres sans répondre, mais
Vincent vit bien ce qui se passait en elle.

« Écoute, reprit-il, on s'amuse aussi chez nous
à la Saint-Pierre, et si la fermière du *Höchsthof*
voulait en être, il y aurait une fête dont on par-
lerait dans tout le pays. Viens donc un peu à la
danse avec moi.

— Je suis vraiment bien en train de danser!

répliqua Wally en secouant la tête avec amertume.

— Viens-y, répéta Vincent; une seule fois, ne fût-ce que pour le monde.

— Eh ! je me soucie bien du monde ! fit Wally avec un rire de mépris.

— Voyons, réfléchis, le monde dit tout bas... » Il resta court à ce mot; Wally s'arrêta, et, le regardant d'un œil perçant : « Que dit-on tout bas ? » demanda-t-elle.

Vincent fut intimidé par l'expression de sa physionomie : « Je veux dire seulement, reprit-il, qu'on se souffle à l'oreille que tu as un chagrin secret. La première servante prétend que tu passes des nuits entières hors du logis, à courir comme une poule malade. Et les gens se disent : En voilà une qui a tout ce qu'elle désire, et des épouseurs à remuer à la pelle; si, avec cela, elle n'est pas contente, c'est qu'elle a un chagrin de cœur, et, dame! depuis l'affaire de la procession, à la Fête-Dieu...

— Allons! continue, dit Wally d'une voix sourde...

— Eh bien, depuis cette affaire, il n'y a qu'une voix pour dire que Joseph est le seul garçon de l'Œtzthal que tu trouves à ton gré, mais qu'il ne veut pas mordre à l'hameçon. »

En parlant ainsi, Vincent effleura d'un regard fulgurant la jeune fille. Celle-ci venait d'être atteinte au cœur ; elle dut s'arrêter, pour appuyer son front contre un tronc d'arbre, tant le sang lui battait aux tempes. « Si cela est vrai, murmura-t-elle, si l'on tient sur moi ces propos... » Elle n'acheva pas ; une sorte de nuage épais enveloppa sa pensée.

Vincent la laissa respirer un instant. Il savait bien ce qui se passait en elle, car il connaissait son orgueil. Après une pause, il reprit : « Voyons, voilà précisément pourquoi je te conseille de venir à la danse avec moi ; ce sera le meilleur moyen de clore la bouche aux gens. »

Wally se redressa : « Non, dit-elle, je ne vais point à la danse avec qui je ne veux pas épouser, sache bien cela.

Le jeune homme riposta par un nouveau coup d'aiguillon : « Ma foi ! si j'étais de toi, j'aimerais encore mieux épouser Vincent Gellner que de rester vieille fille pour l'amour du Hagenbacher. »

Wally le regarda d'un air où se ranimaient toutes ses anciennes antipathies : « Tu es tenace dans tes visées, lui dit-elle, mais tu perds ta peine.

— Voyons, Wally, je te le demande pour la dernière fois : ne peux-tu te faire à l'idée de m'avoir pour mari ?

— Jamais, jamais ! plutôt mourir ! »

La figure bilieuse de Vincent se tacheta de blanc aux saillies très-prononcées des pommettes ; au

regard oblique qu'il jeta sur Wally, on eût dit d'un
vautour qui guette une proie assurée : « Je le re-
grette, lui dit-il, mais il faut que je te fasse une
révélation que j'aurais voulu t'épargner ; tu m'y
forces absolument. Je t'ai laissé une année de
répit ; à présent, il y va de nécessité. »

Il tira de sa poche un écrit : « Il y aura ces
jours-ci un an que ton père est mort... Si tu ne
m'épouses pas, ton droit sur la ferme se trouve
périmé. »

Wally le regarda de tous ses yeux. Il déplia le
papier : « Ceci est le testament de ton père. Il y
est stipulé que si, dans le délai d'un an après sa
mort, tu n'acceptes pas ma main, la ferme, avec
toutes ses dépendances, m'appartient ; tu n'as plus
pour toi que ta légitime. Adieu alors la grande et
orgueilleuse fermière ! Personne, jusqu'à présent,
n'a connaissance de cette clause; libre à toi de réflé-
chir encore... J'imagine qu'en fin de compte tu
aimeras mieux en passer par là que de me voir
aller en justice réclamer l'exécution du testament. »

Wally, immobile, toisa le jeune homme d'un
seul regard, plein de froideur et de mépris, puis,
d'une voix qui ne trahissait pas la moindre émotion : « Pauvre garçon ! Ainsi, tu as pensé prendre
au filet la *fille au vautour !* Que vous vous ressem-
blez bien, toi et mon père ! Mais vous ne m'avez

15

connue ni l'un ni l'autre. Que m'importent l'argent
et la fortune ? Du moment que je ne puis acheter
à ce prix ce que je désire, je n'en ai nul souci.
Lundi, je ferai mes paquets et je partirai. Je ne
veux pas être ton hôte, non, pas même une heure.
Quelque peine que j'éprouve à quitter la ferme où
je suis venue au monde, je n'y ai pas été plus
heureuse en qualité de propriétaire qu'à l'endroit
où je gardais le bétail ; ici, comme là-bas, je me
sentais étrangère. Le meilleur pour moi, c'est de
m'éloigner du pays autant que je le pourrai. »

Là-dessus, elle se dirigea tranquillement vers
le logis. Alors une douleur impétueuse s'empara
de Vincent ; il se jeta aux pieds de Wally, et, lui
étreignant les genoux : « Non, s'écria-t-il, ce n'est
pas là ce que j'ai voulu dire. Toi partir ! Au nom
du ciel, n'en fais rien. Je me moque bien de la
ferme ! J'ai voulu dire seulement... Ah ! mon Dieu !
que veux-tu ? on essaie de tout... »

D'une main il retint la jeune fille, et, portant de
l'autre le papier à sa bouche, il le mit en pièces
avec ses dents : « Tiens, poursuivit-il, le voilà, ce
chiffon... Je n'ai que faire de la ferme, si tu n'y
restes pas... Tiens, regarde ! » Il jeta au vent les
morceaux : « Je ne veux rien, absolument rien...
seulement, je t'en prie, ne t'en va pas. »

Wally le regardait avec étonnement : « Tu me
peines, Vincent, lui dit-elle, mais je ne puis rien

pour toi, pas plus que pour moi-même. Garde la
ferme et tout ce qui en dépend ; c'est un legs de
mon père, et il reste valable, quoique tu aies
déchiré le testament. Je ne veux point que tu me
fasses de cadeau. Je suis dégoûtée de vivre ici.
Qu'attendrais-je encore? Je ne suis pas plus faite
pour les hommes que les hommes ne sont faits
pour moi. J'emporte mon Jeannot et je retourne
sur la montagne; c'est là qu'est ma place. Je ne
te demande qu'une grâce, c'est de ne point dire,
avant que je sois partie, que la ferme ne m'appartient plus : car, vois-tu, ce que je puis le moins
supporter, ce sont les moqueries du monde. Sur
ce point, je suis intraitable. Songe, quelle explosion de joie maligne et de sarcasmes, si l'on voyait
la fière Wally Stromminger quitter sa propriété et
son héritage comme une servante! Oh! je n'y sur-
vivrais pas. Laisse-moi du moins partir avec ma
qualité de fermière.

— Wally, s'écria Vincent, si réellement tu t'en
vas, je pars avec toi. Tu ne saurais m'empêcher
de te suivre. Les chemins sont libres, et peut y
courir qui veut. »

La jeune fille regarda tout épouvantée cet homme
debout devant elle, en proie à la fièvre; elle frissonna comme à la pensée d'un mauvais génie attaché à ses pas : « Mon Dieu ! murmura-t-elle en
son cœur éperdu, que résultera-t-il de tout cela ?

Sur l'entrefaite, le messager de Sölden apparut,
venant de la ferme. Il coupait tout droit à travers
les prés, se dirigeant vers Wally. Il portait un gros
bouquet à son chapeau et il était endimanché
comme un homme qui va faire les invitations à
une noce.

« Tiens, dit Vincent en éclatant d'un rire farouche, on vient te convier à la noce d'Afra et de
Joseph. »

Le pied de Wally trébucha quelque part ; elle fit
le geste de se raccrocher à Vincent, qui la saisit par
la taille et la retint.

Le messager s'approcha, en agitant son chapeau
devant Wally : « Bonjour, fermière, lui dit-il,
Joseph Hagenbacher m'envoie t'inviter d'amitié à
la danse pour le jour de la Saint-Pierre. Si cela te
va, il viendra te chercher à midi, là-bas, à l'en-
seigne du *Cerf*. Donne-moi ta réponse. »

Si, à ce moment, le ciel se fût ouvert devant
Wally, et l'enfer sous les pieds de Vincent, l'un et
l'autre n'eussent pas été plus émus.

Tout ce qu'on avait raconté de Joseph et d'Afra
était donc faux ; Joseph venait à Wally, il venait à
elle, enfin, enfin, après cinq années de souffrance
et de torture. Le mot suprême était prononcé. Les
vents le portaient joyeusement sur leurs ailes, les
zéphyrs le répétaient, et les blancs glaciers, dans
les feux du soleil couchant, souriaient à l'heureuse

nouvelle. Oui, le tueur d'ours appelait Wally à la danse. Et les travailleurs de jubiler dans les champs, les chariots à foin de danser de joie, le vautour de battre des ailes sur le toit, à la pensée de voir enfin s'unir ce qui était fait pour aller ensemble. O allégresse universelle ! D'un couple unique allait renaître la race des géants.

Wally, souriante et pleine de grâce, comme une reine sous sa couronne de myrte, inclina sa jolie tête et répondit au messager, d'une voix quelque peu timide, qu'elle attendait Joseph. Et, à côté d'elle, Vincent, la figure livide et décomposée, se tenait silencieusement appuyé contre un arbre, semblable à un spectre du passé. La jeune fille l'effleura d'un regard de pitié : elle n'avait plus peur de lui à présent ; un talisman enchanté la mettait désormais à l'abri de toute atteinte. Elle se hâta de revenir chez elle, et tout le monde fut émerveillé de son air radieux ; mais elle ne put tenir au logis ; elle prit de l'argent, et s'en alla au travers du village, comme une fée qui dispense la joie à la ronde. Elle entra dans toutes les chaumières, y faisant l'aumône à pleines mains sur la part d'avoir qu'elle pouvait à bon droit considérer comme sa légitime. Irrévocablement décidée à laisser la ferme à Vincent, elle se trouvait néanmoins assez riche encore pour assurer une vie honorable à Joseph et à tout son entourage, car une légitime, dans une succession comme celle du Stromminger, constituait après tout une certaine fortune. Bref, Wally voulait rendre tout le monde heureux; elle se sentait incapable de porter seule le poids de son bonheur inouï et démesuré.

Les deux jours qui s'écoulèrent jusqu'à la Saint-Pierre parurent à tout le village un conte fantastisque. Qui eût reconnu la sombre et revêche *fille au vautour* dans cette jeune femme transfigurée par la joie qui semblait voltiger sur des ailes invisibles? Il avait suffi d'un rayon de soleil pour faire épanouir cette fleur, si longtemps battue de la grêle et roussie de la gelée. Cette âme jusqu'alors comprimée possédait un ressort merveilleux, une égale puissance pour l'amour et pour la haine, pour la joie et pour la douleur, pour l'abnégation et pour l'égoïsme. Aussi, tout le village respira-t-il, comme délivré d'un maléfice; avec le génie grondeur et sinistre qui s'était retiré de Wally disparut la lourde atmosphère qui avait pesé sur les cœurs.

« Quand il arrive à une créature une félicité pareille à la mienne, disait Wally, il faut que tout le monde en ait sa part. » Il fut bientôt de notoriété que la métamorphose qui s'était opérée en Wally venait de ce que Joseph l'avait invitée à la danse. Cette invitation équivalait, en réalité, à une demande en mariage. Pourquoi la jeune fille eût-elle fait mystère d'une chose qui allait éclater dans quelques jours? Pourquoi eût-elle caché qu'elle aimait Joseph, passionnément et par-dessus tout? Joseph était bien digne de cette affection, et lui-même d'ailleurs la payait de retour; sinon, il ne viendrait pas l'inviter à la danse. Quel soulagement pour Wally de pouvoir montrer son cœur à nu! rencontrait-elle un enfant, elle le prenait dans ses bras, et lui disait : « A la Saint-Pierre, Joseph sera ici, tu sais bien, ce fameux Joseph qui a égorgé l'ours du Wintschgau et sauvé Lisette, la fille de l'hôtelier de l'*Agneau*, de la furie du taureau. C'est à ce coup qu'il faudra bien ouvrir les yeux! Tu verras comme il est beau et fort! Tu n'as jamais rencontré d'homme pareil, et il n'y en a pas un second dans le monde entier. » Et les enfants d'en avoir la tête toute montée, et de jouer, du matin au soir, à Joseph et à l'ours. Puis Wally lutinait Jeannot, lui disant d'un air de menace : « Tâche d'être sage quand Joseph viendra; je ne te dis que cela, ou sinon... » Le Klettenmaier et les principaux domestiques reçurent un costume de fête tout neuf. Ce que cela voulait dire, nos gens le savaient bien, et Wally les laissa jaser à ce propos, sans se fâcher aucunement. Puis la jeune fille se retirait dans sa chambre, et demeurait, des heures durant, toute pensive, à se demander par quelle rencontre Joseph avait tout à coup changé de dispositions à son égard; mais elle avait beau se

creuser la tête, elle ne parvenait pas à se rendre
raison de ce bonheur inespéré, dont l'infinie plé-
nitude l'enveloppait à l'improviste.

Elle n'avait plus pour ses saints des yeux chargés de rancune ; elle les regardait amicalement
en les remerciant pour la façon bienveillante dont
ils en avaient usé avec elle. Puis, à la vue des
cartes clouées au-dessus de son lit, elle se mettait à rire en disant : « Eh bien ! que dites-vous
de cela ? Voilà une chose, n'est-il pas vrai ? que
vous n'aviez pas prévue. » Et, semblables à des
génies enchantés dont nulle formule magique ne
rompt plus les entraves, ces muets emblèmes, dé-
positaires des secrets de l'avenir, regardaient la
jeune fille d'un air hébété et sans la comprendre.
Si la Luckard eût été là, elle eût bien su voir ce
que les cartes répondaient ; mais, pour Wally,
celles-ci n'avaient point de langage ; c'était comme
un chiffre dont la clef se trouvait perdue. Pauvre
Luckard, quelle n'eût pas été sa joie, si elle eût
encore été de ce monde !

Wally eût voulu se coucher et dormir jusqu'au
jour de la Saint-Pierre, afin que le temps lui cou-
lât plus vite ; malheureusement, il n'y fallait pas
songer ; ni jour ni nuit elle ne pouvait fermer
l'œil, d'impatience ; elle était toujours à supputer
le temps, à se dire : Il y a encore tant et tant
d'heures. Enfin le fameux jour arriva. Après le

déjeuner, Wally alla dans sa chambre pour s'ha-
biller ; elle se lustra, se peigna à n'en plus finir.
C'est qu'à présent elle était femme, elle était jeune
fille. Debout devant son miroir, elle regardait, en
s'ajustant, si elle était belle et capable de plaire à
Joseph. Elle avait fait venir un autre collier, encore plus riche que le premier, et des épingles à
cheveux en filigrane. Le coffret était là devant
elle, sur la table. Elle y prit la parure et se la
passa au corsage. Les grains d'argent fin étaient
d'une blancheur aussi éblouissante que les man-
ches plissées de sa chemisette, et tout cela tintait
comme un petit carillon d'hyménée. La lumière
rosée qui pénétrait, en se tamisant, au travers des
rideaux de perse également rosés, enveloppait la
resplendissante jeune fille comme d'une chaude et
délicate vapeur nuptiale.

Sa toilette achevée, Wally prit dans la boîte une
pipe en écume de mer, à garniture d'argent massive, telle que pas un villageois n'en possédait à
bien des lieues à la ronde : un vrai chef-d'œuvre.
Encore Wally la soupesa-t-elle longtemps dans sa
main d'un air scrutateur, comme pour voir si le
présent était vraiment digne de Joseph. Ensuite,
d'une main presque timide, et non sans regarder
si le verrou de la porte était bien poussé, elle retira
un autre objet du coffret : c'était une petite
boîte ronde où se trouvait un anneau. Elle le

contempla longuement en le prenant, et une
larme de joie et de gratitude ineffable lui vint à la
paupière. Elle serra l'anneau dans ses mains
jointes, et, pour la première fois depuis longtemps, elle fléchit le genou et le mit en terre
pour dire une prière sur le joyau qui devait à tout
jamais enchaîner à elle l'homme qu'elle aimait.
Elle n'entendit plus, cette fois, l'orgueilleux frou-
frou de la robe de soie et le tintement des pendeloques d'argent ; elle pria dans toute l'effusion
d'une chaude ferveur ; elle se serra contre le
cœur de Dieu avec la fougue d'un enfant plein de
reconnaissance dont le père vient d'exaucer le
vœu le plus cher.

« La fermière n'en finit pas aujourd'hui de s'at-
tifer, » disaient dehors les servantes, ne voyant
pas reparaître leur maîtresse.

Déjà les villageois se dirigeaient vers l'hôtellerie
du *Cerf*. Quiconque avait des pieds et une blouse
du dimanche courait à la fête, car tout le village
était dans l'attente de ce grand évènement : la
Stromminger allant à la danse avec Hagenbacher.
La rue fourmillait de monde, et l'hôte du *Cerf*,
pour cette fois, s'était mis en frais et avait fait venir d'Imst des musiciens. La première servante
était sous les toits, à la lucarne, et regardait sur
la route du côté où Joseph devait arriver. Wally se
tenait toute parée dans sa chambre ; son cœur

battait à se rompre, ses joues étaient brûlantes, ses
mains glacées ; elle pressait contre son cœur son
blanc mouchoir de poche, qu'elle gardait, gentiment plié, entre ses doigts ; c'était le mouchoir
de fiançailles de sa mère. Elle avait caché dans sa
poche l'anneau et la pipe destinés à Joseph. Elle
attendait ainsi, immobile, comptant les minutes,
et cette silencieuse attente, durant laquelle l'im
patience lui ôtait presque la respiration, fut peut-
être l'épreuve la plus pénible de sa vie.

« Ils viennent ! ils viennent ! cria tout à coup
d'en haut la première servante. Voici Joseph, et,
avec lui, une masse d'autres garçons de Zwieselstein et de Sölden, y compris l'hôte de l'*Agneau*.
C'est une vraie procession. »

Tout le monde se précipita hors de la cour ; on
entendait déjà, de la chambre de Wally, le bruit
des arrivants. La fermière sortit alors, et chacun
poussa un : ah ! d'admiration, à son aspect. Au
même moment, le cortége parut sous la porte co-
chère, Joseph en tête.

Wally alla au-devant de lui d'un air décent, où
brillait toute la dignité d'une fiancée fière de
son fiancé, fière d'avoir été choisie par un tel
homme.

« Joseph ! te voilà ! » dit-elle, et sa voix avait
une intonation douce et tendre qu'elle n'avait jamais eue.

Joseph la regarda d'un air étrange, presque effarouché, et baissa les yeux.

Wally eut un geste de surprise. Était-ce intention ou hasard? Joseph avait mis sa plume de coq à l'envers, comme c'est l'usage des montagnards qui sont en quête d'une querelle. Pour sûr, ce ne pouvait être, cette fois, que par mégarde.

Tout le monde les entourait en les observant. Wally étouffait et ne trouvait plus un mot à dire; le chasseur, lui aussi, restait muet. La jeune fille l'enveloppa d'un regard plein d'une moite tendresse; Joseph détourna les yeux : il ne paraissait pas moins embarrassé qu'elle.

« Viens! » dit-il enfin à Wally en lui présentant la main. Elle y mit la sienne, et tous deux s'acheminèrent en silence vers l'hôtellerie du *Cerf*.

Les étrangers et tous les gens de la ferme les suivirent en faisant cortége.

Il arrive souvent qu'après avoir contemplé le soleil on se trouve, en plein jour, plongé dans une nuit profonde : ainsi en fut-il de Wally; dans tout l'éclat de son bonheur, son âme fut envahie soudain par une complète obscurité; sans savoir pourquoi, elle était troublée et la tête lui tournait. Tout était si différent de ce qu'elle s'était imaginé!

Lorsqu'ils entrèrent dans l'auberge, on s'y li-

vrait aux ébats d'une danse bruyante, et, en traversant avec Joseph les files des danseurs, elle entendit qu'on disait derrière elle : « En vérité, on
ne trouverait pas au monde un plus beau couple. »
Alors seulement elle remarqua la foule d'étrangers qui étaient venus avec Hagenbacher. Là
étaient rassemblés tous les prétendants du pays
que Wally avait évincés. Celle-ci les compara de
nouveau tout bas avec Joseph, et elle put se dire
à bon droit que pas un parmi eux ne pouvait, pour
la prestance et la beauté, entrer en parallèle avec
le chasseur; ce dernier était comme un roi à côté
des villageois; c'était un homme d'une trempe
tout autre que ces êtres de grandeur naturelle
dont il était entouré. Et, avec un muet ravissement, elle mesura d'un rapide regard la martiale
stature du jeune homme, depuis sa large poitrine
jusqu'à ses genoux nerveux, serrés dans une cu-
lotte blanche, et jusqu'à la cheville de ses pieds.
Ne suffisait-il pas de le voir pour comprendre que
c'était lui, et non pas un autre, que Wally voulait?

En relevant la tête, elle aperçut deux yeux
noirs, acérés comme un poignard, qui étaient
fixés sur Joseph : c'était Vincent, qui s'était fau-
filé dans la foule; elle vit encore, non loin d'elle,
une autre figure attristée, celle de Benoît Klotz,
qui la considérait d'un air pensif. Lorsque Wally
passa près de ce dernier, il la tira un peu par sa

manche, en lui glissant à l'oreille : « Prends garde,
Wally, on médite quelque chose contre toi; je ne
sais pas quoi, mais j'ai de mauvais pressenti-
ments. »

Wally haussa légèrement les épaules. Qui donc
pouvait lui chercher querelle, du moment que
Joseph était à ses côtés?

On forma les rangs pour la danse; Wally et
Joseph devaient l'engager; on voulait les voir val-
ser ensemble. Jamais couple n'avait été l'objet
d'une curiosité aussi jalouse que l'étaient ces deux
jeunes gens d'une grâce hors ligne.

A ce moment, Joseph lâcha la main de Wally,
et, se plaçant devant elle dans une attitude presque
solennelle, il lui dit à haute voix, pendant que la
musique se taisait, sur un signe de l'hôtelier de
l'*Agneau*, placé derrière eux : « Wally, j'espère
qu'avant de danser avec moi tu vas m'accorder le
baiser qu'aucun de tes prétendants n'a pu encore
te ravir. »

Wally devint rouge et répondit tout bas : « Oh!
pas ici, Joseph, pas devant tout le monde. — Si
fait, ici même, devant tout le monde », reprit le
chasseur d'un ton énergique.

Wally demeura un moment combattue entre
son désir et une sorte de douce perplexité. Em-
brasser un homme en présence de cette foule,
c'était, pour cette âme chaste jusqu'à la pruderie,

une bien pénible contrainte; mais celui qu'elle adorait était là devant elle; l'instant pour lequel elle avait sacrifié des années de sa vie, pour lequel elle eût sacrifié sa vie entière, était arrivé : devait-elle perdre tant de bonheur pour quelques personnes qui la regardaient, et qui, d'ailleurs, ne pouvaient pas lui en vouloir, si elle donnait un baiser à son fiancé?

Sa jolie figure se haussa jusqu'à celle de Joseph et ses yeux s'attachèrent une seconde sur les lèvres roses et charnues qui s'approchaient des siennes; mais Joseph, d'un mouvement instinctif, écarta doucement de lui la jeune fille et lui murmura : « Non, pas ainsi. Je t'ai déjà dit qu'un vrai chasseur ne tire le gibier qu'à la course ou au vol. Je veux te prendre ton baiser de haute lutte, et non le recevoir en cadeau. Et vraiment, si j'étais une fille comme toi, je ne me rendrais pas à si bon marché. Allons, défends-toi, et ne me fais pas la partie plus belle que tu ne l'as faite aux autres; autrement, il n'y aurait pour moi aucun honneur. »

Le feu de la honte embrasa le visage de Wally, qui eût voulu rentrer sous terre. A l'idée qu'elle s'était oubliée au point que son prétendant dût lui rappeler ce qu'elle se devait à elle-même, elle voyait littéralement tout en rouge, et il lui semblait qu'un flot de sang lui avait jailli à la tête. Elle se redressa de toute sa taille, et, se mesurant d'un regard flamboyant avec Joseph : « C'est bien, s'écria-t-elle, tu vas être satisfait, et tu sauras à ton tour quelle est la *fille au vautour*. Allons, tâche d'attraper ton baiser. »

Toute suffocante, elle arracha son fichu et parut avec son corsage de velours, où s'entrelaçait le collier d'argent, et avec sa blanche chemisette de toile. Joseph fixa des regards émerveillés sur le cou ravissant qu'elle venait de mettre à nu : « Oh ! tu es belle, murmura-t-il, aussi belle que tu es méchante ! » Incontinent, il fondit sur elle, comme le chasseur fond sur la bête à laquelle il veut donner le coup de grâce, et il lui enlaça la nuque de son bras robuste; mais il ne connaissait pas la jeune fille. D'une vigoureuse secousse elle lui fit lâcher prise, et tous ceux à qui pareille mésaventure était jadis arrivée poussèrent un éclat de rire malicieux qui mit Joseph en fureur. De ses bras de fer il empoigna aussitôt Wally par la taille; celle-ci lui donna dans le creux de l'estomac un tel coup qu'il poussa un cri et bondit en arrière. Nouveaux éclats de rire. C'était avec ce coup, dont elle connaissait l'efficacité, que Wally s'était toujours débarrassée des importuns; à ce coup-là nul ne résistait. Joseph, néanmoins, dévora sa douleur, et, se précipitant sur Wally avec un redoublement de rage, il la saisit par les bras

avec ses deux mains, et s'efforça, dans cette position, d'approcher sa bouche de la sienne; mais,
en un clin-d'œil, elle se fut jetée de côté, et alors
s'engagea une lutte haletante, où l'un et l'autre se
débattaient en tous sens, au milieu d'un silence
de plomb, interrompu seulement de temps à
autre par une imprécation de Joseph. Pareille à
un serpent, la jeune fille se tortillait et se démenait si bien, de ci, de là, dans les bras du chasseur, que celui-ci ne pouvait jamais atteindre ses
lèvres.

Cela ne ressemblait plus à un duel amoureux;
on eût dit plutôt d'un combat mortel et à ou-
trance. Trois fois Joseph avait terrassé son adversaire, trois fois Wally s'était redressée. Vainement il l'enlevait en l'air dans ses bras; elle savait toujours se tourner et se retourner de manière que sa bouche lui échappât. Sa fine chemise
de toile s'en allait en lambeaux, son collier d'argent était brisé en mille pièces. Tout à coup elle
se débarrassa et s'enfuit vers la porte; mais il la
rattrapa, et, avec la violence d'un ouragan, l'at-
tira derechef à lui. Ce fut une étreinte pleine de
frénésie. L'haleine de Joseph enveloppa la jeune
fille comme une bouillonnante vapeur. Serrée
contre la poitrine du jeune homme, Wally sentit
son cœur battre sur le sien. Alors ses forces l'a-
bandonnèrent; elle se laissa tomber à genou de-

vant lui, en disant, éperdue de douleur, de honte
et d'amour : « Cette fois, je suis à toi.

« Ah! » fit Joseph en tirant de sa poitrine un
laborieux soupir; puis, à haute voix : « Vous en
êtes tous témoins? » dit-il, et, se baissant, il appuya sa bouche sur les lèvres embrasées et fré-
missantes de la jeune fille. Un hourra universel
retentit. Le chasseur releva ensuite Wally. Celle-ci
demeurait affaissée, presque sans connaissance,
sur sa poitrine.

« Doucement! reprit Joseph d'une voix rude en
reculant d'un pas. Il n'en faut pas davantage;
c'est assez d'un baiser. Je t'ai prouvé que je pouvais venir à bout de toi, je ne veux rien de plus. »

Wally le regarda d'un air effaré comme si elle
ne l'eût pas compris; elle était devenue livide :
« Joseph! balbutia-t-elle, pourquoi donc es-tu
venu ici?

— Ah ça! répliqua-t-il, t'es-tu figuré que j'étais
venu en épouseur? Dernièrement, à la procession,
tu as dit devant tout le monde qu'Afra était ma
bonne amie, parce qu'il n'était pas malaisé de l'a-
voir; tu as ajouté que le tueur d'ours n'avait pas
le courage de s'attaquer à la fille au vautour. As-tu
pensé véritablement qu'un gars qui a du cœur au
ventre se laisserait insulter ainsi, lui et une honnête fille? J'ai donc tout simplement voulu te montrer que je pouvais me mesurer avec toi, aussi bien

qu'avec un ours ou un autre monstre quelconque,
et le baiser que je t'ai pris, je vais le porter à Afra
en expiation du tort que tu lui as fait. Souviens-toi
de cela pour une autre fois, en cas que tu sois de
nouveau piquée d'outrecuidance. Tu auras, je l'espère, perdu toute envie d'outrager ignominieuse-
ment en public de pauvres et braves filles, car tu
sais à présent ce qu'il en coûte de se voir la moquerie des gens. »

Des rires retentissants accueillirent de tous côté e s paroles de Joseph; mais celui-ci repoussa
les applaudissements d'un geste de mauvaise humeur : « Vous avez vu, dit-il, que j'ai tenu ma
parole. Il faut maintenant que j'aille à Zwieselstein tranquilliser Afra, car la bonne créature était
tout en larmes, à l'idée que je voulais faire pièce à
la fermière du *Höchsthof*. Adieu tout le monde ! »

Là-dessus il partit, et tous s'en furent avec lui,
tant la plaisanterie avait paru délicieuse ! « Quel
gaillard, se disait-on, que ce Joseph ! En voilà un
qui a enfin fait voir son maître à la fière Stromminger !

— Elle n'a que ce qu'elle mérite, l'orgueilleuse !

— Oh oui, c'est bien fait !

— Ma foi ! Joseph, c'est ton meilleur tour.

— Quand on saura l'aventure, personne ne voudra plus d'elle. »

Ainsi ricanaient en chœur, autour de Joseph, les prétendants éconduits, et tout le monde de prendre la fille en échangeant des propos moqueurs.

La salle de danse était vide ; il n'y était resté que deux personnes auprès de Wally : Vincent et Benoît. La jeune fille était toujours à la même place, sans bouger ; on eût cru qu'elle avait cessé de vivre.

Vincent la regardait, les bras croisés. Benoît s'approcha d'elle, et, la prenant doucement par la main : « Wally, lui dit-il, ne te désole donc pas ainsi ; nous sommes encore là, prêts à te procurer une satisfaction. Parle, Wally. Que devons-nous faire ? Nous sommes disposés à tout. Dis seulement ce que tu veux. »

La jeune fille s'agita, et ses grands yeux, pareils à ceux d'un spectre, lancèrent une flamme sur sa face pâle et inanimée. Elle ouvrit et referma plusieurs fois les lèvres, comme si le souffle eût fait défaut au mot qui voulait en sortir. Enfin un cri, plutôt qu'une parole, s'échappa en quelque sorte du fond de ses entrailles.

« Je veux qu'il meure ! »

Benoît recula : « Wally, dit-il, que Dieu te garde ! » Vincent, lui, s'avança vers la jeune fille, l'étincelle aux yeux : « Wally, parles-tu sérieusement ?

— Sur mon sang et ma vie : je parle sérieusement. »

Elle leva la main pour jurer; cette main était
toute rigide avec des ongles bleuâtres, comme ceux
d'un cadavre : « Celui qui le déposera mort aux
pieds de son Afra, je l'épouse, aussi vrai que je
m'appelle Walburga Stromminger! »

# XII

## DANS LA NUIT

Dans le silence de la nuit, la demeure des Stromminger résonnait d'un bruit étrange, d'une sorte
de grondement monotone et ininterrompu ; de
temps à autre les servantes se réveillaient en sur-
saut, sans trop savoir ce qu'elles entendaient, puis
elles se rendormaient à nouveau. Les planchers
craquaient, et les boiseries étaient agitées d'un
ébranlement sourd et continu. C'était Wally qui
allait et venait sans relâche, d'un pas alourdi ;
c'était elle qui, dans l'agonie de son cœur mourant, se débattait contre le destin et la Providence.
Ses vêtements gisaient en loques sur le plancher ;
la statue de Sainte Walburga était en miettes sur
le parquet ; le Christ avec sa croix, les images des

saints, elle avait tout mis en pièces, dans sa fureur impuissante.

La jeune fille était à demi deshabillée, et ses cheveux épars retombaient en désordre sur ses épaules nues. Un lumignon fumeux exhalait une lueur rougeâtre, et, parmi l'ombre tremblotante, la figure fracassée du Christ, grimaçant à terre, semblait s'animer. Wally s'arrêta en passant devant ces débris : « Oui, dit-elle, je te conseille de faire des grimaces. Tu ne me prendras plus pour dupe, ni vous tous tant que vous êtes ! Vous n'êtes que des idoles de bois et de papier, incapables de venir en aide à personne. Vous êtes sourds aux imprécations comme aux prières. Et quant à ceux dont vous êtes l'image, ils sont... Dieu sait où, et ils se moqueraient joliment de nous, s'ils nous voyaient faire des génuflexions devant un morceau de bois ! » Elle poussa les débris sous son lit, pour que sa marche n'en fût pas entravée.

Soudain, un coup de feu retentit au loin. Wally s'arrêta pour écouter. Tout était silencieux ; elle s'était peut-être trompée. D'où venait que ce bruit lui avait ôté la respiration ? Elle n'eut pas même pu dire si c'était réellement un coup de feu ; et cependant un éclair lui avait traversé l'esprit : « Si c'était Vincent qui venait de tuer Joseph ! » Mais non, quelle absurdité ! Joseph était tranquillement chez lui, ou bien peut-être à Zwieselstein, auprès

d'Afra. A cette dernière pensée, Wally se frappa la
tête contre la muraille, en proie à une torture
sans nom ; les images qui surgissaient dans son
âme la rendaient littéralement folle : « Oh! dit-
elle, puisse-t-il être mort, oui, mort, pour que je
sois délivrée de pareilles idées ! » Elle ouvrit brusquement la fenêtre, afin d'aspirer l'air du dehors.
Jeannot, qui dormait devant la croisée sur un espalier, s'éveilla, et voleta lourdement vers elle.
Wally lui tendit les bras, et le pressa contre sa
poitrine : n'était-il pas son unique avoir, son bien
suprême en ce monde?

Sur l'entrefaite, un nouveau coup de feu retentit, plus distinct cette fois, dans la direction de
Zwieselstein. Wally lâcha le vautour, et porta la
main à son cœur, comme si le coup l'eût elle-même
atteinte. D'où venait cet effroi? C'est qu'un hasard
insignifiant avait soudainement reveillé en elle la
pensée de l'acte horrible qu'elle avait appelé la
veille; malgré elle, elle se figurait que le coup
qu'elle venait d'entendre avait fracassé la tête de Joseph, et tout d'abord une joie sauvage et insensée
l'envahit. A présent il était bien à elle ; nulle autre
désormais n'aurait plus ses caresses. A force de ru-
miner cette pensée, il lui sembla que c'était une
réalité : elle voyait le jeune homme gisant à terre
dans son sang; elle-même s'agenouillait à côté de
lui, lui prenait la tête sur son sein et contemplait

son visage décoloré, son beau visage décoloré. Elle voyait tout cela nettement devant elle. Puis, tout à coup, à l'aspect de ce pauvre corps inanimé, une pitié brûlante et inexprimable s'emparait d'elle : elle appelait Joseph de tous les noms que suggère l'amour, elle le secouait, elle essayait de le réchauffer ; c'était en vain ; la vie ne revenait pas. Wally alors se sentait prise d'une angoisse inexprimable. Lui, mourir ! non, cela ne devait pas être, il ne fallait pas qu'il mourût. A elle-même plutôt de mourir !

On eût dit que tout l'être de la jeune fille, après avoir été comme serré par une sorte de spasme, qui arrêtait la tiède circulation du sang dans ses veines, venait tout à coup de rompre l'entrave qui l'oppressait, et que la chaude source de vie lui affluait derechef au cœur.

Wally n'eut bientôt plus qu'une pensée : sortir, voir si Vincent était chez lui, lui parler cette nuit même, lui dire que cette chose horrible ne devait pas s'accomplir. Elle avait presque la fièvre, et toutes les artères lui battaient avec violence. Ce crime, elle l'avait voulu, elle l'avait demandé ; et pourtant, à la seule idée qu'il était accompli, sa colère s'éteignait et le pardon emplissait son cœur.

Elle se couvrit d'un fichu, et se hâta de traverser la cour, pour gagner par les jardins la de-

meure de Vincent. Qu'allait penser celui-ci? Et
qu'est-ce que le monde allait dire? Ah! le beau
souci! Cela, ma foi, importait bien!

Elle atteignit la maison. Une lumière brûlait au
rez-de-chaussée dans la chambre de Vincent.
Wally s'approcha tout doucement, et, par un écar-
tement du rideau, elle put regarder à l'intérieur.
La respiration faillit lui manquer : la pièce était
vide, et la veilleuse presque entièrement consu-
mée. Elle fit le tour de la maison; la porte n'était
point fermée. Elle l'ouvrit sans bruit et entra. Tout
était silencieux comme dans un tombeau. Valets
et servantes dormaient d'un profond sommeil.
Wally parcourut à pas de loup toute la maison,
sans que rien ne bougeât : Vincent était sorti. Un
frisson glacé pénétra les membres de la visiteuse.
Elle alla dans la chambre à coucher : le lit était
défait; évidemment le jeune homme s'était couché, puis il n'avait pas tardé à se relever. Ses vêtements du dimanche étaient accrochés au porte-
manteau, mais son costume de tous les jours n'y
était pas. On ne voyait point non plus de chapeau.
Wally explora l'autre pièce : la carabine de Vincent
n'était pas pendue à son clou.

Wally était comme paralysée; elle ne savait plus
comment retourner chez elle; elle dut s'asseoir
sur un banc devant la porte, car ses pieds lui refusaient leur service. Elle essaya de se rassurer en

se disant : « Sans doute Vincent, dans l'agitation
où il se trouvait, sera sorti pour chasser quelque
gibier de nuit. Quel mal pourrait-il donc faire à
Joseph? Celui-ci dort bien tranquillement.... n'importe où, — ce dernier mot lui causa un tressaillement, — sur quelque mol oreiller; et au jour,
une fois tout le monde debout, de qui aurait-il
quelque chose à craindre? »

C'était sa mauvaise conscience qui inspirait à
Wally de pareilles terreurs : aussi la jeune fille
ensevelit-elle son visage dans ses mains : « Wally,
Wally, se dit-elle, qu'est-il advenu de toi? » Con-
spuée, honnie, couverte d'humiliation devant les
hommes, et devant Dieu une criminelle! Y aurait-il jamais assez d'eau pour laver sa faute?
L'Ache seule, qui grondait là-bas, était capable de
tout purifier. Elle n'avait qu'un saut à faire dans
ces froides ondes, et tout s'en allait au fil de l'eau,
son malheur et son crime. Son être entier, avec
sa fatale destinée toute d'effroi et de lutte, se
trouvait du coup anéanti. Oui, là était la délivrance. A quoi bon tergiverser? Qu'il périsse, cet
inutile habitacle, qui retient l'âme captive dans
les liens du crime et de la douleur!

Wally se leva brusquement, mais elle ne put
faire un pas et retomba tout affaissée sur le banc.
Quel fil invisible rattachait donc à la vie ce cœur
brisé et quasi expirant?

A ce moment, un pas retentit sur le gazon : c'était Vincent qui arrivait. Enfin, Wally allait pouvoir lui parler, et les choses allaient s'arranger.

« Par tous les saints! s'écria le jeune homme en voyant Wally venir à sa rencontre, toi ici! » Et il la regarda comme on regarde un fantôme. A la lueur du crépuscule naissant, elle s'aperçut qu'il était pâle et tout défait; sa carabine lui pendait à l'épaule.

« Vincent, lui demanda-t-elle à voix basse, est-ce que tu as tiré?

— Oui.

— Quoi donc? »

Elle jeta un coup d'œil sur sa carnassière; elle était vide.

« Un gros gibier, murmura-t-il. »

Wally eut un tremblement.

« Où est-il?

— Dans l'Ache. »

Wally lui saisit le bras, et darda sur lui un regard égaré.

« Qui cela?

— Tu me le demandes?

— Joseph? » s'écria-t-elle, et elle retomba contre la muraille.

« Ç'a été une rude besogne, dit Vincent, s'essuyant le front. Je n'aurais pas cru, ma foi! qu'il viendrait sitôt se mettre au bout de mon fusil. Le diable seul sait ce qui l'a fait rôder comme cela dans la nuit. Imagine-toi, j'avais l'intention de me mettre en route de bonne heure, pour arriver à Sölden dès le matin, avant qu'il ne fût levé, et voilà que du premier pas il me tombe sous la main. C'est égal, il faisait encore trop sombre : la première balle l'a manqué, et la seconde n'a fait que l'effleurer. Il a dû tout de même être étourdi, car il a chancelé sur le sentier et s'est appuyé au garde-fou. J'ai saisi le moment; je me suis jeté sur lui par derrière, et je l'ai poussé par-dessus le parapet. »

Un gémissement, pareil au râle d'un mourant, s'échappa de la poitrine de Wally; comme un vautour qui fond sur sa proie, elle se précipita soudain sur Vincent et lui étreignit le cou avec ses deux mains : « Tu mens, Vincent, tu mens; ce n'est pas vrai, c'est impossible! Dis que ce n'est pas vrai, ou je t'étrangle!

— Sur ma pauvre âme, c'est vrai. T'es-tu figuré que Vincent barguignerait longtemps, quand il s'agit de faire quelque chose pour toi?

— Assassin! lâche et misérable assassin! s'écria Wally éclatant en sanglots. Je ne t'ai pas dit de l'attaquer ainsi par derrière, traîtreusement, d'une manière infâme; c'était, dans ma pensée, en combat loyal qu'il devait périr. Maudit sois-tu dans

le temps et l'éternité! Maudit sois-tu et réprouvé
dans ce monde et dans l'autre! Oh! que pourrais-
je bien te faire? C'est avec les ongles et les dents
que tu mérites d'être déchiqueté!

— Voilà ton remerciement! dit Vincent en grinçant. N'est-ce pas toi qui me l'as commandé?

— Et quand je te l'aurais commandé? Était-ce
une raison pour le faire? répondit fiévreusement
Wally. On dit parfois dans la colère des choses
dont on se repent un instant après. Ne pouvais-tu
attendre que je me fusse remise du coup terrible
qui m'avait frappée? Ne pouvais-tu attendre quelques heures seulement! Mais non, non, la méchanceté t'a poussé, et tu n'as pas eu de répit que tu
ne l'eusses assouvie.

— C'est cela, rejette tout sur moi à présent,
grommela Vincent. Tu as pourtant ta part du crime
aussi bien que moi.

— Oui, répliqua-t-elle, j'en ai ma part, et l'expiation nous sera commune. Pour nous deux, il n'y
a point de pitié. Il faut sang pour sang. »

Elle prit Vincent au collet et l'entraîna avec elle.

« Wally, lâche-moi. Que veux-tu donc? Mon Dieu!
est-ce là ma récompense? Pitié, Wally, tu m'é-
trangles! Mais où m'entraînes-tu?

— Où nous devons aller l'un et l'autre, reprit-
elle d'une voix sourde, en continuant de le tirer
avec la violence d'un ouragan, — là-haut, sur le

sentier à pic qui surplombe l'Ache..., à l'endroit
où le forfait a été commis. » Elle n'ajouta qu'un
seul mot, un mot terrible, qui résonna comme
un coup de tonnerre à l'oreille de Vincent : « Dans
l'abîme, tous deux, tous deux ensemble ! »

— Jésus-Maria ! s'écria-t-il avec épouvante. Tu
m'as juré que tu serais ma femme, si je faisais....
ce que j'ai fait, et maintenant tu veux me tuer ! »

Wally poussa son effrayant rire sarcastique :

« Insensé ! si je me précipite avec toi dans le
gouffre, ne sommes-nous pas unis pour l'éternité?
Qu'est-ce à dire? prétendrais-tu défendre encore
ton existence de bête fauve ? »

Avec une force surhumaine elle enlaça le jeune
homme et le poussa contre l'humble garde-fou,
afin de l'entraîner avec elle dans l'abîme.

« Au secours! » s'écria Vincent involontairement.

« Au secours! » s'écria, comme un écho, du
fond du gouffre, une voix faible, qui semblait
n'avoir rien d'humain.

Wally demeura comme pétrifiée et lâcha Vincent.

Que signifiait cela? Était-ce un revenant? « As-
tu entendu? demanda-t-elle.

— C'est l'écho, balbutia-t-il, tandis que ses
dents s'entrechoquaient.

— Tais-toi ! cela recommence.

— Au secours ! » Ce nouveau cri monta comme un souffle des profondeurs du précipice.

« Par tous les saints ! reprit Wally, c'est lui ! Il vit ! Il est accroché quelque part, et il appelle ! Me voilà, Joseph, attends-moi, Joseph ! me voilà ! » cria-t-elle d'une voix qui rendait les éclats d'une trompe, en se penchant sur le gouffre. Et de la même voix elle héla les villageois endormis, et, volant à travers le village, elle se mit à frapper à toutes les portes : « A l'aide ! à l'aide ! Il y a quelqu'un qui périt ! Sauvez-le ! Par la miséricorde divine, portez secours ! Il y va de la vie d'un homme. »

Cet appel de détresse fit sauter tout le monde du lit, et les fenêtres s'ouvrirent brusquement.

« Qu'y a-t-il ? qu'est-ce que cela veut dire ? demandait-on. — C'est Joseph, Joseph Hagenbach, qui est au fond d'un précipice, cria Wally. Des cordes ! qu'on apporte des cordes ! Vite ! bien vite !... Il est peut-être déjà trop tard... oui, peut-être sera-t-il trop tard quand nous arriverons ! »

Rapide comme le vent, Wally, devançant tous les villageois, courut à la maison et à la grange, ramassa tout ce qui s'y trouvait de cordes et les noua bout à bout d'une main tremblante ; mais elle avait beau nouer cordes et cordeaux de toute espèce, il n'y en avait jamais assez pour atteindre jusqu'au fond du gouffre où Joseph gisait, Dieu seul savait à quelle place.

17

Cependant les gens accouraient, tout épou-
vantés, et voulant à peine croire encore à la terrible nouvelle. On apportait des cordes, des grappins
et aussi des lanternes, car il semblait que le jour
ne voulût point se décider à paraître; et c'étaient
des questions, des appels pleins de perplexité :
jamais, de mémoire d'homme, personne n'avait
péri en cet endroit, et les habitants de ce large
plateau n'étaient point pourvus d'engins de sauvetage, comme il en existe dans d'autres localités,
où des sentiers vertigineux creusés dans le roc,
des gouffres, de perfides crevasses font tous les
ans quelques victimes.

On arriva au lieu de la catastrophe, et les moins
sensibles furent saisis d'un frémissement d'horreur, lorsque, penchés sur la balustrade, ils in-
terrogèrent du regard les vagues profondeurs du
sombre abîme. L'œil ne distinguait rien que les
bouillonnements d'écume qui ondoyaient au-dessus des flots. Vincent avait disparu. Tout, à la
ronde, en haut comme en bas, était silencieux et
morne. Wally envoya dans le gouffre un ioulement
qui fit vibrer les airs. Tout le monde écouta, retenant son souffle : point de réponse.

« Joseph ! où es-tu ? » cria-t-elle de nouveau d'un
accent d'angoisse où semblaient concentrés toutes
les douleurs et tous les désespoirs de l'humanité.
Même silence qu'auparavant.

« Il ne répond plus, il est mort, dit la jeune fille en sanglotant et en se laissant choir à terre de découragement ; à présent tout est fini.

— Peut-être n'est-il qu'évanoui, ou n'a-t-il plus la force de crier, répliqua le vieux Klettenmaier, en ajoutant à l'oreille de Wally : Fermière, pense au monde qui est là. »

La jeune fille se releva, et, écartant de son front les mèches de sa chevelure désordonnée : « Voyons, dit-elle, attachez les cordes ensemble. Ne restez donc pas comme cela irrésolus. Qu'attendez-vous ? »

Les hommes se regardèrent d'un air indécis : « Eh oui, reprit le Klettenmaier, il faut essayer de le retrouver. »

Les hommes se mirent à nouer les câbles en secouant la tête.

« Qui se laissera glisser après la corde ? demanda-t-on.

— Qui ? répliqua Wally, tandis que ses yeux sombres lançaient sur son pâle visage une lueur surnaturelle ; ce sera moi.

— Toi, Wally ! Perds-tu le sens ? Ce lien peut à peine porter une personne ; à plus forte raison n'en portera-t-il pas deux. »

En parlant ainsi, les hommes laissèrent retomber leurs bras, tout perplexes : « Il n'y a plus qu'une ressource, dirent-ils ; c'est d'envoyer dans les villages chercher une provision de cordes.

— Mais, pendant ce temps-là, s'écria Wally désespérée, il achèvera de tomber au fond, s'il perd
connaissance, et alors il sera trop tard. Non, je
n'attendrai pas jusque-là. Voyons, déroulez la
corde, qu'on en voie la longueur. Dévidez, hardi ! »

Wally tira sur l'écheveau pour en vérifier la
longueur et la force. Machinalement, les hommes
firent comme elle; on déroula l'énorme pelote et
l'on prit toutes les dispositions nécessaires. Les
villageois se mirent en place pour former la chaîne.

« Il est possible, en fin de compte, qu'elle soit
assez longue, dirent-ils; mais elle ne portera jamais deux personnes.

— Eh bien, si elle n'en porte pas deux, je le
laisserai remonter tout seul, répliqua Wally.
Où il a place pour tenir couché, j'aurai place pour
tenir debout. Dès que j'aurai pris pied, je me dé-
tacherai de la corde et je l'y attacherai. Tirez alors
à vous; moi, j'attendrai en bas que la corde me
revienne.

— C'est impossible ; on ne saurait le remonter
seul, car, supposé qu'il n'ait plus ni force ni connaissance, il sera, pour sûr, fracassé et mis en
pièces, s'il n'a personne avec lui pour lui donner
aide et l'empêcher de se heurter contre les rochers. »

Wally resta comme foudroyée. Elle n'avait pas

songé à cela. Ainsi l'entreprise pouvait encore échouer; la jeune fille courait chance de n'atteindre point Joseph, si ce n'est peut-être tout au fond du gouffre, dans le lit glacé du torrent. La corde était incapable de supporter deux personnes, elle le voyait bien elle-même.

« Eh bien, à la grâce de Dieu! » dit-elle enfin; et, malgré les frissons de fièvre qui la secouaient, elle se leva; et, pleine d'une noble résignation, obstinée à exécuter quand même son projet, elle attacha la corde autour de son corps et prit en main le bâton ferré.

«Allons, descendez-moi; que je puisse au moins le chercher! Si je le trouve, je resterai auprès de lui à le soutenir, jusqu'à ce que vous ayez rassemblé de nouvelles cordes pour nous les jeter. Oui, j'attendrai patiemment, dussé-je rester suspendue entre ciel et terre, tout le temps nécessaire pour qu'elles arrivent. »

Le vieux Klettenmaier saisit, tout tremblant, le bras de sa maîtresse : « Wally, Wally, ne fais pas cela; tout le monde te dit que l'attache n'est pas sûre. S'il faut que quelqu'un se risque, laisse-moi descendre. Qu'importe mon restant de vie, à moi! Si je ne réussis pas à porter secours, on verra du moins si les nœuds sont solides, et, supposé qu'ils manquent, mieux vaut que ce soit moi qui fasse le plongeon à ta place.

— Oui, Wally, dit un autre, écoute-le; il a raison. Ne fais pas cela. Attends encore, réfléchis, jusqu'à ce qu'il vienne du secours des environs. »

La jeune fille leva le bras, et tout le monde autour d'elle recula : « Quand je n'étais qu'une enfant, s'écria-t-elle, ai-je hésité pour aller dénicher le vautour dans l'aire, au-dessus de l'abime? Et j'hésiterais aujourd'hui qu'il s'agit de Joseph! Que personne n'ajoute plus un mot : je veux y aller, j'irai. Allons! en place! Déroulez, et tenez ferme! »

En un clin d'œil elle eut escaladé la balustrade, et les hommes qui formaient la chaîne durent se raidir de toutes leurs forces, tant fut brusque la secousse imprimée à la corde.

« Que Dieu nous assiste! » fit le Klettenmaier en se signant; puis, tout à coup, il prit sa course, comme si les dernières paroles de Wally lui eussent suggéré une idée.

Tout le monde, immobile d'effroi, regarda la jeune fille s'enfoncer lentement dans cet océan de brouillards, qui bientôt l'engloutit et se referma sur elle, pour ne la rendre jamais, peut-être. Chacun demeurait sans voix, comme autour d'un tombeau, devant la place où elle avait disparu. La corde raide et tendue indiquait seule les mouvements de l'héroïque plongeuse au sein de la brume, et tous les yeux en épiaient les oscillations pour voir si elle se rompait ou tenait toujours. Et à chacun des bouts, noués à la hâte, qui se déroulaient, on se demandait, avec un battement de cœur anxieux : « Celui-là va-t-il résister ? »

La sueur perlait au front de ceux qui formaient la chaîne, et machinalement, tout en dévidant, on tâtait encore une fois avec la main chaque jointure de cette corde au bout de laquelle était suspendue une vie humaine ; les minutes succédaient lentement aux minutes ; le temps lui-même paraissait de plomb et comme rivé à une corde que des puissances inconnues s'obstinaient à ne point lâcher. La pelote néanmoins filait toujours en s'appesantissant de plus en plus ; Wally continuait à la tenir ; elle n'avait pas encore pris pied.

« Nous voici au bout, s'écria le dernier homme de la chaîne ; il n'y en aura pas assez.

— Jésus-Maria ! venez-nous en aide, se dit-on les uns aux autres ; la corde ne va pas suffire. »

Il ne reste plus que quelques aunes à dérouler, et nul signe d'en bas n'annonce que Wally a touché le but. Les hommes serrent l'abîme d'aussi près qu'ils peuvent, et laissent couler encore le plus de câble possible. Mon Dieu ! si cela ne suffisait pas, si tout ce labeur était en pure perte, s'il fallait ramener à soi la pauvre fille, pour lui faire affronter de nouveau ce périlleux voyage aérien !

Soudain voici que la corde se détend et flotte

dans l'espace. Quel terrible moment! S'est-elle rompue, ou le fardeau qu'elle portait a-t-il trouvé un point d'appui?

Les femmes prient à haute voix, les enfants poussent des cris. Les hommes commencent à tirer lentement à eux; mais, après qu'ils ont enroulé quelques longueurs de main, la corde résiste. Elle n'a donc pas manqué; elle tient toujours; Wally a posé le pied. Bientôt, en effet, un appel expirant monte du fond de l'abîme. De tous les gosiers s'échappe une réponse où palpite l'angoisse. De nouveau la corde se détend, et l'on se remet à haler; cette opération se répète plusieurs fois; il semble que Wally grimpe à la paroi du rocher. Pendant ce temps, le jour a commencé de paraître; mais une pluie fine et glacée tombe en ruisselant dans l'abîme où s'épaissit de plus en plus le voile de brouillard. Tout à coup la corde prend une direction oblique; elle est tirée fortement à droite; les hommes suivent le mouvement et passent du côté gauche du sentier au bord opposé. Wally paraît toujours remonter; il faut haler sans discontinuer. « Dieu soit loué! disent quelques travailleurs, il ne doit pas être tombé tout au fond, et s'il n'est qu'à cette distance, il peut n'être pas mort. » — « Peut-être ne fait-elle que chercher, » répondent d'autres hommes. A ce moment la corde subit une secousse, suivie d'un

relâchement soudain et d'un cri qui pénètre les
villageois jusqu'aux moelles.

« Elle est rompue! » s'exclame-t-on. Mais non,
voici qu'elle se tend derechef. Ce cri était peut-
être un cri de joie, si Wally avait enfin trouvé! Les
femmes tombent à genoux; les hommes eux-
mêmes murmurent des prières : car si tous avaient
haï l'arrogante fermière, il n'en était pas un, pour
peu qu'il eût un cœur dans la poitrine, qui ne fût
anxieux sur l'héroïque fille ainsi suspendue, en
péril de mort, dans les profondeurs du chaos. Si
seulement un rayon de soleil voulait percer le
brouillard, ne fût-ce qu'un instant! Chacun est là
qui interroge le vide sans rien découvrir; il faut
s'en remettre au temps, qui s'écoule lentement,
du soin de révéler ce qui se passe dans l'abîme.

La corde pend toujours; mais nul son ne monte
plus d'en bas. Est-elle rompue et demeure-t-elle
accrochée à une pointe de rocher, tandis que
Wally gît dans l'Ache les membres brisés? D'où
vient que la jeune fille ne fait aucun signe, ne
pousse aucun cri? Et dire qu'il faut attendre des
heures encore avant que des secours arrivent
des villages voisins!

Personne n'ose desserrer les dents; tout le
monde prête l'oreille et retient son souffle.

Tout à coup survient le Klettenmaier, criant et
gesticulant.

« Tenez, dit-il, voilà ce que j'apporte. » Il a sur
l'épaule tout un appareil de sauvetage.

« Que le bon Dieu soit loué! ajoute-t-il. Quand
elle a parlé du vautour, je me suis souvenu que
cette pauvre Luckard avait conservé la corde au
moyen de laquelle le Stromminger autrefois avait
descendu Wally jusqu'à l'aire; et alors, tenez, je
l'ai justement retrouvée dans le grenier, parmi
tous les bric-à-brac.

— Quelle aubaine! Klettenmaier; c'est Dieu qui
t'envoie! s'écria tout le monde à la fois.

— Dieu veuille que cela puisse encore nous
servir! » dit le doyen du village en jetant un regard
découragé sur l'instrument de sauvetage. — La
pauvrette ne donne plus aucun signe de vie.

« On tire sur le câble! » s'écria l'homme qui
était en tête de la chaîne; et, au même instant,
retentit un appel si rapproché, qu'on put, au milieu
du silence général, percevoir ces mots : « Les secours sont-ils arrivés? »

« Oui, oui! » s'écrièrent triomphalement toutes
les bouches.

Un crochet de fer est assujetti en guise d'ancre
à la nouvelle corde; une seconde chaîne se forme,
et l'on plonge l'appareil dans les insondables ténèbres de la gorge. L'ancien du village commande
la manœuvre, car il faut que le halage des deux
cordes s'effectue bien à l'unisson, pour que Wally

puisse rester aux côtés de la victime et la soutenir durant l'ascension. La corde de sauvetage n'a pas encore atteint la moitié de la profondeur où Wally s'est enfoncée la première fois, qu'on la sent saisie et retenue d'en bas.

« Laissez filer, commande l'ancien ; il faut à Wally quelques aunes de latitude pour pouvoir attacher Joseph à la corde....

— Assez ! » crie-t-il ensuite ; et, comme des soldats en faction, les hommes s'arrêtent pour attendre un ordre nouveau. Il y a une pause de quelques minutes ; Wally s'occupe sans doute de bien consolider les attaches, afin que le corps, inanimé peut-être, ne retombe pas, si près du but déjà, au fond de l'abîme.

« Serre bien le nœud, Wally, crie tout haletant le Klettenmaier.

— Mon Dieu, oui ! ajoutent les villageois, pourvu qu'elle l'attache solidement ! »

Une triple secousse agite simultanément les deux cordes. « Tirez ! » commande l'ancien, dont on sent trembler légèrement la voix.

Les travailleurs de l'une et l'autre chaîne assujettissent fermement leurs pieds sur le sol ; on s'arc-boute en arrière ; les veines se gonflent aux jambes, aux bras et aux fronts ; toutes ces mains nerveuses tirent ensemble, et alors commence l'enlèvement des lourds fardeaux : labeur ef-

frayant, plein de responsabilité. Une seconde de
relâchement, et tout est perdu.

« Doucement! fait l'ancien. Ayez bien l'œil les
uns sur les autres! »

Le moment est solennel; les enfants même
n'osent bouger; on n'entend aux alentours d'autre
bruit que le gémissement pénible des travailleurs.

Bientôt les voyageurs aériens émergent au travers du brouillard; les voilà, de plus en plus distincts à l'œil. Wailly apparaît, soutenant d'un bras
le corps inanimé qui pend au câble de sauvetage, et, de l'autre bras, appuyant avec force son
bâton ferré contre la falaise, afin de se garantir,
elle et le corps, de toute meurtrissure; elle fend
ainsi, pour ainsi dire, en ramant, les vagues de
l'air. Enfin, elle et Joseph sont tout près du bord;
encore un coup de main, et l'on va pouvoir les
saisir.

« Ferme! » commande le doyen. Chacun sus-
pend sa respiration. Ce dernier moment est le plus
critique : si, à cette seconde suprême, la corde
cassait!

Il n'en est rien : les premiers de la chaîne se
penchent en avant et empoignent le tout d'une
main sûre, tandis qu'en queue on pèse vigoureusement sur l'amarre.

« Ouf! » font les hommes qui sont en tête. Les
deux corps sont amenés en avant, et les voilà sur

la terre ferme. Un immense hurlement de joie
soulage les cœurs oppressés. Wally demeure silencieusement affaissée sur le corps inanimé de
Joseph; elle n'entend ni ne voit le monde qui
s'empresse autour d'elle, la comble de félicita-
tions et d'éloges. Elle est étendue, la face sur la
poitrine du chasseur. La force de l'héroïne est à
bout.

# XIII

## RETOUR AU MURZOLL.

Dans la chambre de Wally, sur le lit de Wally, Joseph gît étendu sans mouvement; tout, autour de lui, est calme et silencieux; la fermière a renvoyé tout son monde. Elle-même, à genoux devant la couche, la figure cachée dans ses bras, murmure une prière : « Pitié, mon Dieu, pitié ! laisse-le vivre. Ote-moi tout ; mais laisse-le vivre. Je renonce à lui, je le fuirai ; qu'Afra le possède, pourvu qu'il ne meure pas ! »

Elle se relève et applique de nouvelles compresses sur la tête du jeune homme, d'où le sang coule par une plaie béante, et sur sa poitrine, que le contact de la roche a lacérée ; puis elle se jette sur lui, comme pour obstruer de son corps les

issues par lesquelles sa vie s'échappe. « Pauvre
garçon! dit-elle, pauvre garçon! Comme te voilà
les membres rompus et fracassés! O l'abominable
forfait! Wally, qu'as-tu fait là? Que ne t'es-tu
plongée à toi-même un couteau dans le cœur, que
ne l'as-tu vu se marier avec Afra, quitte à t'en retourner mourir en silence, plutôt que de l'avoir
ainsi devant toi, pour le voir agoniser comme un
animal que le coutelas du boucher a frappé de
travers? »

Ainsi se lamentait la jeune fille, tout en pansant
les blessures du chasseur. Cette âpre fureur de
vengeance qui l'animait auparavant contre les
autres, elle la retournait aujourd'hui impitoyablement contre elle-même. Dans son fol et sauvage
transport de repentir, elle eût voulu pouvoir se
dépecer le cœur de ses propres mains.

La porte s'ouvrit doucement. Wally se retourna,
toute surprise, car elle avait défendu qu'on la dé-
rangeât. C'était le curé de Heiligkreuz. Wally resta
devant lui, comme devant son juge, pâle et tremblant de tout son être.

« Dieu soit loué! s'écria le vieux prêtre, le
voilà! » Il s'approcha du lit, considéra et palpa
Joseph : « Pauvre diable! fit-il, te voilà bien mal
accommodé. »

En entendant ces paroles, Wally serra les dents,
pour s'empêcher de pousser des cris.

« Comment l'avez-vous rattrapé? » demanda le curé.

Wally ne put répondre.

« Enfin, reprit le vieillard, il faut remercier Dieu, qui n'a pas voulu, dans sa grâce, que la catastrophe fût au pis. Peut-être en reviendra-t-il, et tu n'auras pas du moins un meurtre sur la conscience, bien qu'aux yeux du juge éternel l'intention pèse autant que l'acte. »

Wally essaya de parler.

« Oh! je sais tout, dit sévèrement le prêtre. Vincent, dans sa fuite, est venu chez moi et m'a tout confessé, ton amour et sa jalousie. Je lui ai refusé l'absolution, et je l'ai envoyé à l'armée pontificale. Là, en servant avec zèle le Saint-Père, il pourra gagner la miséricorde divine, ou expier son crime par la mort. Mais de toi, Wally que dois-je faire? »

Il fixa tristement sur elle ses regards pleins de pénétration.

Wally se couvrit le visage de ses deux mains en s'écriant : « O mon père, je suis si terriblement punie que nul homme ne peut plus ajouter à mon châtiment. Voilà, sur ce lit, près de mourir, ce que j'avais de plus cher au monde, et j'en suis réduite à me dire que ce qui arrive, c'est par ma propre faute... Y a-t-il donc une infortune plus complète? Et faut-il encore quelque chose de plus? »

18

Le prêtre secoua la tête : « Ah! reprit-il, tu as fait une jolie besogne. Tu es devenue une souche brute et informe, avec laquelle on assomme les gens. Ce que je t'avais dit s'est vérifié; tu as regimbé contre le couteau du bon Dieu, et le bon Dieu t'a jetée au rebut; tu es le bois dur qu'il livre au feu expiatoire du repentir.

— Oui, mon père, mais je sais une eau qui éteindra ce feu. Quand Joseph sera mort, je me précipiterai dans l'Ache, et alors tout sera fini.

— Oh! l'insensée! Crois-tu que cet embrasement puisse être éteint par l'onde terrestre? T'imagines-tu vraiment qu'avec ta dépouille mortelle tu puisses noyer ton âme immortelle? Non, celle-ci flambera dans les tourments d'un repentir éternel, dussent toutes les mers t'inonder de leurs flots.

— Que faut-il donc que je fasse? dit sourdement la jeune fille. Que puis-je, sinon mourir?

— Vivre et souffrir, voilà qui est plus que de mourir. »

Wally secoua la tête; son regard sombre errait fixement autour d'elle : « Je ne puis, dit-elle, je le sens. Je suis incapable de vivre; les bienheureuses demoiselles me poussent dans l'abîme... Tout s'est accompli, comme elles m'en ont menacée dans mon rêve : voilà Joseph étendu les os brisés; je dois le suivre, cela est décidé; il faut qu'il en soit ainsi, et nul homme ne peut rien là contre.

— Wally, Wally! s'écria le curé en joignant les
mains avec épouvante, quel est ce langage? les
bienheureuses demoiselles! Quelles bienheureuses
demoiselles? Par le ciel! Vivons-nous donc au
vieux temps de la mythologie, alors que les hommes s'imaginaient être le jouet de mauvais génies? Je vais te dire ce que c'est que les bienheureuses demoiselles. Ce sont tes propres passions. Si tu
avais appris à dompter ta fougue effrénée, Joseph
n'aurait point été jeté dans le gouffre. C'est s'en tirer à bon compte que de rejeter ses fautes sur l'influence de puissances ennemies. Pourquoi Dieu est-
il venu à nous, si ce n'est pour nous enseigner que
nous portons le mal en nous-mêmes, et que c'est en
nous-mêmes qu'il le faut combattre. En nous subju-
guant nous-mêmes, nous subjuguons aussi ces puissances mystérieuses, devant lesquelles succom-
baient jusqu'aux géants de l'antiquité, parce que ces
géants, avec toute leur force, n'avaient aucune énergie morale à leur opposer. Toi-même, avec ta vigueur, ta rigidité d'âme et ton orgueil, tu ne seras
qu'une misérable et faible créature, tant que tu ne
pourras imiter ces simples et naïves servantes du
Seigneur, qui, chaque jour, dans la sévère discipline
des cloîtres, immolent sur l'autel de Dieu leurs
plus chers désirs, et s'estiment ainsi bienheureuses. Pour peu que tu eusses en toi un seul reflet de cette grandeur, tu n'aurais plus à trembler

devant ce que tu appelles les « bienheureuses demoiselles », et ta destinée te serait tracée, non plus
par de stupides rêves, mais par ta volonté claire et
consciente. Voyons, réfléchis, est-ce que cela ne
serait pas plus digne et plus noble? »

Wally s'appuya au montant du lit. Il lui semblait
qu'un sentiment nouveau et plus pur enflait son
âme. « Oui, répondit-elle brièvement et d'un ton
résolu, tout en croisant ses bras sur sa poitrine dilatée; vous avez raison, mon père, je comprends
ce que vous voulez dire, et je veux essayer.

— Essayer, essayer! reprit le vénérable ecclésiastique; c'est une parole que tu m'as déjà dite,
mais que tu n'as point tenue.

— Je la tiendrai cette fois, mon père, » répliqua
Wally, et le prêtre ne put s'empêcher d'admirer
tout bas l'expression qu'elle avait mise dans ces
quelques paroles.

« Et quelle garantie m'en donnes-tu? » lui
demanda-t-il.

Wally étendit la main sur la poitrine sanglante
de Joseph, et deux grosses larmes coulèrent de ses
yeux. Nul vœu parlé n'en eût pu dire davantage.
Le sage curé n'ajouta rien; il savait que cela suffisait.

A ce moment, le blessé se tourna dans le lit,
en murmurant quelques mots inintelligibles.

Wally lui mit une compresse nouvelle sur la

tête. Il ouvrit à demi les yeux, puis, les refermant
aussitôt, il retomba dans son assoupissement pareil
à la mort. « Le médecin n'en finit pas d'arriver,
fit la jeune fille, en s'asseyant sur un escabeau
près de la couche ; quelle heure peut-il bien
être? »

Le curé consulta sa montre : « Quand l'as-tu
envoyé chercher? répondit-il.

— Ce matin, à cinq heures.

— Alors, il ne peut être encore ici; il n'est que
dix heures, et d'ici à Sölden il y a trois lieues.

— Que dix heures ! » répéta Wally à voix basse;
et le prêtre se sentit saisi de pitié, en la voyant
ainsi immobile sur l'escabeau, les mains jointes
sur son cœur, dont on entendait les battements.

Il se pencha sur le malade, lui palpa la tête et
les mains : « Je crois, dit-il à Wally, que tu peux
te tranquilliser; il ne m'a point l'air d'un mourant. »

La jeune fille continuait à ne point bouger et
son regard demeurait fixe : « Si le médecin, une
fois venu, répondit-elle, déclare qu'il peut s'en
sauver, je ne demande rien de plus au monde.

— Voilà une bonne pensée, ma fille, et je t'en
félicite, dit le prêtre. Mais, voyons, raconte-moi
comment l'on s'y est pris pour sauver Joseph :
cela nous fera passer le temps jusqu'à l'arrivée du
médecin.

— Oh ! ce ne sera pas long à raconter, repartit laconiquement Wally.

— En tout cas, c'est une belle action, qui fait grand honneur aux gens de la Sonneplate, poursuivit le curé ; est-ce que tu n'étais pas présente ?

— Si fait.

— Allons, ne sois pas si avare de paroles. Je n'ai, en venant ici, parlé à personne, et je ne sais absolument rien. Qui donc est allé chercher le blessé ?

— Moi.

— Bonté divine ! toi, Wally, toi-même ? s'écria le vieillard en dévisageant la jeune fille d'un air interdit.

— Oui, moi.

— Mais comment t'y es-tu prise ?

— On m'a descendue avec une corde, et j'ai trouvé Joseph accroché entre le rocher et un tronc de pin. Sans cet arbre qui s'est trouvé là, il serait tombé dans l'Ache, et nul au monde n'aurait pu l'en ramener vivant.

— Sais-tu bien, ma fille, que c'est là un acte héroïque ! s'écria le vieillard tout transporté.

— Que non pas, répondit-elle d'un ton placide et avec une nuance de rudesse ; puisque je lui avais fait faire le saut, c'était bien à moi d'aller le chercher.

— Tu as raison, ce n'était que justice, dit le curé, réprimant avec peine son émotion ; mais ce n'en a pas moins été un acte d'expiation, qui allège ton âme d'une partie de la faute.

— Oh! qu'est-ce que cela? reprit Wally en secouant la tête; s'il meurt, ne sera-ce pas moi qui l'aurai tué?

— C'est vrai; mais tu as sacrifié vie pour vie; tu as exposé tes jours pour sauver Joseph. La faute que tu avais commise, tu l'as réparée, dans la mesure de tes forces; pour la fin, il faut s'en remettre à Dieu. »

Un profond soupir sortit de la poitrine de Wally, qui n'était guère en état de sentir la consolation renfermée dans ces paroles du curé. « Pour la fin, il faut s'en remettre à Dieu, » répéta-t-elle le cœur oppressé.

L'œil de l'ecclésiastique reposait sur elle avec complaisance. Si graves qu'eussent été ses fautes et ses erreurs, l'âme de cette jeune fille était de celles que Dieu ne pouvait rejeter; le prêtre, tout vieux qu'il était, n'avait jamais rencontré sa pareille, en bien comme en mal. Il regarda le blessé qui, quoique privé de connaissance, serrait le poing d'un air de défi, et il éprouva presque de la colère contre lui en songeant qu'il avait dédaigné un semblable amour, le plus beau présent que la terre pût offrir à un homme, et qu'il avait exaspéré par ses rebuts un cœur que la nature avait fait si noble et capable d'un si généreux dévouement. « Stupide rustre, va ! » murmura-t-il avec humeur entre ses dents.

Wally le regarda d'un œil interrogateur, ne comprenant rien à ce qu'il disait.

Sur l'entrefaite, on frappa derechef à la porte, et le médecin entra. Wally se mit à trembler si fort qu'elle dut se tenir au bois de la couche ; n'était-elle pas en présence de l'homme des lèvres duquel allait tomber la parole qui délivre ou condamne? Une foule de gens l'avaient suivi dans la chambre pour entendre ce qu'il allait dire, mais il les renvoya d'un mot : « Il n'y a point de place ici pour les curieux, le malade a besoin du repos le plus absolu, » dit-il sévèrement en fermant la porte. Il ne fut du reste rien moins que loquace. Après avoir ôté le bandeau qui entourait la tête de Joseph, il se contenta de grommeler à part soi : « Bon ! il y a encore ici quelque crime sous roche. » Wally se tenait auprès de lui, pâle et raide comme une statue ; le curé évitait de la regarder, dans la crainte de lui faire perdre contenance. L'auscultation commença ; un silence plein d'anxiété régnait dans la chambrette. Wally s'était mise à la croisée, la tête tournée vers la rue, tandis que l'homme de l'art explorait les déchirures du corps et y introduisait la sonde. Elle avait ramassé par terre un objet qu'elle serrait convulsivement entre ses mains, en y appliquant ses

lèvres comme pour le baiser : c'était la tête couronnée d'épines de ce même rédempteur qu'elle
avait, dans la nuit, mis en morceaux : « Oh ! pardonne, pardonne! murmurait-elle palpitante d'une
pâle angoisse ; aie pitié de moi.... Hélas! je ne le
mérite pas..., mais permets que ta miséricorde
soit plus grande que ma faute. »

« Aucune des blessures n'est mortelle, dit enfin
le médecin, de ce ton bref ordinaire à ses pareils ;
il faut que ce gaillard-là soit charpenté comme un
mammouth. »

A ce mot, toute force abandonna Wally ; ses
nerfs trop longtemps raidis se détendirent ; elle
éclata en bruyants sanglots, s'agenouilla près du
lit ; et, enfonçant son visage dans le traversin de
Joseph, elle s'écria : « O mon Dieu ! merci !
merci ! »

« Qu'a donc cette jeune fille ? » demanda le médecin. Le curé lui fit un signe qu'il comprit.

« Remettez-vous, fermière, dit-il à Wally, et
aidez-moi à replacer les bandages. »

En un clin d'œil Wally fut debout, ses larmes
furent essuyées, et elle prêta une main secoura-
ble. Le curé la regardait, le cœur tout ravi, assis-
ter le chirurgien avec l'adresse et la circonspection
d'une sœur de charité ; plus d'émotion, plus de
larmes ; une sollicitude calme et discrète, un vrai
ministère d'amour. Comme son front était trans-

figuré! quelle sérénité dans la douleur! Le curé la reconnaissait à peine. « Oh! se disait-il dans l'épanouissement de sa joie, il y a encore du ressort! oui, il y en a encore! » Il était comme un jardinier qui, après avoir désespéré d'une plante favorite, la voit pousser tout à coup des jets nouveaux.

Quand le pansement fut terminé et que le médecin eut achevé toutes ses prescriptions, le curé sortit avec ce dernier, et Wally demeura seule auprès de Joseph. Elle s'assit sur l'escabeau près du lit, les bras appuyés sur ses genoux. La respiration du malade était maintenant paisible et régulière; sa main reposait sur la couverture tout à côté de Wally; celle-ci eût pu y placer ses lèvres sans bouger de place; mais elle n'en fit rien, il lui semblait qu'il ne lui était plus permis d'effleurer désormais un seul de ses doigts. Ah! s'il eût été étendu là mort ou mourant, elle l'eût couvert de baisers, comme elle avait fait tout à l'heure, lorsqu'elle le croyait perdu; mort, il lui eût appartenu; vivant, elle n'avait plus aucun droit sur lui. Dès le moment où le médecin avait dit qu'il vivrait, il était mort pour elle; à l'heure même où elle recevait, comme une parole de rédemption morale, la nouvelle de sa résurrection, elle l'enterrait dans son cœur en deuil.

Elle resta ainsi longtemps, immobile, l'œil fixé

sur le beau et pâle visage de Joseph, souffrant tout
ce qu'une créature humaine peut souffrir, mais
résignée dans sa souffrance. Pas un soupir, pas
une plainte ne lui échappa. Sa douleur n'était
plus, comme auparavant, une douleur furibonde
et aux poings serrés. Wally, dans cette heure,
avait appris ce qu'il y a au monde de plus diffi-
cile : elle avait appris à souffrir. Quel droit lui
restait-il donc de se plaindre, chargée de méfaits
comme elle l'était? A quel titre eût-elle réclamé
un sort meilleur, et voulu encore épouser Joseph? Elle, qui avait failli être sa meurtrière,
pouvait-elle désormais lever les yeux sur lui? Non
certes, Wally était résolue à refouler toute plainte
en elle : « Mon Dieu! murmurait-elle, la figure
humblement baissée et en joignant convulsivement les mains, impose-moi toutes les expiations
qu'il te plaira; il n'y a point de châtiment trop sévère pour une coupable telle que moi ! »

Tout à coup la porte s'ouvrit, au cri de «Joseph !
mon Joseph ! » Une jeune fille se précipita dans la
chambre, et, passant devant Wally, se jeta sur
Joseph en pleurant. C'était Afra. Wally s'était
redressée comme au contact d'un reptile. Un combat d'un instant, — combat suprême et le plus
pénible de tous, — se livra en elle. Elle se prit
elle-même à bras-le-corps, afin de s'empêcher de
fondre sur la jeune servante pour l'arracher du lit

et de la personne de Joseph. Elle resta ainsi
quelques secondes, pendant qu'Afra sanglotait avec
violence sur la poitrine du blessé; puis ses bras
retombèrent comme paralysés, et sur son front
perla une sueur froide.

Qu'allait-elle faire en effet? Est-ce qu'Afra
n'était point dans son droit?

« Afra, dit-elle à voix basse, si Joseph t'est
cher, tiens-toi tranquille et ne criaille pas ainsi.
Le docteur a recommandé qu'on le laissât en repos.

— Eh! comment demeurer tranquille, si peu
que l'on ait du cœur, en voyant le pauvre garçon
dans cet état? répondit la jeune fille en se lamen-
tant. Tu en parles à ton aise, toi. Tu peux bien
rester calme : tu ne l'aimes pas comme moi. Joseph
est tout pour moi ; lui mort, je suis absolument
seule au monde. O Joseph, cher Joseph, éveille-
toi, regarde-moi, rien qu'un instant; dis seulement un petit mot, » continua-t-elle en secouant
le malade dans ses bras.

Celui-ci poussa un gémissement et balbutia
quelques paroles. Wally, toujours calme, s'approcha de la servante, et, la saisissant d'une main
ferme, mais avec calme, et sans qu'aucun muscle
de son visage tressaillit :

« Écoute, Afra, il faut que je te dise une chose.
Joseph est ici sous ma garde, et c'est à moi de
veiller à ce qu'on observe toutes les prescriptions

du docteur. De plus, la maison où tu es, c'est la mienne. En conséquence, si tu ne fais pas ce que je te dis et ne laisses pas Joseph en repos, comme l'ordonne le médecin, j'userai de mon droit, et je te mettrai à la porte, jusqu'à ce que tu sois devenue raisonnable et en état de donner des soins au blessé. Ensuite, — ici la voix lui trembla, — ensuite, je te l'abandonne.

— Méchante créature que tu es! s'écria la servante avec emportement; tu veux me chasser de la maison, parce que je pleure sur Joseph. Crois-tu que tout le monde a le cœur aussi dur que toi, et peut rester insensible comme une souche auprès d'un pareil malheur? Lâche-moi le bras. J'ai plus de droits que toi sur Joseph, et s'il te déplaît de m'entendre crier, je vais enlever mon Joseph et l'emporter chez moi. Là, je pourrai du moins pleurer tout à mon aise. Je ne suis qu'une pauvre servante; mais, quand je devrais servir pour rien toute ma vie, j'aime mieux le soigner moi-même dans ma chambrette que de me laisser mettre à la porte par toi. Entends-tu, l'orgueilleuse fermière? »

Wally lâcha le bras d'Afra et demeura devant elle, toute pâle, avec un frémissement de douleur indicible autour de ses lèvres muettes : la servante baissa les yeux toute honteuse et parut sentir qu'elle s'était mise dans son tort.

« Afra, dit Wally, tu n'as pas besoin de prendre
ces airs haineux avec moi ; je ne le mérite point,
car c'est pour toi que je l'ai retiré du gouffre, et
non pour moi. C'est pour toi qu'il vivra, et non
pour moi. Écoute bien : il n'y a pas plus d'une
heure, je t'aurais étranglée, plutôt que de te laisser approcher de ce lit ; mais, à présent, tout ce
qu'il y avait de dures énergies en moi est brisé ;
mon arrogance, ma fierté..., et aussi mon cœur,
murmura-t-elle à part soi. C'est donc volontairement que je te cède la place, car il t'aime, et il
n'a pour moi que répulsion. Il est inutile que tu
fasses emporter d'ici le pauvre garçon. Reste bien
tranquillement auprès de lui. C'est moi plutôt qui
vais me retirer. Que ne suis-je déjà partie ! Toi et
Joseph, vous pouvez demeurer à la ferme aussi
longtemps qu'il vous plaira ; j'arrangerai cela en
temps et lieu avec celui à qui elle appartient. Et
je me charge de pourvoir à tous vos besoins, car
vous êtes pauvres l'un et l'autre, et dans l'impos-
sibilité de vous marier, si vous n'avez rien. Qui
sait ? Peut-être, un jour, Joseph bénira-t-il la *fille
au vautour !*

— Wally, Wally, s'écria la servante, à quoi
penses-tu là ? O Joseph, Joseph ! que ne puis-je
parler !

— Allons, c'est bien, reprit Wally d'un ton décidé ; tais-toi, pour l'amour de Joseph, tais-toi !

Laisse-moi partir tranquillement, sans me tour-
menter. Il faut que je m'en aille; ne me retiens
pas. Je ne te demande qu'une chose, en retour de
ce que je fais pour toi : soigne-le bien. Promets-le-
moi, n'est-ce pas? que je puisse partir l'esprit rassuré?

— Wally! dit Afra d'une voix suppliante, ne
me fais pas ce chagrin, ne t'en vas pas. Jésus! que
dira Joseph, quand il apprendra que nous t'avons
chassée de ton propre toit?

— Trêve de paroles, Afra! repartit impérieusement la fermière; ce que j'ai une fois dit, je le
fais, quoi qu'il puisse arriver. »

Elle s'approcha de son bahut, y prit des vêtements et du linge et ficela le tout en un paquet
qu'elle jeta sur ses épaules. Elle retira ensuite
d'une boîte un petit tas de toile et dit à la servante : « Tiens, voici de la vieille toile fine; tu
t'en serviras pour les bandages; en voilà de plus
grosse : tu l'emploieras pour la charpie, dont le
docteur aura besoin ce soir, en revenant. Regarde
bien, tu prendras les ciseaux et tu couperas des
morceaux de la longueur du doigt, comme cela....
Fais bien exactement, tu m'entends? Et tous les
quarts d'heure tu lui mettras des compresses fraî-
ches sur la tête, pour lui enlever le feu. Je puis
compter sur toi, n'est-ce pas? Tu n'oublieras rien?
Songe un peu, si, après avoir été le chercher au

fond de l'abîme, j'apprenais que tu as apporté de
la négligence dans tes soins!... Écoute encore : il
faut qu'il ait toujours la tête haute, afin que le sang
descende.... Redresse-lui toujours ses oreillers
comme il faut. Avec cela tout ira bien, et, ma foi,
je ne vois plus rien à te dire.... Ah! mon Dieu! tu
ne pourras pas le lever et le coucher comme je
fais; tu n'en as pas la force.... Prie le Klettenmaier de t'aider : c'est un brave homme.... Et
maintenant, je remets entre les mains celui qui
est là.... »

La voix lui manqua; ses genoux étaient trem-
blants; elle avait à peine la force de tenir le paquet qu'elle portait. Elle jeta un dernier regard
sur le blessé : « Adieu, » murmura-t-elle; puis
elle franchit la porte.

Le curé causait dehors avec le Klettenmaier;
Wally s'approcha d'eux.

« Klettenmaier, cria-t-elle dans l'oreille du serviteur, entre ici et aide Afra à soigner Joseph.
Afra tient à présent ma place au logis; Joseph
reste à la ferme, et moi, je m'en vais. Vous devez
tous considérer Joseph comme le maître de céans
et lui obéir, comme à moi-même, jusqu'à ce que
je revienne.... Malheur à vous, s'il avait le moindre sujet de plainte! Fais part de cela aux gens
de service. »

Le Klettenmaier avait compris; il secoua la tête,

mais n'osa questionner. « Adieu, fermière, dit-il, revenez bientôt.

— Jamais ! » fit tout bas Wally.

Le Klettenmaier entra dans la maison. Wally demeura devant le curé, dont elle soutint le regard scrutateur : « Maintenant, fit-elle d'un air épuisé, je ne possède plus d'autre bien que mon vautour ; celui-là, je ne le donne pas, je l'emmène avec moi. Viens, Jeannot ! » ajouta-t-elle en appelant l'oiseau qui était accroupi paresseusement, et le plumage au vent, sur un espalier. Il voleta lourdement vers la jeune fille.

« Ah ! il va falloir que tu rapprennes à jouer des ailes, mon Jeannot. Nous aurons du chemin à faire.

— Quel est donc ton dessein, Wally? demanda le prêtre avec inquiétude.

— Je m'en vais, mon père. Afra est à la ferme, et vous comprenez bien, n'est-ce pas, qu'il m'est impossible d'y demeurer. Je suis décidée à tout, je suis prête à errer misérablement, ma vie durant, sur les grands chemins et à tout abandonner à Joseph ; mais, quant à être témoin de son amour pour Afra, oh ! cela, je ne le puis. » Ce disant, elle serra les dents, pour retenir les pleurs qui, de nouveau, allaient lui jaillir de l'âme.

« Ainsi, tu veux réellement te dessaisir en sa faveur de la maison et de la ferme? Mais sais-tu bien ce que tu fais, mon enfant?

19

— Ce domaine n'est plus ma propriété, mon père ; depuis hier je sais qu'il revient à Vincent, pour peu qu'il le réclame. Mais, mon avoir, ce qui m'appartient en propre, j'entends le remettre à Joseph. Si, par ma faute, il reste paralysé, incapable de gagner son pain désormais, n'est-ce pas pour moi une obligation sacrée que de pourvoir à ses besoins?

— Est-il possible? Comment! s'écria le curé, ton père t'a déshéritée de ton patrimoine?

— Qu'ai-je à faire maintenant d'un patrimoine? dit Wally, la demeure que je dois habiter est toujours prête.

— Mon enfant, répliqua le prêtre d'un air agité, j'espère que tu n'as pas de sinistres desseins ?

— Non, mon père, je n'en ai plus. Je reconnais à présent que vous aviez raison en tout, et que le bon Dieu ne se laisse rien arracher par menaces. Peut-être, en voyant ma sincère expiation, aura-t-il pitié de moi et accordera-t-il la paix à ma pauvre âme !

— Allons! bénie soit l'heure, si pleine d'amertume qu'elle ait été, où ton inflexible orgueil s'est brisé! En ce moment, Wally, tu es vraiment grande ; mais où te proposes-tu d'aller, mon enfant? Désires-tu entrer dans un asile de miséricorde? Faut-il que je te conduise aux Carmélites?

— Non, mon père, cela n'est point fait pour la

*fille au vautour.* Il m'est impossible de m'empri-
sonner dans des murs et des cellules. C'est sous le
libre azur du ciel que j'ai vécu et que je veux mourir. Je craindrais que l'épaisseur des cloisons n'em-
pêchât le bon Dieu de venir jusqu'à moi. J'expierai,
je prierai comme dans une église ; mais il me faut
autour de moi des rochers et des nuages ; il me
faut le murmure du vent dans les oreilles ; sinon,
je n'y tiendrais pas. Vous me comprenez, n'est-ce
pas ?

— Oui, Wally, je te comprends, et ce serait folie à moi que d'essayer de te contraindre. Mais
enfin, où vas-tu ?

— Je vais retrouver mon père Murzoll ; ma seule
patrie est sur son sein.

— Fais donc ce que tu ne peux t'empêcher de
faire, dit le curé, et ainsi soit-il, mon enfant ! Je
te vois partir sans inquiétude, car, où que tu ailles
désormais, tu retrouveras toujours un père. »

# XIV

## MESSAGE DE GRACE

Voici de nouveau la pauvre créature, expulsée du monde, sur les glaciers déserts du Hochjoch, et clouée comme par un charme sur le sein rocailleux du bonhomme Murzoll ; elle semble faire partie intégrante de cette arête sourcilleuse du haut de laquelle ses yeux contemplent ce monde infime, où il n'y a plus de place pour sa grande âme, devenue étrangère à l'humanité, et mûrie parmi les tempêtes des névés sauvages. Les hommes l'ont décidément répudiée ; le rêve fatidique s'est accompli : elle est désormais l'enfant du génie de la montagne ; la montagne s'est emparée d'elle ; elle n'a plus d'autre patrie que les rochers et les glaces. Et pourtant l'être de la jeune fille refuse de

se pétrifier ; son pauvre cœur brûlant continue de
saigner en silence entre les glaces et les rochers.

Deux mois se sont écoulés depuis que Wally
est venue chercher au Hochjoch un suprême refuge ; depuis lors elle n'a pas aperçu le visage du
moindre habitant de la vallée ; une seule fois le
curé de Heiligkreuz a traîné jusqu'à elle son vieux
corps caduc, pour lui annoncer que Joseph était en
voie de guérison, et qu'on avait reçu d'Italie la nouvelle que Vincent, peu de temps après son engage-
ment, s'était brûlé la cervelle en léguant à Wally
toute sa fortune. A quoi la jeune fille avait répondu
tout bas, en joignant les mains sur ses genoux :
« Il est bien heureux lui ! il n'a pas eu longtemps
à souffrir ! »

« Mais que vas-tu faire de tout cet argent ? lui
avait demandé le prêtre. Qui gérera ton immense
avoir ? tu ne peux pourtant pas le laisser s'anéantir.

— La fortune, l'argent, je m'en soucie comme
du foin…. A quoi me serviraient-ils, puisque tout
cela ne peut procurer un moment de bonheur ?
Lorsqu'un peu de temps aura passé par là-dessus
et que je serai en état de penser à quelque chose,
je descendrai jusqu'à Imst, et je ferai régulariser
la donation de mes biens en faveur de Joseph. Je
me réserverai seulement de quoi me faire bâtir au
pied de la montagne une maisonnette pour l'hiver ;
mais, à l'heure qu'il est, j'ai encore besoin de

repos, je ne puis m'occuper de rien. Gérez mon domaine, mon père, veillez à ce que chacun de mes gens ait ce qu'il lui faut, et donnez aux pauvres suivant leurs nécessités. A partir d'aujourd'hui, il ne faut plus qu'il y ait un indigent à la Sonneplatte. »

C'est de cette façon expéditive que Wally, comme si elle eût été au bord de l'éternité, avait réglé ses intérêts temporels; cela fait, il ne lui restait plus qu'à attendre que son heure vînt, l'heure de la délivrance. Il semblait que Dieu lui eût dit alors par la bouche du chapelain : « Tu ne dois pas venir à moi, avant que moi-même j'aille te chercher. » Elle attendait donc que Dieu la vînt chercher ; mais combien longue et combien cruelle pouvait être cette attente! La jeune fille, en regardant son corps robuste, sentait qu'il n'était pas constitué pour une fin prochaine; et pourtant, il ne lui restait d'autre espoir que la mort. Elle comprenait bien qu'elle n'avait pas le droit d'abréger par la violence une vie qui devait être consacrée à la pénitence ; mais elle se disait qu'il lui était au moins permis d'aider le bon Dieu dans son œuvre de délivrance, le jour où il lui plairait de l'accomplir. En conséquence, elle faisait tout ce qu'elle pouvait pour détruire sa vigueur physique. Ne prendre que juste assez de nourriture pour éviter de mourir de faim, ce n'était certes pas un suicide,

— le jeûne ne fait-il pas partie de la pénitence?

— S'exposer longuement jour et nuit à la tempête
et à la pluie, alors que le vautour lui-même demeurait blotti dans une fente de rocher, se ruiner
insensiblement la santé à force d'humidité, de
froid et de dénûment, ce n'était certes pas un
suicide, pas plus que de gravir des roches où il
semblait que nul pied humain ne se pût poser :
c'était tout simplement fournir au bon Dieu une
occasion de la faire choir dans l'abîme, si bon lui
semblait. Et Wally éprouvait une sorte de joie
farouche à voir son beau corps se délabrer peu à
peu, à sentir ses forces décroître. Souvent, en ses
longues courses errantes, elle s'affaissait brisée de
fatigue ; dans ses escalades, les genoux lui tremblaient, sa respiration devenait oppressée.

Un jour elle était assise, dans cet état d'épuisement, sur une des cimes les plus ardues du Murzoll. Tout autour d'elle se dressait un enchevêtre-
ment de blanches aiguilles et de blocs de glace :
c'était comme l'image d'un cimetière, dans la froide
saison, quand les rangées de tombes apparaissent
couvertes de neige, dépouillées de fleurs et de
guirlandes. Immédiatement sous ses pieds s'étendait la mer de glace avec ses reflets verdâtres et
ses vagues rigides, qui prolongeaient leurs décli-
vités jusqu'à l'autre revers du mont. Et quel silence sépulcral planait sur ce monde immobile et

transi ! L'horizon, avec ses immenses files de montagnes, était noyé dans les fantastiques vapeurs de midi. A côté de Wally, le noir et gigantesque Similaun était estompé d'une nuée légère et lumineuse qui semblait se serrer amoureusement contre son sein, montait, puis retombait, pour aller enfin se déchirer et se dissoudre aux arêtes aiguës du redoutable squelette. Wally, appuyée sur ses coudes, suivait machinalement de l'œil les ondoiements de la petite nuée. Le soleil de midi tombait d'aplomb sur sa tête. Le vautour, accroupi non loin de sa maîtresse, se lustrait le plumage d'un air ennuyé, les ailes paresseusement étendues. Tout à coup l'oiseau parut inquiet ; il tourna la tête comme pour écouter, allongea le cou, et s'enleva en poussant un cri.

Wally se haussa légèrement pour voir d'où venait l'émoi de l'animal. Parmi les gerçures de la plaine de glace, un être humain s'avançait en droite ligne vers le rocher où elle se trouvait. La jeune fille reconnut les yeux noirs et la brune moustache de l'arrivant ; elle l'aperçut faisant des saluts et des gestes amicaux ; elle l'entendit pousser un ioulement, comme jadis, — il y avait de cela des années, — quand du haut de la Sonneplatte elle regardait le guide traverser la gorge avec l'étranger, — alors qu'elle-même n'était encore qu'une enfant innocente et pleine d'espérance, — comme ja-

dis, avant que son père l'eût maudite et chassée,
avant qu'elle fût Wally l'incendiaire, Wally la
meurtrière. Et, pareille à ces paysages que la lueur
d'un éclair fait jaillir subitement de l'ombre, des-
sinant leurs hauteurs et leurs bas-fonds, la chaîne
du destin se déroula tout d'un coup devant l'âme de
Wally, et la jeune fille frissonna en mesurant la
profondeur du gouffre où elle était tombée. Quel
état et quelle gêne! Que cherchait-il à présent,
celui qui, en ce temps-là, n'avait point voulu venir
à elle? Que voulait-il aujourd'hui à la pauvre fille
condamnée, et déjà ensevelie vivante?

Wally le regardait s'avancer avec une terreur
inexprimable : « Mon Dieu! » s'écria-t-elle en se
cramponnant au rocher, comme si c'eût été la main
de pierre de son père Murzoll, « Joseph! ne monte
pas ici.... Au nom du ciel! retourne, va-t'en.... Je
ne puis pas te voir, je ne veux pas.... » Mais Joseph,
d'un bond rapide, avait empoigné l'escarpement, et
grimpait vers Wally. Celle-ci, se cachant la figure,
étendit les bras pour repousser l'approche impétueuse du jeune homme : « Oh! s'écriait-elle, tremblant de tout son corps, n'y a-t-il point un endroit
au monde où l'on puisse demeurer seul? Ne m'entends-tu pas? Laisse-moi donc, tu n'as rien à faire
avec moi. Je suis morte, ou c'est tout comme. Oh!
je ne puis donc pas même mourir en paix!

— Wally, Wally, as-tu perdu le sens? s'écria Jo-

seph, qui la saisit d'un bras vigoureux et l'arracha
du rocher, comme il eût fait d'un brin de mousse.
Regarde-moi, Wally, au nom du ciel! D'où vient
que tu ne veux pas me voir? Ne suis-je pas Joseph,
à qui tu as sauvé la vie?... Je ne sache pas qu'on
fasse ces choses-là pour les gens qu'on ne peut
sentir. »

Il la prit dans ses bras. Wally s'était laissée choir
sur les genoux, incapable de faire un mouvement,
ni en avant ni en arrière, incapable de se défendre.
Ce n'était plus la Wally d'autrefois, c'était un être
languissant et sans force, qui baissait la tête, l'œil
éteint, semblable à la victime qui vient de recevoir
le coup de grâce.

« Jésus! ma fille, on dirait que tu vas mourir.
Est-ce donc là l'orgueilleuse fermière? Wally,
Wally, dis quelque chose, reviens à toi.... Voilà ce
que c'est que de vivre comme une sauvage.... A se
jucher ainsi, l'on peut bien désapprendre à parler.... Voyons, voilà que tu ne tiens plus debout....
Viens, appuie-toi sur moi; je veux te reconduire
dans ta hutte. Certes, je ne suis pas précisément un
héros; mais j'ai encore un tantinet plus de force
que toi. Viens, il y a de quoi attraper le vertige,
à rester ici, et j'ai à causer longuement avec toi;
oui, Wally, très-longuement. »

Wally n'avait presque plus de volonté; elle se
laissa emmener pas à pas par Joseph, qui, sans

mot dire, guida son pied mal assuré au passage de
la mer de glace, et de là vers la hutte; mais, y
apercevant le pâtre, le chasseur s'arrêta et fit asseoir la jeune fille sur une nappe de gazon. Wally
se laissa choir les mains jointes, toute silencieuse
et résignée. Ce qui arrivait, c'était par la volonté
de Dieu, qui lui envoyait encore cette épreuve :
elle se contenta de demander au ciel la force de
persévérer.

Joseph s'étendit auprès d'elle et, le menton appuyé sur sa main, se mit à considérer d'un œil
ardent ce visage miné par le chagrin : « J'ai bien
des réparations à te faire, Wally, lui dit-il d'une
voix grave, et il y a longtemps que je serais venu,
si le docteur et le curé me l'avaient permis; mais
ils prétendaient que je risquerais ma vie à faire
trop tôt l'ascension de la montagne, et j'ai pensé
alors que ce serait dommage, car... maintenant,
ajouta-t-il en prenant la main de la jeune fille, je
suis fort désireux de vivre..., depuis que je te dois
l'existence.... En apprenant que tu m'as sauvé, j'ai
su ce qu'il en était de ton côté, et... il en est de
même du mien, Wally, » poursuivit-il en lui cares-
sant doucement la main.

Wally retira son bras, par un brusque mouvement d'effroi; elle n'avait presque plus la force de
respirer.

« Joseph, lui dit-elle, je vois où tu veux en ve-

nir. Parce que je t'ai sauvé la vie, tu te crois tenu
à m'aimer par reconnaissance, et obligé, en fin de
compte, de planter là ton Afra. Ne t'avise pas de
cela, Joseph, car, aussi vrai qu'il y a un Dieu
au ciel, j'ai beau être une misérable et méchante
fille, je ne le suis pas au point d'accepter une récompense que je n'ai pas méritée, et d'agréer le
cadeau d'un cœur en guise de pourboire, surtout
d'un cœur qu'il me faudrait voler à une autre. Non,
voilà une chose que la fille au vautour ne fera
point.... Il y a encore, grâce à Dieu, des vilenies
dont je ne suis pas capable, » ajouta-t-elle tout
bas comme en se parlant à elle-même. Puis, ras-
semblant toutes ses forces, elle se leva et fit mine
de gagner la hutte, où le pâtre était assis en sifflant
un air. Joseph la retint par les bras : « Wally, dit-
il, veuille seulement m'entendre.

— Non, Joseph, répliqua-t-elle, les lèvres pâles,
mais en se redressant avec fierté. Pas un mot de
plus. Je te remercie de tes bonnes intentions ; mais,
vois-tu, tu n'as pas su qui j'étais.

— Wally, je te dis qu'il faut que tu m'écoutes.
Me comprends-tu? Il le faut. »

Il lui mit la main sur l'épaule et attacha sur elle
un regard si impérieux qu'elle fut vaincue et s'affaissa sur elle-même.

« Eh bien, parle, » fit-elle tout épuisée, en se
rasseyant à l'écart sur un quartier de roche.

« A la bonne heure! répliqua-t-il avec un sourire affectueux, je vois que tu sais aussi obéir. »

Le jeune homme s'étendit tout de son long sur
le gazon, et plaça sous son coude, en guise d'appui, sa casaque, qu'il avait défaite. Tandis qu'il
parlait, sa tiède haleine effleurait Wally, qui demeurait sans mouvement et les yeux baissés ; la
rougeur de plus en plus foncée des joues de la
jeune fille trahissait seule la lutte de son cœur ;
tout le reste de son être demeurait calme et presque rigide.

« Écoute, Wally, continua Joseph, je m'en vais
te dire franchement ce qu'il en est. Je n'ai jamais
pu te souffrir, tant que je ne t'ai pas connue. On
m'avait raconté tant de choses de toi, de ta rudesse
et de ta sauvagerie, que j'avais pris une mauvaise
opinion de ta personne, et n'ai jamais voulu entendre parler de toi. Certes, je m'étais bien aperçu
que tu étais une belle fille, mais j'ai feint de ne
l'avoir pas remarqué. Je t'ai donc évitée, jusqu'à
ce que survint l'affaire d'Afra. Alors il m'a été
impossible de fermer les yeux sur ce que tu avais
fait.... Tout ce qui touche Afra, vois-tu bien, me
touche également, et sitôt qu'Afra éprouve un
chagrin, mon cœur se fend, car... ma foi, il faut
que tu le saches à cette heure, — ma mère me
pardonnera dans sa tombe, — Afra est ma sœur ! »

Un soubresaut convulsif agita Wally, qui re-

garda Joseph comme dans un songe. Celui-ci se
tut un instant, essuya son front avec la manche
de sa chemise, puis reprit : « Ce n'est pas bien à
moi de commettre cette indiscrétion; mais il fallait te dire ce secret, que tu garderas d'ailleurs
pour toi. Ma mère m'a confié en mourant qu'a-
vant de connaître mon père, elle avait eu cet enfant en Wintschgau, et je lui ai promis, la main
dans la sienne, de veiller comme un frère sur
cette jeune fille. C'est pourquoi je suis allé la
chercher là-bas, et je l'ai placée à l'*Agneau*, afin
de l'avoir auprès de moi. Elle et moi, nous nous
étions donné notre parole de ne point divulguer
cette parenté, afin de ne pas porter atteinte, même
dans la tombe, à l'honneur de notre mère. Tu
vois à présent que je ne pouvais pas laisser im-
punément molester ma sœur, et que je devais
prendre sa défense quand on l'offensait. »

Wally pouvait à peine respirer et ne bougeait
non plus qu'une statue; il lui semblait que tous
les glaciers et le monde entier tournaient autour
d'elle. Ah ! tout lui était expliqué, et elle comprenait aussi les paroles qu'Afra avait prononcées
près du lit de Joseph. Dans une sorte d'égare-
ment, elle s'étreignit la tête avec ses deux mains.
Si les choses étaient ainsi, quelles proportions
gigantesques prenait maintenant son crime ! Celui
dont elle avait voulu la mort, ce n'était pas l'homme

sans cœur qui l'avait outragée pour l'amour
d'une simple servante, c'était un frère, qui ne
faisait que remplir son devoir envers sa sœur;
dans un accès d'aveugle jalousie, elle avait risqué
d'ôter à une pauvre orpheline son dernier soutien
en cette vie! « O mon Dieu! si cela était arrivé! »
se dit-elle, et, comme prise de vertige, elle se
cacha la figure dans ses mains et se mit à pousser de sourds gémissements.

Joseph continua, sans remarquer son émotion :
« Il est arrivé alors que j'ai juré devant tout le
monde à l'*Agneau* que je rabattrais ta superbe et
que je te rendrais l'affront que tu avais fait à Afra.
Nous avons donc machiné le coup tous ensemble,
malgré Afra, qui n'y voulait pas consentir. La
chose a parfaitement réussi; seulement, quand,
dans ma lutte avec toi, tu eus laissé ton beau
corps tomber sur ma poitrine et que je t'eus donné
un baiser, alors je me suis senti le cœur tout en
feu. Je n'ai pas voulu en convenir, parce que j'a-
vais été jusque-là ton ennemi; mais, d'heure en
heure, cela n'a fait qu'empirer; la nuit, dans mon
insomnie, je serrais contre moi mon oreiller en
me figurant que je te pressais contre mon cœur,
puis, en me réveillant, je t'ai appelée à grands
cris, et j'ai sauté de mon lit, en proie à une fièvre
bouillante. — Tais-toi, tu me fais mourir, » dit
Wally, la figure tout en feu; mais le jeune homme

poursuivit d'un accent passionné : « Aussi suis-je
sorti, au milieu des ténèbres, me dirigeant vers
la Sonneplatte, car, pour te le dire en toute franchise, je voulais, avant l'aurore, frapper à ta fenêtre, et je m'enivrais d'avance de bonheur à la
douce pensée de voir apparaître à la croisée ton
minois encore endormi, et d'entourer ta tête de
mes bras en te faisant amende honorable et en te
demandant pardon mille et mille fois. Soudain,
une balle me passe devant la figure, et, tout de
suite après, une autre me frappe à l'épaule. Je
chancelle, et, en même temps, quelqu'un fond
sur moi par derrière et me jette par-dessus le parapet. Je me suis dit alors : Adieu l'amour et tout
le reste. Mais tu es venue, ange du ciel, sous les
traits d'une jeune fille ; tu as eu pitié de moi, tu
m'as retiré du gouffre et soigné, ma Wally. »

Il se jeta à ses pieds et lui posa ses mains jointes
sur la poitrine : « Wally, je ne puis te remercier
comme je le voudrais ; mais, quand on réunirait
ensemble les amours de toutes les créatures qui
sont en ce monde, on n'arriverait pas à aimer
comme je t'aime. »

A ce mot, toute l'énergie que Wally avait péniblement ramassée en elle se brisa ; avec un cri
déchirant elle repoussa Joseph et se jeta la face
contre terre dans une explosion de farouche désespoir. « Oh ! fit-elle, dire que j'aurais pu être si

heureuse! et maintenant tout est perdu, tout,
tout !

— Wally, au nom du ciel! Je crois vraiment
que tu es folle. Que parles-tu de bonheur perdu?
Puisque nous nous aimons, tout n'est-il pas au
mieux?

— O Joseph! Joseph! tu ne sais pas.... Entre
nous il ne peut plus rien exister.... Oh ! tu ne sais
pas! Je suis maudite et condamnée; je ne puis
pas être ta femme. Écrase-moi, tue-moi.... C'est
moi qui t'ai fait jeter dans l'abîme! »

A cette terrible parole, Joseph recula ; il ne savait trop encore si Wally avait son bon sens. Il se
leva d'un bond et fixa un regard épouvanté sur la
jeune fille.

« Joseph! murmura celle-ci en lui embrassant
les genoux, je t'ai aimé du jour où je t'ai connu;
c'est à cause de toi que mon père m'a envoyée au
Hochjoch, c'est à cause de toi que j'ai mis le feu à
sa maison, et que j'ai erré pendant trois années
dans la solitude, souffrant la faim et le froid, décidée à mourir plutôt qu'à épouser un autre
homme. Si j'ai maltraité Afra, c'est la jalousie
qui m'y a poussée : je me figurais qu'elle était ta
bonne amie et qu'elle t'enlevait à moi. Puis, voilà
qu'au bout d'une année, d'une longue année, tu
viens à moi, qui n'avais cessé de t'attendre, tu
m'invites à la danse des fiançailles. Je te laisse

prendre le baiser de fiancé ; et toi, alors, tu me persifles devant tout le monde, tu me persifles en récompense de tout l'amour et de toute la fidélité
avec lesquels je t'avais attendu, en retour de toutes
les tribulations que j'avais supportées pour toi.
Alors, que veux-tu? une révolution s'est produite
en moi, et j'ai dit à Vincent de te tuer. »

Joseph joignit les deux mains devant son visage :
« C'est horrible! » murmura-t-il.

« La nuit venue, continua Wally, je m'en suis
repentie; je suis sortie pour empêcher la chose
d'arriver; il était trop tard. Et maintenant tu me
dis que tu m'aurais aimée.... Ah! tout serait bien,
si je pouvais paraître devant toi, la conscience
pure..., mais j'ai tout perdu par ma fureur aveugle et ma méchanceté.... Oh! je m'étais figurée
qu'il n'y avait pas de mal plus grand que celui que
tu m'avais fait, et pourtant ce n'est rien à côté de
celui que je me suis fait moi-même.... Hélas! je
n'ai que ce que je mérite, oui, que ce que je
mérite. »

Il y eut un long silence. Wally tenait son front
humide serré contre les genoux de Joseph; un
frisson mortel de douleur secouait tout son être.
Une minute de pénible anxiété s'écoula; puis une
main se posa sous le {menton de la jeune fille et
lui releva doucement la tête : elle vit les deux
grands yeux de Joseph fixés sur elle avec une ex-

pression indicible : « Pauvre Wally ! » murmura-
t-il.

« Joseph , Joseph ! dit-elle avec un tremblement, ne me traite donc pas avec cette bonté !
Prends ta carabine et tue-moi. J'attendrai le coup,
tranquillement, sans tressaillir, et je te remer-
cierai du bienfait. »

Lui la prit dans ses bras, la releva de terre, lui
posa la tête sur sa poitrine, et se mit à caresser
sa chevelure en désordre, qu'il couvrait de baisers ardents et fiévreux.

« Ah ! je t'aime malgré tout ! » s'écria-t-il d'un
accent d'ivresse qui fit résonner les solitaires glaciers d'alentour.

Wally demeurait clouée sur place, à peine
maîtresse de ses sens, silencieuse et comme noyée
sous le flot de félicité qui fondait sur elle.

« Joseph, est-il possible? tu pourrais me pardonner.... le bon Dieu pourrait me pardonner !
balbutia-t-elle d'une voix éteinte.

—Wally, il faudrait avoir un caillou à la place
du cœur, pour entendre tout ce que tu dis, pour
voir ton visage consumé de chagrin, et continuer
à t'en vouloir. Moi, qui ne suis certes pas un
homme sensible, je ne le puis.

—Oh ! mon Dieu ! dit Wally en laissant les
pleurs jaillir de ses yeux, quand je pense que j'ai
voulu arrêter les battements de ce cœur ! » Et, se

tordant les mains avec désespoir : « Excellent ami, plus tu te montres bon et affectueux pour moi, plus sont terribles les tourments de mon repentir. Oh! je ne trouverai jamais le repos, ni en ce monde ni en l'autre. Je veux être ta servante, et non ta femme; je veux dormir sur ton seuil, et non à tes côtés,.... Je veux travailler pour toi, te servir, aller au-devant de tous tes désirs. Si tu me frappes, je baiserai ta main, si tu me foules aux pieds, j'embrasserai tes genoux. Dusses-tu ne m'accorder qu'un souffle de ta bouche, un regard, une parole, je m'en contenterai, car ce sera plus que je ne mérite.

— Et moi, t'imagines-tu que je m'en contenterai? répliqua Joseph avec transport; t'imagines-tu qu'un souffle et un regard me suffiront? Crois-tu que je te laisserai coucher dehors sur le seuil, tandis que je serai dedans? Crois-tu que je n'ouvrirai pas la porte pour te faire entrer? Et t'imagines-tu par hasard que, toi-même, tu resteras dehors quand je t'aurai dit d'entrer? »

Wally fit un effort pour se détacher du jeune homme, tout en arrondissant ses bras pour cacher son visage en feu.

Tranquillise-toi, chère âme, continua Joseph en l'attirant sur ses genoux; tranquillise-toi, te dis-je, et accepte de bon gré ce que le bon Dieu t'envoie. Tu le peux, car tu as expié loyalement.

Ne te tourmente plus à force de reproches; car,
par le ciel, j'ai, moi aussi, gravement péché envers toi; je t'ai terriblement exaspérée, en payant
d'injures et de mépris ton long et fidèle amour.
Qu'y a-t-il d'étonnant à ce que la patience t'ait
échappé? Ce n'est pas ta faute; n'es-tu pas, après
tout, la *fille au vautour?*... D'ailleurs tu t'en es
tout de suite repentie; tu as bravé la mort pour
venir me chercher, là où nul homme n'aurait eu le
courage d'aller, puis tu m'as fait transporter dans
ta chambre, coucher dans ton lit, et tu m'as soigné,
jusqu'à l'arrivée de cette petite sotte d'Afra, devant
laquelle tu as pris la fuite, croyant qu'elle était
ma préférée. Ensuite tu as voulu nous donner
toute ta fortune, pour que je pusse, suivant ton
idée, me marier avec Afra, et tu t'es retirée dans
cette solitude avec ton lourd chagrin.... Pauvre
chérie! Depuis que tu me connais, je ne t'ai valu
que des tourments, et je ne t'aimerais pas! Et
nous n'aurions pas le droit d'être heureux! Non,
Wally, — dût le monde entier te tenir rigueur, —
je n'en ai souci; je te prendrai dans mes bras, et
tu n'auras rien à craindre de personne.

— C'est donc bien vrai? tu veux me tirer de
ma détresse et de ma honte, me placer sur ton
cœur, sur ton bon et noble cœur? Tu n'as pas peur
de la sauvage *fille au vautour*, de l'ouvrière de
tant de malheurs?

— Moi, avoir peur de la *fille au vautour*, moi, Joseph le tueur d'ours! Non, chère enfant. Quand tu serais encore mille fois plus sauvage que tu n'es, je ne te crains pas. Je viendrai à bout de toi, — je te l'ai déjà dit une fois, dans la haine, — je te le répète aujourd'hui dans l'amour. Et dussé-je n'y pas réussir, fussé-je assuré de périr de ta main avant quinze jours, je ne renoncerais pas à toi, je ne pourrais pas renoncer à toi. J'ai cent fois poursuivi le chamois en des lieux où je savais que chaque pas pouvait me coûter la vie, et je n'en ai pas démordu. Ne mérites-tu pas, fille sans pareille, qu'on se donne autant de peine pour toi que pour un chamois? Écoute, Wally, pour un seul moment comme celui-ci, pour te voir me regarder comme tu fais et te serrer ainsi contre moi, je donnerais volontiers ma vie. »

Il la pressa contre son cœur, à lui ôter la respiration : « D'aujourd'hui en quinze, reprit le chasseur, tu seras ma femme, et, après cela, tu ne penseras plus à me tuer. Je le sais, car, à présent, je connais ton cœur. »

Wally tressauta, et, levant les bras au ciel : « O Dieu puissant, dont la bonté est inépuisable, s'écria-t-elle, je veux louer et célébrer ton nom toute ma vie; car ceci, c'est plus qu'un bonheur terrestre, c'est un message de grâce que tu m'envoies. »

La nuit était tombée; du haut du ciel, une figure
souriante contemplait affectueusement les fiancés :
c'était le disque de la pleine lune qui avait émergé
sur la montagne. Déjà les ombres du soir s'étaient
épandues dans les vallées : il était trop tard, ce
jour-là, pour redescendre du Hochjoch. Ils entrèrent dans la hutte, allumèrent du feu, et s'assirent au coin du foyer. Quelle douce causerie après
un silence de tant d'années! Sur le toit, le vautour
rêvait qu'il se bâtissait un nid. Le vent résonnait
autour de la cabane comme une harmonie de
harpes nuptiales, et, à travers la lucarne, pénétrait le scintillement d'une étoile.

Le lendemain matin trouva Joseph et Wally devant la porte de la hutte, prêts à partir.

« Adieu, mon père Murzoll, » dit Wally, et le
premier rayon de soleil fit reluire une larme sur
sa joue, « je ne te reviendrai plus, ajouta la
jeune fille, le bonheur m'attend là-bas; je ne t'en
remercie pas moins d'avoir pendant si longtemps
refait une patrie à celle qui n'en avait plus. Et
toi, ma vieille cabane, tu vas rester vide; mais
quand, là-bas, je serai chaudement dans ma chambre, auprès de mon mari bien-aimé, je songerai à
toi, je me rappellerai les nuits solitaires que j'ai
passées ici à grelotter et à pleurer sous ton toit, et,
toute ma vie, mon cœur demeurera humble et re-
connaissant. »

Puis, se retournant et plaçant son bras sur celui
de Joseph : « Allons, lui dit-elle, il faut qu'avant
midi nous soyons chez notre bon curé de Keilig-
kreuz.

— Oui, viens, que je te reconduise chez toi, ma
belle fiancée. Regardez, bienheureuses demoiselles, je la tiens, elle est à moi, malgré vous et
vos méchants génies. » Ce disant, le jeune homme
envoya vers l'horizon bleuâtre un ioulement de
défi, qui résonna comme un hymne d'allégresse
au jour de la résurrection.

« Tais-toi, fit Wally, en lui mettant avec terreur
la main sur la bouche ; point de ces bravades ! »
Puis elle reprit d'un air souriant : « Mais non,
il n'existe ni bienheureuses demoiselles ni méchants esprits ; il n'y a que Dieu. »

Elle regarda encore une fois derrière elle ; les
cimes neigeuses des glaciers étincelaient à la ronde
des feux de l'aurore. « Que c'est pourtant beau
ici ! dit-elle en ralentissant le pas.

— Regretterais-tu de descendre avec moi ? demanda Joseph.

— Non, dusses-tu m'emmener au plus profond
des abîmes souterrains, là où les rayons du jour
ne pénètrent jamais, je te suivrai sans hésiter ni
me plaindre. » En prononçant ces paroles, sa voix
avait une telle expression de tendresse que les
yeux de Joseph se mouillèrent.

A ce moment, quelque chose s'élança brusquement du toit de la hutte ; « O mon Jeannot, s'é-
cria Wally, un peu plus, je t'oubliais encore. »
Puis, s'adressant à Joseph avec un sourire : « Tu
sais, ajouta-t-elle, il faudra que tu fasses bon
ménage avec celui-ci ; vous êtes à présent frères
par le destin : l'un et l'autre, j'ai été vous chercher au-dessus de l'abîme. »

La descente commença. Ce cortége de fiançailles
fut simple, sans autre luxe que l'auréole dorée que
dessinaient autour de la tête des époux les rayons
du soleil levant, sans autre escorte que le vautour
qui tournoyait au-dessus d'eux dans les airs ; mais
quelle joie inexprimable et réfléchie régnait dans
ces âmes qui avaient si chèrement acheté leur
bonheur !

. . . . . . . . . . . . . . . . . . . .

Tout là-haut, sur la crête sourcilleuse de la
Sonneplatte, à l'endroit d'où la fille sauvage du
haut pays interrogeait rêveusement la vallée, et
d'où, plus tard, elle se laissa choir au fond de
l'abîme ténébreux afin de sauver son bien-aimé,
se dresse aujourd'hui dans l'azur du ciel une croix
solitaire. C'est la commune qui l'a érigée en souvenir de la *fille au vautour* et de Joseph, bienfai-
teurs de toute la contrée. Wally et Joseph sont
morts jeunes ; les orages qui les avaient secoués
avaient ébranlé leur existence dans la racine ; mais

leur nom continuera de vivre honoré, aussi loin
et aussi longtemps que mugiront les flots de l'Ache.
Le voyageur, qui, sur le soir, s'attarde à travers la
gorge, peut apercevoir, à l'heure où sonne la bénédiction et où le croissant argenté de la lune apparaît sur la montagne, un couple en cheveux
blancs agenouillé sur le plateau : c'est Afra et Benoît Klotz, qui, souvent, descendent de Rofen pour
prier au pied du calvaire. Wally elle-même a uni
ces deux cœurs, et aujourd'hui encore, au bord de
la tombe, ils bénissent sa mémoire. Puis, dans les
profondeurs du défilé, le voyageur voit danser autour de lui des formes blanches et nébuleuses, qui
le font penser aux *bienheureuses demoiselles;* du
calvaire qui se dresse là-haut lui arrive une sorte
de souffle plaintif, murmure expirant de vieilles
légendes héroïques, qui semble dire : Hélas! les
forts aussi bien que les faibles passent donc de ce
monde! Une pensée néanmoins doit consoler le
voyageur : les forts peuvent mourir, mais la race
ne s'en éteint pas. Que ce soit sous l'armure luisante des Siegfried et des Brunhild ou sous le
simple sarreau d'un Joseph et d'une Wally, nous
les retrouvons toujours.

FIN.

# TABLE DES MATIÈRES

18752. Typographie Lahure, rue de Fleurus, 9, à Paris.

Librairie HACHETTE et Cie, boulevard Saint-Germain, 79, à Paris

# BIBLIOTHÈQUE VARIÉE, FORMAT IN-18 JÉSUS, A 3 FR. 50 C. LE VOL.

**About** (Edmond). L'Alsace. 1 vol. — Causeries. 2 vol. — La Grèce contemporaine. 1 vol. — Le progrès. 1 vol. — Le turco. 1 vol. — Madelon. 1 vol. — Théâtre impossible. 1 vol. — A B C du travailleur. 1 vol. — Les mariages de province. 1 vol. — La vieille roche. 3 vol. — Le fellah. 1 vol. — L'infâme. 1 vol. — Salons de 1864 et 1866. 2 vol.

**Albert** (P.). Chefs-d'œuvre de tous les temps et de tous les pays: la poésie, 1 vol.; la prose, 1 vol. — La littérature française de la fin du XVIe siècle au XVIIIe siècle. 3 vol.

**Barrau.** Histoire de la Révolution française. 1 vol.

**Baudrillart.** Economie politique populaire. 1 vol.

**Bautain** (l'abbé). Le chrétien et la chrétienne de nos jours. 4 vol. — Les choses de l'autre monde. 1 vol. — La belle saison à la campagne. 1 vol.

**Berger.** Histoire de l'éloquence latine. 1 vol.

**Bersot.** Mesmer et le magnétisme animal. 1 vol.

**Boissier.** Cicéron et ses amis. 1 vol.

**Bréal.** Quelques mots sur l'instruction. 1 vol.

**Byron** (Lord). Œuvres, Trad. B. Laroche. 4 vol.

**Calemard de la Fayette** (Ch.). Le poème des champs. 1 vol.

**Caro.** Etudes morales. 2 vol. — L'idée de Dieu. 1 vol. — Le matérialisme et la science. 1 vol. — Les jours d'épreuve. 1 vol.

**Cervantès.** Don Quichotte, trad. Viardot. 2 vol.

**Chateaubriand.** Le génie du christianisme. 1 vol. — Les martyrs et le dernier des Abencerrages. 1 vol. — Atala, René, les Natchez. 1 vol.

**Cherbuliez** (Victor). Le comte Kostia. 1 v. — Paule Méré. 1 vol. — Roman d'une honnête femme. 1 vol. — Le grand-œuvre. 1 vol. — Prosper Randoce. 1 vol. — L'aventure de Ladislas Bolski. 1 vol. — La revanche de Joseph Noirel. 1 vol. — Meta Holdenis. 1 vol. — Miss Rovel. 1 vol. — Le fiancé de Mlle Saint-Maur. 1 vol.

**Crépet** (E.). Le trésor épistolaire de la France. 2 v.

**Dante.** La divine comédie, trad. Fiorentino. 1 vol.

**Daumas** (E.). Mœurs et coutumes de l'Algérie. 1 v.

**David** (l'abbé). Voyages en Chine. 3 vol.

**Deschanel** (Em.). Etudes sur Aristophane. 1 vol.

**Despois** (D.). Le théâtre sous Louis XIV. 1 vol.

**Du Camp** (M.). Paris, ses organes, ses fonctions, sa vie. 6 vol. — Souvenirs de l'année 1848. 1 vol.

**Duruy** (V.). De Paris à Vienne. 1 vol. — Introduction à l'histoire de France. 1 vol.

**Duval** (Jules). Notre planète. 1 vol.

**Ferry** (Gabriel). Le coureur des bois. 2 vol. — Costal l'Indien. 2 vol.

**Figuier** (Louis). Histoire du merveilleux. 4 vol. — L'alchimie et les alchimistes. 1 vol. — L'année scientifique. (1856-1875). 19 vol. — Le lendemain de la mort. 1 vol. — Savants illustres. 2 vol.

**Flammarion** (C.). Contemplations scientifiques. 1 v.

**Fléchier.** Les grands jours d'Auvergne. 1 vol.

**Fustel de Coulanges.** La cité antique. 1 vol.

**Garnier** (Ad.). Traité des facultés de l'âme. 3 vol.

**Garnier** (Ch.). A travers les arts. 1 vol.

**Gréard.** De la morale de Plutarque. 1 vol.

**Guizot** (F.). Un projet de mariage royal. 1 vol. — Le duc de Broglie. 1 vol.

**Houssaye** (A.). Le 41e fauteuil. 1 vol. — Violon de Franjole. 1 vol. — Voyages humoristiques. 1 vol.

**Hübner** (Bon de). Promenade autour du monde. 2 v.

**Hugo** (Victor). Notre-Dame de Paris. 2 vol. — Bug-Jargal et... 1 vol. — Han d'Islande. 2 vol. — Littérature et philosophie mêlées. 1 vol. — Odes et ballades. 1 vol. — Orientales, Feuilles d'automne, Chants du crépuscule. 1 vol. — Les voix intérieures, les Rayons et les Ombres. 1 vol. — Théâtre. 4 vol. — Le Rhin. 3 vol. — Les Contemplations. 2 vol. — Légende des siècles. 1 vol. — Les misérables. 5 vol. — L'année terrible. 1 vol.

**Ideville** (d'). Journal d'un diplomate. 3 vol.

**Jacqmin.** Les chemins de fer en 1870-71. 1 vol.

**Jouffroy.** Cours de droit naturel. 2 vol. — Cours d'esthétique. 1 vol. — Mélanges philosophiques. 1 v. — Nouveaux mélanges philosophiques. 1 vol.

**Jurien de la Gravière** (L'amiral). Souvenirs d'un amiral. 2 vol. — La marine d'autrefois. 1 vol. — La marine d'aujourd'hui. 1 vol.

**Lamartine** (A. de). Méditations poétiques. 2 vol. — Harmonies poétiques. 1 vol. — Recueillements poétiques. 1 vol. — Jocelyn. 1 vol. — La chute d'un ange. 1 vol. — Voyage en Orient. 2 vol. — Histoire des Girondins. 6 vol. — Confidences. 1 vol. — Nouvelles confidences. 1 vol. — Lectures pour tous. 1 vol. — Souvenirs et portraits. 3 vol. — Le manuscrit de ma mère. 1 vol.

**Lamarre.** De la milice romaine. 1 vol.

**Laveleye** (E. de). Etudes et essais. 1 vol. — La Prusse et l'Autriche après Sadowa. 1 vol.

**Lee Childe.** Le général Lee. 1 vol.

**Lehugeur.** La chanson de Roland. 1 vol.

**Malherbe.** Œuvres poétiques. 1 vol.

**Marmier** (Xavier). Gazida. 1 vol. — Hélène et Suzanne. 1 vol. — Histoire d'un pauvre musicien. 1 vol. — Le roman d'un héritier. 1 vol. — Les fiancés du Spitzberg. 1 vol. — Mémoires d'un orphelin. 1 vol. — Sous les sapins. 1 vol. — La recherche de l'idéal. 1 vol. — Robert-Bruce. 1 vol. — Les âmes en peine. 1 vol. — Voyages. 4 vol.

**Martha.** Les moralistes sous l'empire romain. 1 vol. — Le poème de Lucrèce. 1 vol.

**Michelet.** L'insecte. 1 vol. — L'oiseau. 1 vol.

**Montégut.** Souvenirs de Bourgogne. 1 vol. — En Bourbonnais et en Forez. 1 vol.

**Nisard.** Les poètes latins de la décadence. 2 vol.

**Ossian.** Poèmes gaéliques. 1 vol.

**Patin.** Etudes sur les tragiques grecs. 4 vol. — Etudes sur la poésie latine. 2 vol.

**Pfeiffer** (Mme Ida). Voyages d'une femme. 3 vol.

**Prévost-Paradol.** Etudes sur les moralistes français. 1 vol. — Essai sur l'histoire universelle. 2 v.

**Saint-Simon.** Mémoires. 20 vol.

**Sainte-Beuve.** Port-Royal. 7 vol.

**Saintine** (X.-B.). Le chemin des écoliers. 1 vol. — Picciola. 1 vol. — Seul. 1 vol.

**Sévigné** (Mme de). Lettres. 8 vol.

**Shakespeare.** Œuvres, traduction Montégut. 10 v.

**Simon** (Jules). La liberté politique. 1 vol. — La liberté civile. 1 vol. — La liberté de conscience. 1 vol. — La religion naturelle. 1 vol. — Le devoir. 1 vol. — L'ouvrière. 1 vol. — L'ouvrier de huit ans. 1 vol. — Le travail. 1 vol. — La politique radicale. 1 vol. — L'école. 1 vol. — La réforme de l'enseignement. 1 vol.

**Simonin.** Le monde américain. 1 vol.

**Taine** (H.). Essai sur Tite Live. 1 vol. — Essais de critique et d'histoire. 1 vol. — Nouveaux essais. 1 vol. — Histoire de la littérature anglaise. 5 vol. — La Fontaine et ses fables. 1 vol. — Les philosophes français au XIXe siècle. 1 vol. — Voyage aux Pyrénées. 1 v. — M. Graindorge. 1 vol. — Notes sur l'Angleterre. 1 vol. — Un séjour en France de 1792 à 1795. 1 vol. — Voyage en Italie. 2 vol.

**Topffer** (R.). Nouvelles genevoises. 1 vol. — Rosa et Gertrude. 1 vol. — Le presbytère. 1 vol.

Traductions des chefs-d'œuvre de la littérature grecque. 25 vol.

Traductions des chefs-d'œuvre de la littérature latine. 12 vol.

**Villehardouin.** Conquête de Constantinople. 1 vol.

**Vivien de St-Martin.** L'année géographique, 14 années (1863-1875). 13 vol.

**Wallon.** Vie de N.-S. Jésus-Christ. 1 vol. — La sainte Bible. 2 vol. — La Terreur. 1 vol.

**Wey** (Francis). Dick Moon. 1 vol. — La haute Savoie. 1 vol. — Chronique du siège de Paris. 1 vol.

Typographie Lahure, rue de Fleurus, 9, à Paris.

www.ingramcontent.com/pod-product-compliance
Lightning Source LLC
Chambersburg PA
CBHW072115020726
47501CB00003B/832